Borderline

AVERTISSEMENT :
ROMAN CLASSÉ « DARK ROMANCE ».
Contient des scènes et propos pouvant choquer les lecteurs.

Collection Dark Romance créée et dirigée par
Arthur de Saint Vincent
Ouvrage dirigé par Julia Delabays & Alice Serverin
Couverture : Claire Mieyeville
Images de couverture :
© Weerayuth Kanchanacharoen – Shutterstock
© @rawpixel.com – Freepik

59, quai Alphonse Le Gallo
92100 Boulogne-Billancourt
www.hugopublishing.fr

ISBN : 9782755672640 / 006
Dépôt légal : janvier 2024
Imprimé en France par CPI Bussière en janvier 2025 (2082409)
sur papier provenant de forêts gérées de manière durable.

DARK
ROMANCE

Borderline

TOME 1

JOYCE KITTEN

Hugo Roman

MISE EN GARDE

La dark romance demande une grande maturité d'esprit pour faire la distinction entre fiction/fantasme et réalité. C'est pourquoi je recommande aux lectrices et lecteurs mineur(e)s de ne pas plonger dans mes romans, mais d'attendre d'avoir aiguisé leur esprit critique.

Ce livre est une dark romance, les sujets qui y sont abordés peuvent heurter la sensibilité des lecteurs.

Ce livre traite de **viol** et de **manipulation psychologique**. Si ces différents sujets vous mettent mal à l'aise, alors ce livre n'est malheureusement pas fait pour vous. Le comportement misogyne du héros n'aura aucune rationalité ni justification, tout simplement parce que rien ne peut excuser ce comportement.

Si je mets un point d'honneur à vous préciser cela, c'est pour ne pas heurter ou choquer certain(e)s lectrices/lecteurs plus sensibles.

Pour les jeunes lectrices/lecteurs (car même tout juste majeur, on reste jeune), s'il vous plaît, ne commettez pas l'erreur de lire ce roman en imaginant que ce genre de relation, dans la vie, peut être romantique. Il ne s'agit que de personnages tout droit sortis de mon imagination que j'exploite au maximum de la perversion humaine. Cependant, croyez-moi, je ne tolérerais pas, dans mon couple, un millième de ce que mon héros fait subir à l'héroïne.

Le vrai romantisme se trouve dans le respect et l'amour de l'autre, et je remercie mon mari de me le prouver chaque jour.

Sur ces paroles, un grand merci à celles et ceux qui me feront l'honneur de plonger dans l'histoire d'Ezrah et Lara.

Bonne aventure à vous !

Playlist

J'ai créé spécialement une playlist *Borderline T1 – Joyce Kitten* sur Spotify qui pourra vous plonger davantage dans cette lecture. Ces titres apparaissent en début de chapitre pour annoncer des scènes ou moments importants pour l'histoire. Vous êtes tout à fait libre de la suivre ou non.
Bonne lecture (et écoute), à toutes et tous.

When I R.I.P - Labrinth
Gangster (Flip Trap Mix) Remix – Music Factory
Fighter – The Score
I Can See the Danger – Valor Valor
Tame Impala – One More Hour
Romantics – Tove lo feat. Daye Jack
Toxic – 2WEI
Nexus – Niykee Heaton
My Own Summer – Deftones
Do It For Me – Rosenfeld
Army – Besomorph, Arcando, Neoni
The Devil in I – Nikki Idol
Bloodline – Natalie Jane
Venom – Rhea Raj
Sweet Dreams – Besomorph

À mon fils,
Comme Lara tu peines à trouver ta place dans ce monde,
mais tu en auras toujours une dans le mien.

Prologue

When I R.I.P - Labrinth

Une clope coincée entre les lèvres, le regard vague, j'entends à peine les gars qui me hèlent et chahutent sous les vociférations des uns et les ricanements des autres. Ma vision périphérique m'informe que deux de mes connards de potes font semblant d'en venir aux mains, sous l'hystérie des salopes qui rôdent, espérant une miette de notre attention.

Ce matin, en ce premier jour de nouveau semestre, je ne fais aucun effort pour leur donner satisfaction. Je ferme les yeux et j'appuie mon crâne contre le mur sur lequel je suis adossé. Seule la fumée de cigarette qui m'obstrue les bronches parvient à me canaliser.

Neuf heures sur ma montre. Mon terrain de chasse rouvre. Cela me réjouit autant que ça me déprime. Je reviens à la réalité, posant le regard sur mon équipe quasi au complet. Nos regards se croisent, scellant, sans qu'un mot soit prononcé, le contrat de fraternité qui nous unit depuis tant d'années et qui s'active à chaque rentrée. L'année dernière, j'étais encore des leurs, arpentant l'université en quête des sensations défendues que me procurent nos activités parallèles. À présent, ma vie a changé, mais il est hors de question que je renonce à nos projets.

Comme un putain de signe céleste, c'est à ce moment que je l'aperçois, tel un mirage. Elle avance les cheveux au vent, inconsciente de sa beauté fulgurante. Ses mèches d'un blond cendré viennent frapper son minois qu'elle ne tente même pas de dégager. Perdue dans ses pensées, elle continue sur sa lancée, les yeux dans le vide, et cette vision m'hypnotise.

Je ne l'ai jamais vue auparavant. C'est une certitude. Elle est nouvelle ici.

Je sens se réveiller en moi des sensations primitives que je sais être potentiellement très dangereuses. Elles n'annoncent que malheur et calamité. Un sourire félin apparaît sur mes lèvres.

À l'instar d'un prédateur tapi dans l'ombre, je l'observe se diriger vers les marches qui conduisent au bâtiment principal de l'université. Mon changement d'attitude n'a pas échappé à mes plus fidèles compagnons qui suivent à leur tour du regard l'objet de mon soudain intérêt.

Bien sûr, le cerveau reptilien de la jeune femme l'informe qu'un danger rôde, et, aussitôt, ses yeux bruns se braquent sur notre groupe. Je m'attendais à ce qu'elle rougisse d'être le centre de l'attention de tant de mecs, que ses yeux plongent vers le sol, pendant qu'elle se trifouillerait les cheveux d'un geste nerveux. C'est tout le contraire qui se produit. Sans interrompre sa marche dynamique, elle penche légèrement son visage sur le côté, fronce les sourcils et plante un regard perçant sur chacun de nous, en commençant par Ted. Quand elle s'arrête enfin sur moi, ma tension artérielle monte d'un cran. Ses pupilles noires m'étudient plus longuement, en réponse aux miennes qui intensifient leur inquisition.

Mais alors qu'elle avait encore la possibilité de me décevoir, qu'elle aurait pu s'éviter le destin funeste que je lui prévoyais à l'instant où je l'ai vue, elle accentue son œillade, et ce que j'observe me coupe le souffle.

Du défi.

Elle vient de me défier.

C'est au moment où elle devine que j'ai saisi le message qu'elle tourne la tête, le menton redressé, puis entre dans le bâtiment ancien qui accueille les futurs médecins.

Pauvre enfant. J'aurais pu te laisser partir. Du moins, j'aurais pu te laisser essayer de t'enfuir. J'aurais peut-être tenté de me contrôler et de ne pas laisser les pulsions qui me hantent se déverser sur toi comme sur un vulgaire jouet à l'avenir brisé.

Pourquoi a-t-il fallu que tu me provoques ?

C'est trop tard pour toi. Trop tard pour une possible rédemption. Trop tard pour une intervention divine. Ton sort est scellé.

Tu seras mienne jusqu'à ce que je décide du contraire…

CHAPITRE 1
Ezrah

GANGSTER (Flip Trap Mix)

Veille de la rentrée.

– Passe-moi le joint.

Kayron s'exécute et me file le mégot qui me brûle la corne des phalanges. Ma longue, très longue inspiration, provoque l'incandescence de la beuh tassée.

L'impact est immédiat, les voluptés de la drogue s'insinuent dans mon organisme à toute vitesse. Mes muscles se relâchent, mon ouïe se fait plus fine, ou bien est-ce un effet créé de toutes pièces par ce qui me sert de matière cérébrale ? Aucune idée. Toujours est-il que j'entends avec plus de précision le bassin de Ted claquer contre le cul de la gonzesse qu'il s'enfile, pendant que cette dernière s'occupe de pomper Max et Mehdi à tour de rôle. Mes paupières se plissent, ma nuque ploie vers l'arrière. Je profite de cette sensation de plénitude aussi longtemps que possible. Lorsque l'effet se dissipe et que je me redresse, j'ai conscience que mes cornées sont injectées de sang. Il faut dire que nous en sommes au cinquième joint partagé. Quelque chose dans ce genre-là, en tout cas.

La rentrée arrive d'ici quelques jours avec, dans son sillage, une ribambelle de nouvelles victimes potentielles. Je me languis de les rencontrer et me lèche les babines rien qu'à cette idée. Des images plus perverses les unes que les autres défilent devant mes rétines, inspirées par le cul de la nana en train de se faire déboîter. Un rictus maléfique barre le bas de mon visage quand je dévie mes yeux jusqu'aux siens, larmoyants.

La fille était consentante. C'est tout ce qu'il y a à savoir. La petite brune a accepté de venir dans le sous-sol de Ted pour passer un moment en notre compagnie. Contre toute attente, c'est elle qui a pris l'initiative de se déshabiller, sûrement dans le but de nous plaire ou de gagner notre intérêt. Force est de constater qu'elle l'a eu… notre intérêt. Pas une seule fois elle n'a réclamé qu'ils arrêtent, même si je sais avec certitude qu'elle rêverait qu'ils se dépêchent de jouir pour enfin la laisser quitter ce lieu de dépravation. Cependant, quand j'observe les verges turgescentes de mes potes, j'ai bien peur que son vœu ne soit pas exaucé de sitôt.

– Ez, tu ne veux toujours pas te joindre à nous ? me scande Ted qui se retire du vagin ou du cul de sa partenaire (de là où je me trouve, je ne saurais dire avec précision). Regarde-moi comme elle est bonne, cette salope.

Je ricane en reprenant une taffe de cette merde addictive. Je ne devrais pas, mais c'est plus fort que moi.

– C'est quoi, ton petit nom ? demandé-je à la demoiselle alors que Max enfile une capote afin de remplacer son compère qui, lui, s'agenouille devant la bouche pulpeuse de la nana.

– Je-Jenna, bredouille-t-elle en laissant la bite de Ted lui caresser le menton. Je suis dans le même cursus que vous depuis deux ans, je pensais que vous vous souveniez au moins de mon prénom.

La petite note aigre qui pointe dans sa voix m'indique que la belle est vexée. J'affiche donc une moue faussement désolée, pendant que les autres se marrent à l'unisson.

–Jenna, je te fais la promesse qu'à présent, ton nom restera gravé dans nos mémoires.

La pénétration de Max est si violente que ladite Jenna écarquille les yeux en même temps que sa mâchoire s'ouvre pour avaler le phallus de Ted.

Je me vautre à nouveau dans le canapé défoncé sous le regard agacé de Max. Ce judoka chevronné est spécialiste en combat de corps à corps, même s'il les préfère avec un adversaire féminin. J'ai rencontré ce petit con il y a peu de temps, pourtant j'ai tout de suite senti son potentiel. Si, dans notre bande, je suis le plus vicieux, Max est clairement le plus imprévisible. Ç'a été un jeu d'enfant de le convertir à nos petites activités plus ou moins illicites. D'ailleurs, je suis souvent obligé de le freiner dans son élan.

Jongler entre le bien et le mal est un art complexe dont je manipule les ficelles jour après jour. Il est important de bien sélectionner les filles avec lesquelles nous nous amusons et d'apprendre l'emplacement exact de leurs limites. Comme ces dernières varient d'un individu à l'autre, la patience et la manipulation sont nos meilleures armes. Clairement, Max a des progrès à faire de ce côté. Il n'apprécie pas non plus lorsque nous réussissons à briser nos victimes, qu'elles se soumettent à nos jeux les plus vicelards et que je me contente d'observer sans intervenir. Peut-être prend-il cela pour un manque de reconnaissance envers son offrande. Je l'ignore. Cette nana a été son œuvre attitrée le semestre dernier. C'est lui qui s'est chargé de la modeler à notre façon… À l'image d'un chat qui rapporte sa proie de la nuit sur le rebord de la fenêtre du domicile de son maître, Max se vexe que je ne déguste pas son butin.

Kayron non plus ne participe pas, et on ne l'emmerde pas, lui. Enfin, remarquez, c'est sans doute dû au fait qu'il soit gay. Je dois dire que lorsque l'information est parvenue jusqu'à nous, nous avons été surpris, voire clairement réfractaires. L'homosexualité est encore un sujet sensible dans notre société, et vu nos penchants respectifs pour les baises communes, le malaise s'est très vite installé à l'idée qu'il puisse zieuter nos queues. Pourtant, après deux, trois blagues vaseuses sur le sujet, nous avons encaissé la nouvelle, et son orientation sexuelle n'a plus jamais posé problème.

Je toise la scène qui se déroule devant moi avec un intérêt sincère. Malgré mon état de défonce, elle réussit à me foutre la trique. Afin de me soulager, je baisse ma braguette puis sors mon propre membre pour me caresser. Parfois, je participe, mais cette fois, soit la beuh est trop puissante, soit la petite brune n'a pas ce qu'il faut pour m'obliger à lever mon cul et passer du bon temps entre ses cuisses. De toute façon, j'adore observer. Bien souvent, cela me suffit, surtout si j'arrive à gicler en me branlant. Je présage d'office que ce ne sera pas le cas ce soir. Elle est excitante, mais pas à ce point. D'ailleurs, ses cris de douleur me vrillent les tympans. Ai-je déjà dit que la weed me rendait sensible au bruit ? Bref, j'aimerais qu'elle la mette en sourdine.

– Ta gueule, Jenny-machin, grogné-je. Ted, ta queue est pas assez grosse pour qu'elle soit obligée de la boucler ou quoi ?

– Juge par toi-même, t'as les yeux dessus, enculé, rétorque-t-il en attrapant la tignasse emmêlée pour empaler sa propriétaire plus profondément.

Malheureusement, cette prise n'aura pas l'effet escompté puisque « Jenne », ou je ne sais quoi, a un horrible hoquet. Ni une ni deux, le grand brun baraqué se retire avant de repousser la gonzesse qui s'écroule au sol sous les insultes de Max.

– Tu fais chier, Ted ! C'est toujours quand c'est mon tour que tu merdes.

Pourtant, bien que la pauvre Jennifer soit en piteux état, Max reprend sa position, avant de labourer de nouveau son jouet du moment qu'il a mis tant de temps et d'énergie à corrompre.

Quelques minutes plus tard, j'entends vaguement les gars jouir chacun leur tour. Je me reconcentre sur la scène brouillée par la fumée opaque qui m'empêche de cerner tous les détails. Les jets de spermes des trois mecs ricochent sur sa tignasse, son visage et sa poitrine.

Bons joueurs, nous laissons toujours la nana rester avec nous le temps qu'elle le souhaite après nos ébats. Malgré tout, cette fois-ci, notre copine se relève, se rhabille d'une main tremblante puis se dirige droit vers la sortie.

– À plus tard, Jeda, tenté-je d'articuler.

– T'es pas croyable, Ez, souffle Mehdi. Elle s'appelait Jenna. C'est quand même pas compliqué de retenir un blase plus de trois minutes.

– T'as raison, je devrais faire un effort. C'est que j'oublie à chaque fois que vous êtes précoces.

– Ah, ah, très drôle, ironise-t-il. T'aurais dû voir comme elle était serrée, réplique-t-il en allumant une clope. Max nous mentait pas quand il disait que c'était un putain de morceau de choix, celle-là.

Ce dernier se marre en se penchant vers le frigo miniature qui nous sert à entreposer nos boissons plus ou moins alcoolisées. Il en sort une bière qu'il décapsule à l'aide d'une cuillère sale posée sur une étagère rouillée.

– M'en parle pas, je pourrais bander rien qu'en y repensant.

Après avoir bu la moitié de la bouteille d'une traite, il me la propose, et j'accepte volontiers.

– Bon, les gars, les coupé-je, la chair fraîche arrive bientôt. J'espère que vous êtes prêts, parce que la chasse va reprendre.

Les exclamations qui me répondent confirment que l'année à venir va être aussi mouvementée que les précédentes. Vivement que je déniche ma prochaine cible.

CHAPITRE 2

Lara

Romantics – Tove lo feat. Daye Jack

J'avale les foulées depuis plus d'une heure et quart maintenant. En un regard sur ma montre connectée, j'apprends que j'entame mon septième kilomètre. Mon front se plisse, et je lâche un juron. La cadence n'est pas bonne. Tout en continuant ma course, j'appuie sur les paramètres de l'objet pour connaître ma vitesse moyenne. Comme je le soupçonnais, elle est mauvaise. Ma sœur va se foutre de moi avec de telles stats. D'une poussée sur mes muscles pourtant déjà ankylosés, j'accélère.

J'ai conscience de ce qui me perturbe. Ma prochaine rentrée dans la célèbre université Johns-Hopkins. J'ai travaillé comme une acharnée pendant des années afin d'espérer passer mon doctorat dans cet établissement, dans le but d'intégrer le prestigieux programme de chirurgie de l'hôpital du même nom.

Mon père attend également beaucoup de moi. Cet ancien militaire, forcé de prendre une retraite anticipée à cause d'une vilaine blessure récoltée sur le front irakien, me pousse sans cesse dans mes retranchements. Il n'est pas aussi dur avec ma sœur cadette, Adèle. J'ai appris à vivre avec cette légère différence de traitement car je suis loin d'être tout à fait innocente face à cette situation. Je suis un peu l'électron instable à surveiller comme le lait sur le feu. Malgré cela, nos liens familiaux demeurent solides. Plus encore lorsque la vie nous a poussées dans les bras l'une de l'autre, puisant dans notre présence mutuelle l'énergie de maintenir notre père à flot, ce dernier ayant sombré dans une dépression terrible à la suite de son accident cumulé au départ de ma mère quelques années auparavant.

J'avais seulement 10 ans, ma sœur 8, quand notre génitrice a pris la décision de partir du jour au lendemain avec un ami à elle, rencontré lors d'une retraite spirituelle. Je me souviens d'elle comme d'une personne fantasque, légèrement hystérique par moments, qui pouvait nous couvrir de mots tendres pour l'instant d'après nous hurler dessus parce que nous n'avions pas fait « l'accueil au soleil matinal ».

Son départ a eu l'effet d'un tsunami sur notre famille. Mon père s'est réfugié dans le travail, enchaînant les missions à l'étranger, en nous laissant sous la tutelle de notre grand-mère paternelle qui, même si elle faisait de son mieux, négligeait régulièrement son rôle de tutrice. C'est donc moi qui ai assumé ma sœur pendant la grande majorité de notre enfance.

Je n'en veux à aucun de mes parents. Ma mère a choisi de vivre sa vie en nous retirant de l'équation, et cela a créé en moi un insupportable sentiment d'injustice et de haine. Malgré tout, bien souvent, je me suis demandé si ses défaillances mentales ne nous auraient pas davantage porté préjudice que son absence. Quant à mon père, s'il a été peu disponible à cause de son travail et a ensuite navigué en eaux troubles pendant plusieurs mois, il m'a, en revanche, formée avec une rigueur indéniable. C'est à lui que je dois mes facultés de battante. Je concilie à la perfection les sports de combat avec le yoga, que je pratique avec la même précision. Son éducation rigoureuse m'a bien souvent mise à l'épreuve. Je ne peux nier que l'envie de quitter la maison m'a traversé l'esprit un millier de fois. Cependant, à 24 ans, je possède de bonnes notions de karaté, suis capable d'effectuer un bakasana[1] et me trouve à deux heures de fouler les couloirs d'une des universités les plus prisées des États-Unis.

Ma vie est loin d'être parfaite, mais d'autres sont bien plus à plaindre. Nous sommes en bonne santé et vivons très confortablement grâce au salaire de mon père, ainsi que la pension d'invalidité que l'État lui cède. Notre famille vacille souvent, mais chaque membre parvient à maintenir son bout de mur en place pour conserver la stabilité de l'édifice.

Mes foulées me ramènent devant le hall de l'appartement que je partage depuis près d'un mois avec Adèle et son mec, Tony, qui s'est incrusté dans le projet. Un logement dans un quartier tranquille que mon père nous a dégoté pour que je puisse suivre mes cours plus facilement et pour qu'Adèle… puisse fuir les problèmes restés à Charleston, notre ancienne ville. Nous devions partager la seule chambre que l'appart contient, seulement, ma cadette m'a suppliée de laisser son mec emménager avec nous. Comme je ne dois pas être présente en semaine, j'ai fini par céder, de mauvaise grâce. Dormir sur le canapé convertible n'est pas vraiment pour me plaire, mais Adèle ne connaît personne ici, et je serai absente la majeure partie de l'année. De plus, même si ma sœur n'est pas étrangère à l'incident qui s'est déroulé il y a plusieurs mois, je ne peux m'empêcher de culpabiliser d'avoir plongé notre famille dans un enfer tel qu'elle soit obligée de déménager elle aussi.

Nous venons initialement de la Caroline du Sud. Je n'oublierai jamais le sacrifice que fait ma famille pour me donner cette chance. Cette école prestigieuse doit me

---

1 Posture de yoga complexe.

permettre d'obtenir, à terme, un doctorat en médecine chirurgicale. C'est mon rêve depuis toute jeune.

Lorsque je rentre, je suis immédiatement interpellée par ma cadette avachie sur mon « lit », ou plutôt, devrais-je dire, le canapé convertible qui me sert de lit.

– Adèle, tu fous quoi dans mon lit ? la questionné-je d'un ton sec.

L'intruse relève la tête de son bouquin, mais je n'attends pas sa réponse pour me diriger vers sa chambre à elle, dans laquelle je trouve un Tony tout aussi actif. Ce dernier lève les yeux de son smartphone en apercevant ma silhouette dans l'encadrement de la porte.

– Alors, tu as battu ton record ? se marre-t-il.

– Et toi ? T'as dépassé les douze heures de sommeil d'affilée ? répliqué-je sur le même ton. Reste ici jusqu'à nouvel ordre, je dois me préparer pour la fac, et il est hors de question que tu te rinces l'œil.

Je l'entends grommeler que de toute façon, il est loin d'être intéressé, mais je referme la porte pour m'isoler, avant de retirer mes habits pleins de sueur.

– Tu trouves normal que vous soyez chacun de votre côté ? interrogé-je Adèle en prenant la direction de la salle de bains, seulement vêtue de mes sous-vêtements.

– Je déteste mon matelas, il est rigide comme de la pierre, mais papa refuse de m'en acheter un nouveau.

– T'as 22 ans, non ? Si tu en veux un nouveau, bouge-toi le cul et va bosser. Ou demande à ton copain, répliqué-je en lui balançant mon tee-shirt dégoulinant.

Comme prévu, ce geste la scandalise tant qu'elle effectue un saut périlleux pour fuir le linge maudit.

– Ah ! Mais t'es dégueulasse, Lara.

Je me marre pendant qu'elle frissonne de dégoût. Une fois sous la douche, je l'entends encore au loin me raconter ses histoires de copine qui aurait volé le mec de l'autre et, bien que ce soit futile, j'adore l'écouter commérer.

Une demi-heure plus tard, je suis toujours en soutien-gorge devant mon miroir, à moitié agacée de devoir fouiller dans les cartons de déménagement que j'ai entassés à la va-vite entre le canapé et la table basse. Octobre vient de pointer le bout de son nez, il ne fait donc plus assez chaud pour que je porte l'une de mes robes estivales que j'ai usées jusqu'à la corde.

Je me décide enfin à prendre mon courage à deux mains pour en éventrer quelques-uns que je n'avais pas encore déballés. Au grand dam de mon père, sa maniaquerie n'a jamais déteint sur moi, contrairement à Adèle qui toise la pièce commune avec un air franchement dégoûté.

– Une vache ne retrouverait pas son veau ici. Tu devrais avoir honte.

– Eh bien, je t'en prie, montre-lui le chemin et retourne dans ta piaule.

Elle m'adresse une moue moqueuse puis se reconcentre sur son bouquin en continuant de piailler. J'ignore comment elle peut lire pendant qu'elle parle.

Quand j'ai enfin trouvé de quoi me vêtir, je tente vaguement de débroussailler ma longue chevelure blonde, attrape ma veste en jean ainsi que mon sac puis lance un bref au revoir à ma cadette, qui se presse de prendre ma suite.

– Tu me raconteras tout, n'est-ce pas, Lara ? Je veux savoir si c'est comme dans les films. J'espère que tu tomberas sur un jeune prof canon, ou qu'une nana aux cheveux rouges te prendra en grippe et renversera ton plateau au self parce que son mec t'aura matée la bouche ouverte.

J'entends le rire lointain de Tony.

– Oui, oui, Adèle, soufflé-je. Promis, je t'envoie les photos si je me retrouve avec du papier toilette collé dans la tignasse.

Je claque la porte avant de filer vers ma voiture. Même si ma sœur peut être agaçante quelquefois, j'admets que le scénario qu'elle a glissé dans mes pensées me fait marrer pendant que je démarre le moteur de ma vieille Ford.

Pourtant, bien vite, l'anxiété me gagne de nouveau. Le footing de tout à l'heure n'aura pas réussi à évacuer toutes les tensions liées aux enjeux qui m'attendent à Hopkins. Immédiatement, je mets en pratique des techniques d'autohypnose consistant à réguler mon flux respiratoire, ce qui calme ma pression artérielle.

Mes cheveux blonds flottent dans l'habitacle grâce aux fenêtres ouvertes. J'étais habituée aux températures bien plus élevées en Caroline du Sud, mais la brise matinale fraîche a le mérite d'être vivifiante.

Quand j'entre dans Wyman Park, très vite, j'aperçois le bâtiment du BMA[2] à la renommée mythique, constitué de briques rouges. Son charme ancestral me fait sourire béatement.

Enfin, te voilà.

***

Je déambule dans les ruelles pavées de la même couleur que les édifices avec l'allégresse d'un conquistador, bien loin des appréhensions qui me crispaient il y a quelques minutes à peine. L'université s'étend sur plusieurs hectares, ce sera un miracle si je trouve le bon bâtiment du premier coup. Dans l'immédiat, je me contente de suivre le flot léger mais régulier d'étudiants qui ne me prêtent aucune attention.

Le vent souffle assez vigoureusement, ce qui est loin de me gêner. Il nous manquait parfois cruellement dans notre ancienne région. Peu importe que quelques mèches de mes cheveux me brouillent la vue par moments. Ça ne m'empêche pas de poser un regard admiratif sur le Gilman Hall et son clocher, centre iconique du campus.

---

2 Baltimore Museum Of Arts.

J'arrive presque à l'escalier, quand je la perçois. Cette sensation. Quelqu'un m'observe. Sans pivoter, je me contente d'utiliser ma vision périphérique pour distinguer vaguement un groupe d'individus près de l'une des six colonnes soutenant le porche historique.

Je m'efforce d'ignorer l'appel de ma curiosité. *Ne rentre pas dans leur jeu, ils n'attendent que ça…* Seulement, c'est difficile quand la pression qui s'installe dans mon plexus devient de plus en plus palpable, et que ma peau me donne l'impression de cuire sous cette œillade à laquelle je ne veux pas répondre.

Mon pied se pose sur la première marche, pourtant je ne songe qu'à cette ou ces personnes qui me scrutent. *N'y pense plus, n'y pense plus.* Je suis presque à leur niveau, plus que quelques mètres et j'entrerai dans le hall, ce qui me permettra d'être délestée de ce poids.

Alors pourquoi ? Pourquoi est-ce que mon corps désobéit et que mes prunelles sont à présent vissées à celles d'un garçon brun, athlétique, à l'allure railleuse ? Je me fustigerai plus tard. Pour le moment, mon besoin est assouvi, et ma raison, en échec.

Il n'est pas tout seul, il y a même avec lui quelques filles, que j'ignore totalement, concentrée sur un combat qui, je le pressens, peut déterminer mon avenir dans les prochains mois. Il ne m'a pas fallu plus de quelques secondes pour comprendre que cette petite équipe devait avoir une influence importante dans ces lieux. J'en suis certaine, maintenant que j'examine le dernier de la bande, appuyé contre le mur, les bras croisés sur sa poitrine. Sa peau métissée contraste avec son tee-shirt à manches longues de couleur crème. Son regard s'amarre au mien avec une telle intensité que je sais à présent que c'est lui qui a activé mon alarme interne. Le temps se suspend.

Ils sont plus séduisants les uns que les autres, mais lui est de loin le plus bel homme que j'ai vu depuis ces derniers mois. Pourtant, quelque chose dans ses iris m'oblige à passer à l'offensive. C'est pour cette raison que je prolonge notre contact visuel et que je hausse très subtilement les sourcils, en même temps qu'un léger rictus narquois étire mes lèvres. Quand un tressaillement brouille son visage, je comprends que je viens de remporter la première manche et entre dans le bâtiment. Une fois hors de leur portée, j'exhale un soupir que je n'avais pas le souvenir d'avoir retenu.

Ce petit groupe de mecs à la plastique parfaite me donnerait presque envie de ricaner. Leur façon de se vautrer contre la structure, comme si le monde leur appartenait, comme si chaque femme de l'univers était susceptible de tomber amoureuse s'ils daignaient lui adresser un regard… C'est pathétique en plus d'être ridiculement faux. Toute cette attitude dominatrice prouve une seule chose : qu'ils ne seront jamais à la hauteur de celles qui savent prendre les commandes. J'adorerais le leur démontrer, toutefois je n'en ai ni le temps ni l'énergie. Pas encore.

Le processus de la mémoire est un mécanisme complexe qui, même s'il apporte son lot de souvenirs agréables, délivre également des avertissements qu'il serait tout à fait stupide d'ignorer. Je ne dois pas réitérer mes erreurs.

Mon premier cours se déroule en amphithéâtre. Pour me rendre au bon endroit, je dois accéder aux escaliers en passant par l'atrium, cette salle gigantesque possédant une hauteur sous plafond à faire pâlir d'envie un curé. Ébahie, je lève les yeux vers le ciel pour observer le dôme en verre auquel sont accrochés une dizaine de lustres à la taille disproportionnée. Je ne m'attarde pas sur ce puits de lumière puis file d'un pas déterminé vers ce que je devine être une cage d'escalier.

L'amphi n'est pas très difficile à repérer puisqu'il se trouve être l'unique salle à ce niveau. Beaucoup d'étudiants sont déjà en place, je dois donc me faufiler entre les jambes de plusieurs d'entre eux pour m'installer à mon tour. Ce matin, nous rencontrons notre professeur de biochimie cellulaire et moléculaire. Notre enseignant référent pour l'année.

Nous l'attendons tous patiemment dans le brouhaha de ceux qui ont trouvé avec qui faire la causette. Ce n'est pas mon cas. Je n'ai jamais été très douée pour me familiariser avec les gens de mon âge. La jeune femme assise à ma droite relève le menton vers moi, cherchant mon attention, sauf que lorsque je lui rends la politesse, je découvre que ce n'est pas moi qu'elle regarde mais la double porte. Je l'imite en pensant que le professeur est arrivé, puis tombe sur le groupe d'individus croisé tout à l'heure. Ma mâchoire se contracte. Eh merde. Ils sont dans le même cursus que moi. Quelle coïncidence à la con.

Je laisse mes cheveux légèrement ondulés dissimuler mon profil afin d'éviter d'attirer leur attention pendant que je les dévisage. Hélas, celui que j'ai consciemment provoqué doit avoir le même sixième sens que moi, puisque son regard scinde la foule avant d'accrocher le mien. Je tressaille quand je distingue un éclair de sadisme traverser ses pupilles. Il détourne les yeux, un horrible sourire carnassier étire maintenant ses lèvres d'une sensualité à couper le souffle.

Mon cœur bat à tout rompre. Sa réaction n'est pas anodine. Mes craintes ressurgissent, mon cerveau carbure à mille à l'heure pour tenter de trouver une solution au problème que j'ai délibérément créé. Je n'aurais jamais dû le provoquer, je ne dois pas me laisser embarquer dans un nouveau combat. Quelle idiote. C'est plus fort que moi. D'ailleurs, je ne peux ignorer l'étincelle d'excitation que mes angoisses sont incapables d'éteindre. Lara, bordel, arrête ça tant qu'il en est encore temps ! Oui, mais comment ? Comment endigue-t-on un raz-de-marée ? Y a-t-il des barrages suffisamment solides pour contrer une vague lancée à pleine puissance ? Parce que je sais, j'ai deviné à son attitude, que la partie que j'ai commencée risque de se retourner contre moi, ou contre lui…

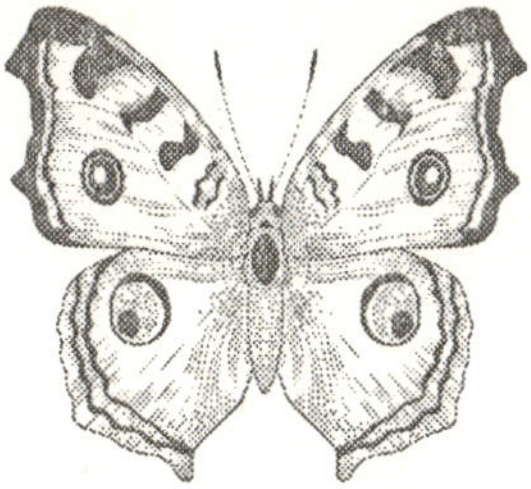

CHAPITRE 3

Lara

L'entrée en matière du professeur Dayn est intéressante. Celui-ci nous apprend qu'en dernier cycle universitaire, la théorie laisse place à des mises en pratique régulières pour les prochaines années. Ce n'est pas pour me déplaire. J'ai passé les six dernières années à bûcher nuit et jour pour réussir mon concours et atteindre ce niveau.

Les consignes se suivent et se ressemblent, mais je perds le fil, étant donné que la petite bande s'est postée quelques rangées au-dessus de moi. Tendue à l'idée d'être épiée sans pouvoir répliquer, mes doigts ne peuvent s'empêcher de triturer la peau découverte de mon cou. Je passe mes cheveux d'une épaule à l'autre, cherchant à occuper mes membres tremblants de frustration. Quand enfin le cours se termine, il ne me faut pas une minute pour sortir de l'amphithéâtre.

L'air frais du parc que je traverse au pas de course me fait un bien fou. Nous n'avions qu'un seul cours ce matin, pour que chacun puisse s'installer dans les dortoirs ou gérer les formalités administratives. Mon père m'offre un logement pas loin de l'université, mais puisque ma sœur a décidé de s'installer avec moi, j'ai préféré louer une chambre sur le campus afin d'avoir accès à la bibliothèque à tout moment et ainsi réviser plus facilement. J'aime Adèle, mais elle est souvent dans mes pattes ; or je ne peux pas la laisser interférer avec mes études. Il a été convenu que je reviendrais le week-end, pour passer du temps avec elle. Nous en avons grandement besoin…

En attendant, je me dirige là où le vent me porte, n'importe où pourvu que ce soit loin de ces gars. Je ne comprends pas pourquoi cette sensation d'urgence me vrille les tripes. Il ne s'est rien passé de spécial. Pourquoi suis-je en état d'alerte ? *Parce que tu te connais…* Non, c'est faux, j'ai évolué. La vie n'est pas une boucle spatiotemporelle, il est toujours possible de changer, de gagner en maturité.

Je finis par repérer l'accueil grâce à l'amoncellement de jeunes gens qui s'y regroupent et font la queue. Peu de temps après, j'ai enfin mon numéro de dortoir et un plan détaillé de l'université. À l'aide de ce dernier, je trouve rapidement le bâtiment qui accueille les étudiants. Ma chambre est située au troisième étage, si j'en crois l'explication gribouillée sur un papier par la secrétaire. La tentation est trop grande d'y monter tout de suite, même si mes affaires sont encore dans mon coffre. Tant pis, je descendrai tout à l'heure les chercher. Pour le moment, j'aimerais voir si la pièce est conforme aux idées préconçues que les films pour ados ont imprimées dans mon imagination.

Tout excitée, j'en ai oublié l'épisode déstabilisant de ce début de matinée. J'entre dans la cage d'escalier, l'âme plus légère. Toutefois, ça ne dure que l'espace de l'instant que je mets à franchir le premier étage. Arrivée à l'angle d'un palier, mon cœur tressaute, et mon souffle se coupe.

– Salut toi, susurre le jeune homme à la peau mate, la capuche d'un sweat qu'il ne portait pas tout à l'heure lui camouflant le haut du visage.

Si je peux le reconnaître, c'est parce qu'il est accompagné d'un des gars avec qui il se trouvait au Gilman Hall, puis dans l'amphi. Ce dernier me toise avec une expression indéchiffrable. Lui aussi est vêtu d'un sweat au nom de JH, mais je peux voir son visage. Ses yeux marron me rappellent les miens, car ils dégagent une hostilité que je sais imiter à la perfection.

Ses cheveux blonds s'harmonisent avec son teint de peau clair. Ils sont aussi grands l'un que l'autre, et soudainement, l'étroitesse du lieu me paraît insupportable.

Je ne peux pas continuer mon ascension sans devoir leur passer devant et, pour finir, leur tourner le dos, ce qui est hors de question. Je me fige, attendant la suite de cette petite scène, incapable de prédire leur objectif. À cet instant, je rêve qu'une horde d'étudiants nous interrompe et me donne une formidable source de diversion pour m'enfuir.

– Regarde ça, Kayron, la demoiselle a l'air d'avoir oublié la politesse, marmonne mon principal adversaire.

Ledit Kayron demeure le seul à soutenir mon regard, puisque l'inconnu fait glisser ses yeux sur mes jambes moulées dans mon jean slim jusqu'à les remonter vers ma poitrine qu'il finit par fixer sans vergogne, certainement dans le but de me mettre mal à l'aise.

Je me penche, le buste en avant, afin d'attirer son attention.

– Tu n'avais jamais vu une paire de seins de ta vie ? le provoqué-je. C'est quand même très inquiétant pour un étudiant en médecine. Je suis sûre que ta maman serait ravie de te renseigner sur le sujet. (Je me redresse). Maintenant, bougez de mon chemin !

L'expression neutre du blondinet se transforme en une mine surprise alors que, enfin, son acolyte plante ses iris dans les miens. Leur couleur vert olive est stupéfiante, rehausse diaboliquement la teinte de sa peau. Il est encore plus séduisant que je ne l'avais soupçonné.

Tandis que je m'attendais à une réplique acerbe, il se contente de lever le menton en s'approchant de moi. Je suis loin d'être incapable de me défendre physiquement, alors pourquoi suis-je en train de reculer ? Bien entendu, je suis très vite acculée contre le mur poussiéreux.

– Merci, souffle-t-il près de mon front.

Il est si grand que mon nez arrive seulement à hauteur de ses clavicules. Nous sommes proches au point que son odeur masculine remplace l'oxygène par des phéromones.

– Merci de rendre la partie plus excitante, précise-t-il sans que j'aie prononcé un seul mot.

Sur cette menace à peine voilée, il tourne les talons avant de dévaler les escaliers vers le rez-de-chaussée, pendant que son acolyte avance dans ma direction, à la manière d'un fauve, puis disparaît de ma vue.

Les jambes flageolantes, la montée me semble si difficile que j'hésite à sortir pour prendre l'ascenseur. Les particules de parfum de l'autre n'en finissent pas de me titiller, m'empêchant d'oublier cette altercation beaucoup plus préoccupante que celle de ce matin.

Il ne m'a pas fallu plus d'une journée pour croiser la route des problèmes, je peste contre moi-même. *Tu peux encore faire marche arrière, excuse-toi et passe à autre chose.*

Malheureusement, je sais que je n'appliquerai jamais ces autoconseils. Il pleuvra du sang avant que je m'excuse auprès de quiconque. Ceci dit, je peux au moins essayer de l'ignorer.

Mon cœur bat encore la chamade quand j'arrive devant la porte numéro 302. J'entends, dans ce couloir bondé, les étudiants s'esclaffer les uns avec les autres. *Vous étiez où, putain, lorsque j'avais besoin de vous ?* À croire que plus personne ne daigne utiliser les escaliers en 2023. Je suis étonnée de voir des hommes circuler parmi nous. Les dortoirs doivent être mixtes, nous ne sommes plus au lycée… Durant mes premières années universitaires, je logeais au domicile familial, je n'en avais donc pas connaissance.

Je n'en suis pas gênée outre mesure. Néanmoins, je croise les doigts pour que ce soit une femme qui partage mon logement. Je vais vite le savoir, si cette personne est déjà installée. Lorsque je pénètre dans les lieux, j'ai rapidement la réponse à ma question muette grâce à l'odeur d'encens qui embaume l'espace exigu.

– Ah, salut, scande une voix.

Une tête féminine dépasse du deuxième étage d'un lit superposé.

– Salut, réponds-je. Je suis Lara, je crois que nous partageons cette chambre.

– Bienvenue, Lara, renchérit la jeune femme en se redressant tant bien que mal sans toucher le plafond. Moi, c'est Camilla.

Sa posture courbée m'arrache un sourire.

– Ça n'a pas l'air très spacieux en haut, la taquiné-je.

– Digne d'un vrai palace, ricane-t-elle en retour.

Je la vois se tortiller pour atteindre l'échelle, et quand elle la descend, mes yeux glissent le long de sa tenue exubérante. C'est un tout petit gabarit, elle ne doit pas dépasser les 1 m 55, et ses cheveux teints en rose, dont certaines mèches blondes épargnées trahissent leur couleur originelle, sont attachés en queue haute.

Elle me tend une main, accompagnée d'un immense sourire chaleureux. Son débardeur noir, sur lequel je peux lire les initiales d'un groupe de métal, laisse apparaître sa taille étroite qui débouche sur une minijupe à sequins sur un collant noir troué à plusieurs endroits. J'accepte sa poignée de main, même si j'ai l'impression que ce geste est un poil trop solennel, ce qui, au passage, ne correspond pas du tout à son genre vestimentaire.

– Tu aimes l'encens ? s'inquiète-t-elle soudainement. Sinon, tu me dis, je les éteins tout de suite. C'est juste que ça puait le renfermé quand je suis entrée. (Elle mime un haut-le-cœur). Je suis sûre que c'étaient des mecs avant.

– Non, aucun souci, au contraire. Je suppose que mon lit sera celui-ci ? la questionné-je en tâtant le matelas de l'étage inférieur.

Comme elle me tournait le dos pour chercher quelque chose dans sa valise, elle doit pivoter le buste pour m'adresser une petite moue moqueuse.

– Je présume. À moins que tu ne préfères dormir à même le sol, mais bon, c'est quand même moins agréable, glousse-t-elle. Au fait, tu viens d'où ?

– De Caroline du Sud. Columbia, plus précisément.

– Ah ! c'est de là que te vient ton si joli teint hâlé. Je t'envie, ma peau pâle brûle au moindre rayon de soleil.

– Ma mère est Australienne, indiqué-je. Ça aide pour paraître bronzée toute l'année.

Mon sourire répond au sien, pendant que je l'observe installer ses affaires tout en discutant de sujets divers. Je découvre que Camilla est quelqu'un de très agréable. Nous décidons d'échanger nos numéros pour nous informer de nos allées et venues dans notre chambre commune. Ma coloc rajoute que ça m'évitera de rentrer par inadvertance lors d'un de ses ébats sexuels, mais je réplique qu'elle n'est pas la seule à avoir une vie intime mouvementée. J'explose de rire sous son air faussement choqué jusqu'à ce qu'un coup frappé à notre porte nous interrompe.

Camilla s'en va ouvrir, pendant que je m'assieds sur le matelas qui va me servir de lit pour la prochaine année.

– Ah ! salut Jared.

– Salut, Cam. Ça va ? T'es bien installée ? Ta coloc n'est pas trop casse-couilles ? rajoute-t-il en tentant d'être discret alors que la pièce mesure vingt mètres carrés à tout casser.

– Non, du tout, la voici justement, annonce-t-elle en écartant la porte afin que le fameux Jared puisse me distinguer. Jared, voici Lara, Lara, voici Jared, un pote de l'université.

L'étudiant face à moi me fait penser à un geek tout droit sorti de *The Big Bang Theory*. Ses cheveux bruns, légèrement ondulés, reposent sur ses épaules et se couplent à une paire de lunettes démodées.

– Salut, Jared, lancé-je en faisant un petit signe de main.

– T'es nouvelle, toi, non ?

Il fronce ses sourcils fournis qui disparaissent derrière la barre centrale de ses lunettes.

– En effet.

– Ah ! Gé-nial ! s'exclame-t-il avec un entrain exagéré. On cherche tous les nouveaux pour leur annoncer qu'après les cours, une fête a lieu en leur honneur.

– Une fête ? répété-je. C'est étrange, l'administration ne m'en a pas fait…

– Quelle soirée digne de ce nom serait organisée par l'administration, sérieusement ? me coupe Jared, outré. Non, ma belle, ceci est une veillée d'exception programmée par les étudiants de cursus supérieur. Normalement, cela ne concerne que ceux qui entrent en premier cycle, mais cette année, on en a pas mal qui débarquent pour passer leur master ou leur doctorat, alors désolé, tu feras partie du lot !

Le petit clin d'œil amusé que me lance Camilla n'est pas du tout rassurant.

– T'inquiète, j'irai avec toi, si tu veux, me glisse-t-elle en tapotant mon épaule. Moi, j'ai de super souvenirs de ma soirée d'intégration. Pas toi, Jad ?

– Arrête de m'appeler comme ça, et non, moi pas du tout. C'est bien pour ça que je me venge sur les nouveaux en les rameutant.

Son éclat de rire se répercute dans ma poitrine chamboulée par cette annonce.

– Bon, allez, à plus, les gonzesses, j'ai encore le quatrième étage à faire.

Puis il s'éclipse aussi vite qu'il est venu.

Mon état d'inquiétude n'est pas raisonnable. Il n'y a rien de mal à aller à une soirée entre étudiants, pourtant, j'ai un mauvais pressentiment. Faire la fête ne m'a jamais posé problème, je sortais régulièrement avec mes rares amies dans mon ancienne ville. Mais ici, je ne connais personne, et hormis Camilla, les individus que j'ai rencontrés ont été clairement hostiles. Isolée, je suis une proie bien trop facile.

– Je ne pense pas que je serai de la partie ce soir, désolée, annoncé-je à ma colocataire déjà retournée à ses occupations de rangement.

– Ah bon ? Jared t'a fait peur ? Je t'assure que tu ne crains rien. Tout se passe toujours très bien, il n'y a jamais eu de débordement. Le doyen ne le permettrait pas, et les places ici sont trop chères pour risquer de les perdre pour une petite fête d'intégration.

Ce qu'elle m'explique est logique, toutefois, rien n'arrive à calmer l'anxiété qui me picote les doigts. Le visage de l'autre s'impose à mon esprit pour la énième fois de la journée. La voilà, la raison de mon inquiétude. Il a réussi à m'intimider. Cette révélation fait monter une colère douce-amère en moi.

Il n'a pas eu besoin de dire plus d'une phrase, et j'en suis déjà à craindre de me rendre à une soirée ? Hors de question. Je ne dois pas laisser les mauvais souvenirs entacher mon présent. Les situations ne sont pas comparables, je suis plus forte et bien mieux préparée. La voix de mon père s'impose à mon esprit. Je sais ce qu'il me dirait.

Lara, arrête avant qu'il ne soit trop tard.

Mais ce n'est pas possible. Je ne peux pas le, les, laisser gagner. Je sais que je vais avoir des adversaires coriaces, mais ils n'ont aucune idée de ce dont moi, je suis capable en retour.

S'ils sont présents ce soir, possible qu'ils en aient une petite démonstration.

CHAPITRE 4

Ezrah

Fighter – The Score

L'après-midi a été longue, je dois l'avouer. Ce matin, Ted a été le premier à croiser le regard de la belle blonde, dont je viens d'apprendre l'identité complète : Lara Ward. Hum, Lara, ce si joli prénom glissera parfaitement sur mes lèvres. J'ai hâte de t'entendre hurler le mien en retour. De plaisir ou non, seul l'avenir nous le dira.

Notre embuscade dans les escaliers avec Kayron a achevé de me convaincre que je la voulais. Doit-elle s'estimer chanceuse ou, au contraire, frappée par le sort ? Je dirais que tout dépend du point de vue.

Accompagné de mes fidèles coéquipiers, je laisse le temps filer, avachi sur l'un des bancs du parc avoisinant les bâtiments de l'université, une bière à la main. Tous les cinq, nous sommes unis dans la perversité, la débauche et la perfidie. D'ailleurs, tous devaient approuver Lara pour que nous la prenions officiellement en chasse. Le délibéré n'a pas traîné. Après son comportement devant le Gilman Hall, la moitié d'entre nous devait avoir une gaule capable de briser de la pierre. Il n'a même pas été utile qu'une validation orale soit émise : en un seul regard, nous nous étions mis d'accord.

Ce soir est une parfaite occasion pour lancer les hostilités. Mon impatience se trahit par les soubresauts de mes doigts contre le dossier du banc sur lequel repose l'un de mes avant-bras, pendant que j'engloutis ma Bud Light. C'est au moment où mes pensées dérivent sur les lèvres pleines de Lara qu'arrive Lindsay, l'une des nanas qui m'occupent quand l'envie m'en prend, dans le dos de Haley, celle que je baise plus assidûment depuis les deux dernières années. Elle tombe mal, car ce soir, aucune de mes pulsions ne converge dans sa direction.

– Salut, les gars, minaude-t-elle alors qu'un silence glacial lui répond.

Nous nous contentons de la toiser sans prononcer un mot. Cette attitude hostile la met clairement mal à l'aise. Parfait. Je n'ai pas une seconde à perdre avec elle, et le fait que la réaction de mes potes se calque sur la mienne, sans que j'aie besoin de prononcer un mot, prouve la force de notre cohésion. On est liés comme une seule et même personne, quand bien même je reste celui qui mène la danse. J'ai conscience de passer la plupart de mon temps à manipuler mon entourage pour qu'il agisse exactement de la façon dont je le veux. Mon cerveau carbure toujours telle une turbine afin d'anticiper les moindres failles des plans que je concocte. Si la bande suit tous mes désirs, c'est parce que je leur rends la pareille. L'égoïsme ne fait pas partie de la longue liste de mes défauts. D'ailleurs, c'est un réel plaisir de partager, surtout lorsqu'il s'agit d'un corps pourvu d'une généreuse poitrine couplée à un cul à faire se damner un saint.

Le corps en question, qui s'est déjà trémoussé sur toutes les bites de l'équipe, bascule d'un pied sur l'autre, ne sachant comment briser la glace qui s'est cristallisée autour de nous.

– Ez, je voulais savoir si tu te rendais à la soirée d'inté.

Mes yeux roulent dans leurs orbites.

– Qu'est-ce que ça peut te foutre ?

Son visage blêmit, ses yeux s'écarquillent face à la violence de ma réplique. Elle n'y est pas habituée, évidemment. J'ai dû jouer le fin séducteur pour la pousser à se faire prendre par nous cinq. Peut-être même ai-je émis l'hypothèse que ce serait l'unique façon de finir en couple avec moi. Je ne suis plus certain des techniques utilisées, puisqu'elle est sortie de ma tête à la seconde où j'ai éjaculé dans son rectum.

Le nouvel objet de mes convoitises, lui, arbore une nouvelle chevelure et des iris ébène qui reflètent à merveille l'obscurité de l'enfer dans lequel je veux la plonger. Elle me croit étudiant, ici. Normal, puisque je la traque dans l'université. Cela m'arrange qu'elle se sente cernée.

Je veux qu'elle arpente les couloirs de Johns-Hopkins en état d'alerte permanent.

– Ce que ça peut « me foutre » ? Eh bien, je ne sais pas, peut-être que je m'attendais à plus de considération de ta part depuis… (Son regard gêné bascule sur les gars avant de revenir sur moi.) Depuis la dernière fois.

– La considération demande un temps précieux qu'il m'est important de ne pas utiliser à mauvais escient, ma puce, répliqué-je d'une voix blanche.

Cette fois-ci, ses cils battent frénétiquement, pendant que le rouge lui monte aux joues. De colère ou de honte, je l'ignore. L'instant fatidique où leur raison prend le pas sur leurs émotions est toujours une étape qui m'agace en même temps qu'elle me libère, car elle signe le moment où la demoiselle éconduite va sortir ses griffes, avant de me lâcher la grappe.

– Va te faire mettre, sale connard, rugit-elle comme je l'attendais, alors que j'ai déjà détourné le regard. Allez tous vous faire voir !

Enfin, elle s'éloigne pour mon plus grand bonheur sous les ricanements de Ted et Kayron, alors que Max et Mehdi restent aussi silencieux que moi.

– Finalement, je vais peut-être répondre à ses avances et l'enculer à sec pour lui apprendre les bonnes manières, grogne Mehdi avant de porter son mégot à ses lèvres pendant qu'il regarde Lindsay partir d'un œil noir.

Quant à moi, les insultes me passent au-dessus de la tête, puisque mon intérêt est monopolisé par la future soirée qui approche à grands pas.

– Bon, faut qu'on se bouge, annonce Kayron. Les hostilités vont bientôt commencer, et j'ai hâte de voir les nouveaux.

Mehdi ricane dans sa barbe.

– Impossible que l'un d'eux te suce la bite ce soir, pas la peine de perdre ton temps.

– Oh ! mais tu sous-estimes mes talents, mec. Tu veux que je te montre de quoi je suis capable ? balance-t-il en se mordillant la lèvre.

– Aucun souci, réplique le concerné, avant de baisser son futal pour laisser sortir sa queue sous les éclats de rire de Max et Ted.

Même ma bouche s'étire d'amusement, chose assez rare lorsque je suis en état de cogitation extrême.

Kayron aussi nous dévoile un sourire à pleines dents.

– Mais regarde-moi cette bite toute flasque. Je ne comprends toujours pas comment tu arrives à la fourrer dans tant de chattes.

– Évidemment qu'elle est flasque, connard, y a rien qui m'excite, là. Ça risque peut-être de changer dès qu'on sera en présence de la nouvelle.

Cette fois-ci, je souris franchement. *Oh ! ne m'en parle pas, Mehdi.* Rien que de penser à ce qui l'attend ce soir, ma verge gonfle douloureusement.

– Kayron a raison, allons nous préparer. Rendez-vous dans trois quarts d'heure devant le hall.

CHAPITRE 5

Lara

J'avais en tête une tenue décontractée pour ce soir, avant de sortir de ma chambre et de croiser les participants, tous affublés de tenues plus somptueuses les unes que les autres. Il faut croire que je ne dois pas oublier que je me trouve dorénavant dans une université de haut rang. Ici, la plupart des étudiants viennent de familles richissimes. Bien sûr, les systèmes de bourse permettent à certains d'accéder à ces lieux de prestige, mais dans l'ensemble, la somme à débourser pour une année d'étude est phénoménale. Si moi j'ai pu y parvenir, c'est seulement grâce à l'argent que mon père a reçu pour ses faits d'armes.

Je fais marche arrière pour retourner dans ma chambre sous les œillades perplexes des jeunes femmes que je croise. Oui, oui, j'ai bien compris le message, je vais me changer. L'après-midi passé avec Camilla m'a aidée à prendre du recul sur les événements de la matinée. OK, je vais devoir être méfiante puisque je sens les ennuis poindre. Néanmoins, je ne dois pas devenir paranoïaque. Hormis le léger incident dans les escaliers, nous avons seulement échangé quelques regards. Rien ne confirme l'hypothèse selon laquelle j'aurais attisé un feu incontrôlable. Pourtant, je n'arrive pas tout à fait à éteindre l'alarme qui résonne toujours dans les tréfonds de mon être.

Ma toute nouvelle coloc est déjà partie depuis un moment pour préparer « les hostilités », si je reprends les termes qu'elle a utilisés avant de s'échapper en sautillant. Je suis donc seule face à l'armoire que nous nous partageons. Bien entendu, je n'ai pas songé à emporter une robe scintillante dans mes bagages, et vu l'heure qu'il est, je ne vais pas m'amuser à faire les boutiques. C'est au moment où je pense abandonner et entamer un bon bouquin que Camilla débarque avec une housse dans les mains.

– Ah ! ouf, t'es toujours là, s'exclame-t-elle. Tiens, je t'ai trouvé une tenue. Megan en a toute une flopée. Elle a bien voulu t'en prêter une à la seule condition que tu promettes de ne pas baiser avec.

Son rire cristallin me laisse une nanoseconde sans voix.

– Comment ça ? Qui est cette Megan et comment savais-tu que je n'avais pas de quoi m'habiller pour ce soir ?

Son œillade inquisitrice m'épie comme si je venais de dire l'absurdité de l'année.

– Eh bien, peut-être parce que… nous partageons la même armoire ?

Je n'ose pas lui faire remarquer que je trouve ironique qu'elle me dégote une robe de bal alors qu'elle-même est vêtue d'une tenue tout droit sortie d'une fan base de Metallica. Cependant, même si mes mots ne témoignent pas de mes pensées, mon regard doit le faire, puisque je la vois pencher la tête sur le côté avant de placer le poing sur la hanche.

– Quoi ? Tu désapprouves mon propre style pour la soirée ? Évidemment que je ne vais pas y aller comme ça. Regarde plutôt ce que j'ai déniché dans une boutique du centre.

Tout excitée, elle se retourne avant de partir à la conquête de l'armoire, dont elle ressort une boule de tulle rose fluo associée à un body à manches longues de la même couleur, censé être le haut de ce vêtement… Surprenant.

– Tu aimes ? demande-t-elle en me lançant un immense sourire plein d'espoir.

– Je… Je dois dire que je ne m'attendais pas à ce style de robe, tempéré-je.

– J'adore le rose. Je me suis dit qu'elle serait assortie à mes cheveux. Avec mes Dr. Martens noires, elle sera parfaite !

– Je n'en doute pas, la rassuré-je avec mon sourire le plus sympathique, tout en me dirigeant vers la housse, un peu hésitante.

Même si je ne le lui dirai jamais, sa tenue de danseuse étoile digne de « Barbie casse-noisette » m'inquiète quelque peu sur les goûts de ma chère coloc. Toutefois, ma surprise est grande, et ma culpabilité d'autant plus, lorsque j'aperçois un somptueux tissu doré. Mes yeux s'écarquillent face à cette découverte. Cette robe est sublime. Un peu courte, mais comme le décolleté n'est pas plongeant, elle reste assez élégante. Je me hâte de l'enfiler, consciente que nous sommes légèrement à la bourre à cause de moi. Le dos nu me donne envie d'attacher ma longue chevelure en chignon haut. Je parsème mes paupières de fard noir et ajuste un trait d'eye-liner au ras de mes cils. Quand je sors de notre salle de bains, Camilla hoquette en joignant les mains sur sa poitrine comprimée par le corset brodé de tulle qu'elle a revêtu.

– Tu es splendide, Lara.

– Merci beaucoup. Je ne peux que te retourner le compliment, assuré-je, sincèrement épatée par l'allure mi-rock, mi-glamour que sa tenue lui confère finalement.

– Bon, allez, il faut qu'on y aille, sinon on va rater le plus croustillant.

Je n'ai pas le temps de lui demander plus de précisions sur cette réplique mystérieuse puisqu'elle s'engouffre aussitôt dans le couloir. J'enfile à la va-vite une paire de talons noirs basiques qui s'accorde à ma robe puis la rejoins en trottinant.

– Je me dois de te dire que tu es loin d'être rassurante, Camilla.

Elle ricane en retenant la porte de l'ascenseur.

– De quoi as-tu si peur ? On dirait que tu fuis le diable en personne.

Mon cœur loupe un battement alors que les iris émeraude du métis s'imposent à mon esprit.

– Ne le sous-estime pas, glissé-je. Il se trouve bien souvent là où on ne l'attend pas.

– Pas faux, se marre-t-elle.

Mon état de nervosité atteint des sommets.

Nous traversons le parc décoré pour l'occasion par des centaines de fausses bougies posées à même le sol, destinées à nous indiquer le chemin à emprunter. Il faut avouer que, pour une fête organisée par des étudiants, l'investissement est colossal. Je soupçonne que l'administration contribue à préserver cette tradition.

Nous suivons le trajet jusqu'à arriver dans une résidence attenante à la faculté. Quand j'y entre, mes bras frissonnent à cause de la différence de température, et c'est seulement à ce moment que je me rends compte qu'en effet, il est censé faire froid. Le soleil est couché depuis une bonne heure, et nous sommes en octobre. Si en journée le temps est assez clément, ce n'est plus le cas quand survient le crépuscule. Comme toujours, j'oublie mes sensations corporelles lorsque mon esprit est trop tourmenté. Cela m'a souvent joué des tours dans le passé. À certains moments, je suis comme dépossédée de moi-même, perdant le peu de contrôle qu'il me reste.

Nous pénétrons à l'intérieur d'une immense salle si pauvre en lumière que mes paupières se plissent pour s'adapter à la pénombre. Seuls des sortes de cierges artificiels sont disposés sur le mobilier, accompagnés de quelques rails d'éclairage qui, eux, sont dirigés vers les murs.

Plusieurs baies vitrées sont ouvertes afin de nous laisser l'opportunité d'entrer et sortir à notre guise. Pourtant, comme la majorité des personnes est entassée dans la pièce, la chaleur est à présent étouffante. À moins que ce ne soit lié à cette sensation que je reconnaîtrais entre mille. Mon regard explore les lieux à la recherche de la confirmation de mes soupçons.

Quand ma tête pivote pour observer mes arrières et que mes pupilles plongent dans celles qui personnalisent mes craintes depuis le début de cette journée merdique, mon estomac se révulse. Je me tourne tout à fait pour lui faire face. Les picotements qui me parcourent les mollets m'informent que je m'engage sur une mauvaise pente. Je tente de les ignorer.

Il n'est pas seul, là encore. Son équipe est à ses côtés, en ordre de bataille. Quant à moi, je fais front en solitaire. Comme toujours. Nous sommes si loin que notre contact visuel est sans cesse interrompu par de jeunes gens qui se réjouissent d'être présents ce soir. Chaque fois, j'espère que leur regard se porte ailleurs, mais systématiquement, je les reprends à m'épier comme des animaux sauvages.

Je ne me soumettrai pas. Attaquez quand vous voulez, je vous attends.

Camilla m'agrippe par le bras, ce qui m'oblige à abandonner le combat. Mon grognement de frustration lui échappe, heureusement.

– Tu fais quoi, ma jolie ? J'étais en train de te parler quand je me suis rendu compte que, hormis le vide, personne ne m'écoutait.

– Désolée, j'observais les lieux, dis-je en me forçant à la suivre sans jeter à nouveau une œillade par-dessus mon épaule.

– On va rejoindre Jared, c'est lui qui va lancer le programme de la soirée, m'annonce-t-elle avec un entrain presque enfantin.

En effet, nous retrouvons ce dernier plus survolté encore que Camilla, près de la sono, un micro à la main. Il m'adresse un petit signe avant de porter son attention sur la centaine de personnes qui lui font face.

– Bonsoir à tous, commence-t-il avec une voix légèrement chevrotante. Comme vous le savez, ce soir est le grand moment où nous accueillons solennellement toutes les nouvelles recrues.

Des sifflements et des applaudissements accompagnent sa fin de phrase.

– Oui, je sais, les anciens ont hâte de voir nos poulains tenter de conquérir le titre d'élus de la soirée.

Élus de… pardon, j'ai dû mal comprendre ?

– Pour commencer, que tous ceux qui souhaitent se lancer à la poursuite des candidats s'emparent des cagoules prévues à cet effet. Vous les découvrirez dans le sas d'entrée.

Plus j'écoute Jared parler, plus ma respiration devient anarchique. Les mots s'entremêlent mais finissent malgré tout par trouver un sens qui ne me convient pas du tout.

– D'ici quelques minutes, à mon top, vous aurez une heure pour tenter de récupérer un objet appartenant à l'une de nos nouvelles recrues. Mais attention, si la victime est en mesure de vous identifier, vous perdrez et ne pourrez obtenir le titre de roi ou reine du bizutage. Vos victimes devront vous échapper pendant trente minutes minimum. Ensuite, elles seront libres de revenir dans cette salle qui leur assurera la protection. Si plus d'une vingtaine de premières années reviennent, alors vous aurez perdu, et les rôles s'inverseront.

J'entends des nanas s'esclaffer comme si toute cette petite comédie était hilarante. Peut-être le serait-elle si je n'étais pas persuadée d'être sur le point d'être prise en chasse par cinq mecs qui doivent se réjouir de la tournure des événements. Comment est-il possible que la vie leur fasse ce cadeau ?

– Camilla ? Tu me jures que nous ne risquons rien ? Promets-moi que le doyen assure les arrières des nouveaux ?

Cette dernière m'observe avec un air que je ne lui avais pas encore vu. Elle semble surprise de mon état de panique.

– Mais bien sûr, Lara, pourquoi te mets-tu dans un tel état ? Écoute, au moindre souci, retourne dans le dortoir. Je dirai à Jared que tu ne te sens pas bien, il me croira. Allez, maintenant, tiens-toi prête à courir, car vous allez bientôt vous faire assaillir.

Son petit sourire taquin ne me rassure qu'à moitié, mais elle a au moins raison sur un point : si le vent tourne en ma défaveur, je me réfugierai dans ma chambre. Un peu plus confiante, j'observe tous nos « adversaires » revenir dans la salle, le visage à présent camouflé. Je serais bien incapable de dire si les autres font partie de la cohue, mais comme ils ont disparu de l'endroit où ils étaient installés, je présume que c'est le cas. Non, j'en suis persuadée. Les imaginer m'épier en ce moment même alors que je ne peux pas anticiper leurs mouvements me rend particulièrement nerveuse.

C'est pire quand Jared reprend la parole.

– Je vois que tout le monde est prêt, alors, trois, deux, un, que la fête commence !

CHAPITRE 6

Lara

I can see the danger – Valor Valor

À cet instant, la basse pulse une musique rock si violemment que j'en trébuche.

– COURS ! hurle ma colocataire en me regardant droit dans les yeux.

En effet, déjà, une dizaine de personnes se précipitent dans ma direction. Sans perdre une seconde, je me baisse, déchausse mes talons que j'agrippe fermement entre mes doigts puis me lance dans une course endiablée à travers la première baie vitrée que je trouve. Mes pas fauchent la pelouse fraîchement tondue et humide. J'ai de la chance d'avoir une bonne condition physique, car sans même avoir besoin de jeter un œil en arrière, je sais que je les devance. Bientôt, je n'entends plus que les battements de mon cœur qui tambourine contre ma cage thoracique pour fournir un débit sanguin suffisant à mes muscles gonflés d'adrénaline.

Je me trouve vite face à un dilemme. Où me cacher ? Les bâtiments doivent être fermés à clef, nous sommes en pleine soirée. De plus, comme une idiote, j'ai pris la direction opposée aux dortoirs. Même si la situation paraît critique, l'excitation se couple à merveille avec le stress qui m'engloutit vivante. Si je ne me contrôlais pas, un sourire pourrait naître sur mes lèvres. Je vire brusquement à droite pour foncer vers une bâtisse un peu éloignée du campus. On dirait une vieille maison inoccupée. Pourvu qu'elle le soit bien. Je me rue sur la porte, priant pour la trouver déverrouillée, consciente que cela tiendrait du miracle. J'agrippe la poignée, et quand elle s'abaisse pour me laisser entrer, un cri de joie s'échappe de ma gorge.

Je m'empresse de la refermer, mais découvre qu'aucun loquet ne me permet de la verrouiller. Ceci dit, quand je me retourne face à la pénombre du lieu et qu'un sentiment étrange s'empare de moi, je me dis que ce n'est peut-être pas plus mal. Je viens de pénétrer dans un endroit dont je ne sais rien. On aurait voulu m'attirer dans un piège qu'on ne s'y serait pas mieux pris. Je zieute les parages, les poings serrés, immobile. Je me concentre pour tenter d'entendre le moindre son, toutefois, la seule chose que je discerne est le battement frénétique de mon muscle cardiaque qui vibre contre ma cage thoracique.

La lumière des lampadaires extérieurs me permet de distinguer les lieux qui, comme je le présageais, ont été laissés à l'abandon, même si l'état de l'habitation est tout à fait correct. Des papiers jonchent des bureaux, à côté de petites armoires métalliques. Je suppose que cet endroit était une ancienne administration qui a dû être déménagée dans un cadre plus moderne. Il y a un escalier à ma droite, et un couloir me fait face pour m'inviter à découvrir les pièces suivantes. Je suis fascinée de fouler des lieux qui ont autrefois eu une importance pour cette université, et qui ont été chargés par le temps d'une aura mystique. Cependant, à l'instant où je commence à oublier la raison de ma présence ici, un bruit métallique me fait sursauter. Mon regard fuse dans toutes les directions, cherchant à identifier la source de ce son. Par réflexe, je m'accroupis avant de trouver un endroit où me cacher. Quelqu'un m'a repérée, inutile de tergiverser. Faute de mieux, je bascule à quatre pattes puis me faufile sous le bureau qui trône dans l'entrée. Malheureusement, ce dernier n'est pas tellement imposant, n'importe qui pourrait m'y débusquer en baissant les yeux.

Les minutes défilent, rien ne se passe. Et si j'avais été trop vite en besogne ? Peut-être que le vent a fait tinter un objet quelconque ? Je décide de sortir de ma planque afin de quitter les lieux au plus vite et tenter de revenir dans la salle. Je n'ai aucun moyen de m'en assurer, mais les dix minutes doivent s'être écoulées. Toutefois, ai-je seulement envie de continuer à être le pantin d'une mascarade où les plus anciens peuvent jouer avec nos émotions comme bon leur semble ?

Non.

Je vais plutôt chercher le chemin pour aller me coucher. Je me dirige vers la sortie quand j'entends un bruissement sur ma gauche. Aussitôt, je pivote vers la source du son et manque de m'évanouir lorsque je distingue une silhouette cagoulée prostrée au fond du couloir. Je me fige. Cette fois, je ne souris plus. Tétanisée, je ne sais comment réagir. Je n'ai pas le temps de me poser la question, puisqu'une autre percussion résonne juste au-dessus de ma tête. Comme une idiote, je commets l'erreur de quitter l'intrus des yeux pour observer le plafond. Il me faut à peine une fraction de seconde pour réaliser ma faute, mais bien sûr, c'est trop tard. L'individu a disparu. Toutefois, je suis près des escaliers, et l'homme cagoulé était à l'extrémité de la pièce, donc comment est-ce possible que j'entende très nettement des pas à l'étage supérieur ? La porte n'est qu'à quelques mètres de moi, mais pour l'atteindre, je dois repasser devant les marches alors que, maintenant, le deuxième individu commence à les descendre. C'est au moment où je me dis que la situation ne peut pas être plus catastrophique que je remarque une ombre fugace se glisser derrière la fenêtre qui jouxte l'entrée. Je réprime un hurlement de frayeur. Une autre personne se trouve en dehors de la maison. Si je sors, je tomberai sur elle. Il n'y a aucune issue. Je suis tout bonnement cernée.

Je tourne sur moi-même, anticipant une éventuelle attaque. Chaque pas dans l'escalier est un supplice, celui qui les descend s'amuse à prendre son temps. Comme il fait exprès d'être lent, j'ai une chance de lui échapper si je cours jusqu'à la sortie. Il ne sera peut-être pas assez rapide pour me rattraper. C'est loin d'être une certitude, puisque j'ignore sa position exacte. Malgré tout, ça reste une option. Je me débrouillerai ensuite avec l'individu qui se trouve à l'extérieur.

D'un bond, je plonge vers la poignée. Je n'aurai pas la possibilité de la toucher une seconde fois. Un hurlement sorti des tréfonds de mes tripes explose contre une main gantée qui me couvre la bouche. Ma tête frappe un torse robuste, et un bras vigoureux s'enroule autour de mon bas-ventre pour me tirer en arrière. Mes doigts sont toujours tendus vers la porte, qui s'éloigne inexorablement.

C'est le moment ou jamais d'utiliser ce que mon père a eu tant de mal à m'enseigner. J'arrête de gesticuler suffisamment longtemps pour donner une fausse impression de soumission à mon assaillant puis, au moment où je ressens un léger relâchement de sa poigne, j'agrippe l'arrière de son crâne et bascule en avant.

Ma prise a le mérite de le déséquilibrer assez pour me permettre de glisser mes hanches sur le côté et accrocher sa cheville à l'aide de mon pied. Je tire d'un coup sec, et nous chutons tous les deux au sol.

Des ricanements s'élèvent dans les airs, ce qui perturbe ma concentration. Eh merde, je suis encore à quatre pattes pour me redresser quand j'aperçois un bassin planté devant mon visage. Je lève le menton pour croiser des iris d'un noir abyssal. De toute façon, elles pourraient être bleu turquoise que je n'y verrais rien à cause de cette pénombre oppressante. Qu'avait dit Jared, déjà ? Que si nous étions capables d'identifier notre voleur, alors il perdait le jeu.

Je ne suis pas ici par hasard. Ils ont tout manigancé. L'autre savait que je reconnaîtrais ses yeux, même s'il a tenté de les dissimuler sous son sweat avant de commettre l'erreur de me regarder quand je lui ai forcé la main.

Celui que j'espère avoir humilié en le faisant tomber a eu le temps de se relever pendant que j'étais perdue dans mes réflexions. Je n'ai pas besoin de les voir pour savoir qu'ils seront cinq d'ici peu. En effet, un troisième type débarque des fameux escaliers, tandis que son compère entre par la porte. Toutefois, si mes calculs sont bons, il en manque un dernier.

Je ne peux pas imaginer qu'ils vont me faire du mal. Je veux dire, nous sommes quand même dans une université respectable, et Camilla m'a assuré que tout ceci n'était qu'une petite fête d'initiation tout à fait encadrée. Néanmoins, là, tout de suite, les voir s'approcher de moi comme des félins, entièrement cagoulés, me file une peur bleue. Je tente de me relever, mais le pied de celui qui me surplombe de toute sa hauteur percute ma poitrine, assez violemment pour me renverser sur le dos. Aucun mot ne sort de mes lèvres, pas le moindre son. Le silence est total. Son geste vient me prouver que les choses vont dégénérer si je ne fais rien pour l'empêcher. Sauf que je ne pourrais rien contre cinq hommes plus grands et plus costauds les uns que les autres. J'ai de bonnes bases en sport de combat, mais il n'en reste pas moins que je pèse une soixantaine de kilos contre approximativement quatre cents dans le camp adverse. Il faut que je sois maligne, c'est ma seule chance.

Sur le dos, je continue à observer celui qui vient de me frapper quand une paire de jambes se plante derrière mes épaules, me faisant sursauter. Par pur réflexe, j'effectue un roulé-boulé pour m'éloigner du cinquième individu qui s'était fait attendre. Mes chevilles sont aussitôt agrippées, et je suis tirée en arrière. N° 5 s'accroupit avant d'incliner la tête alors que ma robe frôle le sol.

– Tu es étonnamment silencieuse, je dois le reconnaître, murmure-t-il.

– Peut-être qu'elle kiffe, suppose Escalier.

N° 5 continue à planter son regard droit sur moi, comme s'il étudiait sérieusement la question.

– As-tu deviné ce qu'on est venus chercher, jolie Lara ?

Je tressaille, et mes mains se crispent. Ils ont eu le temps de récolter des infos sur moi, que savent-ils exactement ? Pourvu que ce soit le strict minimum. Toujours à plat ventre, le menton au sol, je garde mes lèvres scellées. Ils n'auront rien de ma part. Pas le moindre son, pas la moindre attention. Qu'ils me dépouillent de toutes mes fringues pour gagner leur putain de jeu à la con, si seulement j'ai la chance que ça soit leur but. Dans le cas où ce serait pour tout autre chose, eh bien… que Dieu leur vienne en aide, parce qu'ils ignorent ce dont je suis capable.

Quand celui dont les paumes sont toujours posées sur mes mollets s'affale soudainement contre mon dos, je hoquette sous le poids qui m'écrase.

– On voulait juste que tu saches que tu as… éveillé notre intérêt.

Mes paupières se closent lorsque la main de mon oppresseur s'invite sur ma cuisse pour se hisser jusqu'en dessous de ma robe. Ses doigts atteignent bien trop rapidement le bas de ma fesse. Mes yeux se rouvrent, et je manque de hurler. Seul un faible gémissement remonte le long de ma trachée.

– Arrête ça, grogne-t-il contre mes omoplates. Tu vas me faire jouir avant même qu'on ait commencé les choses sérieuses.

N° 5 se rapproche soudainement, se penche à nouveau puis agrippe mon chignon pour me forcer à le regarder. Ce n'est pas le seul problème, puisque les trois autres arrivent à leur tour.

– Tu es vraiment très belle, susurre-t-il. Je suis sûr qu'on a déjà dû te le dire des tonnes de fois.

Il chuchote presque, m'empêchant d'analyser le timbre de sa voix.

Mon œillade assassine traduit seule mes pensées. Nous sommes encore trop éloignés l'un de l'autre pour que je le discerne avec précision, pourtant je n'ai pas besoin de ça pour savoir de qui il s'agit. Comme s'il devinait mes soupçons, il se redresse soudainement et ordonne je ne sais quoi d'un claquement de doigts.

Aussitôt, le poids sur mon dos disparaît, et je suis brutalement retournée. J'en profite pour me relever subitement avec une souplesse qui les prend de court. Mon poing frappe celui qui est le plus proche de moi, qui encaisse formidablement, à mon grand désarroi. L'individu ne recule même pas d'un millimètre. Par contre, moi, je me retrouve une nouvelle fois entravée. Je balance le plat de mon pied contre le fémur de celui qui me retient, et ce dernier grogne sans pour autant me relâcher. J'aurais dû en blesser deux, au lieu de quoi je les ai juste un peu plus énervés. Fait chier.

On me force à me rallonger, mais ils doivent s'y prendre à quatre, vu l'état de furie dans lequel je suis. Seul n° 5 nous surplombe, les bras croisés sur son torse. Dès que je me trouve totalement incapable de me mouvoir à cause des quatre gaillards qui appuient fermement sur mes membres, il approche.

Du bout du pied, il frappe doucement sur l'un de mes mollets. L'instant d'après, mes jambes sont écartées par ses potes. Cette fois-ci, je laisse un hurlement de rage résonner entre les murs de cette satanée baraque.

Quand il tombe à genoux et qu'il pose ses mains sur ma peau nue, je redouble d'efforts pour tenter de me libérer. En vain. Une boule d'angoisse écrase ma trachée. Pourtant, aucune larme ne me monte aux yeux. Seule la peur m'accompagne ce soir, je ne cède jamais au désespoir.

L'intensité monte d'un cran au moment où il s'allonge délicatement entre mes cuisses, sous les yeux de ses potes. Pour m'éviter de finir broyée sous son corps, il pose ses avant-bras de chaque côté de mon visage. Son odeur me frappe de plein fouet. Maintenant, j'ai la certitude de l'identité de mes agresseurs, ou au moins de celui dont je sens l'érection contre mon string bien trop fin pour les circonstances.

Il me le paiera, si je suis encore en vie après ce qu'ils me réservent, ils paieront.

Comme pour répondre à mes menaces silencieuses, il envoie un puissant coup de bassin qui oblige les autres à resserrer leur prise. Son visage vient s'enfouir dans mon cou pour inspirer bruyamment mon propre parfum. Je suis incapable de voir ce qu'il fait, mes perceptions corporelles sont en pleine alerte. Ma respiration est si anarchique que ma poitrine n'en finit pas de heurter ses pectoraux moulés dans son tee-shirt noir à manches longues, assorti à sa cagoule.

Lorsque ses doigts viennent à la rencontre de mon menton, j'entends le frottement d'un tissu que l'on déplace. Je n'ai pas le temps de comprendre par moi-même ce que ça veut dire, puisque ses lèvres qui se posent contre la peau fine de mon cou me l'expliquent. Un déluge de frissons recouvre ma peau. Mon bassin se soulève et se presse de manière involontaire contre le sien. En réplique, un grondement sourd échappe à l'agresseur, qui appuie davantage sa bouche contre moi. Sa langue s'invite dans la danse, glisse contre ma jugulaire qui doit vibrer comme un tambour contre ses dents. Un profond dégoût remplace l'inexplicable réaction de mes sens. Heureusement, peu de temps après, il a l'air de se reprendre et s'éloigne de moi comme si, à mon tour, je le rebutais. Il me lance alors un regard si corrosif que je m'attends à ce qu'il me frappe.

J'aurais préféré… Lorsqu'il sort un couteau de sa poche, je me liquéfie. Si le sol pouvait m'engloutir, je serais déjà enfouie sous dix mètres de terre, à la manière dont je m'y presse.

Je tremble de tous mes membres quand le métal caresse mon épaule. D'un coup sec, il sectionne la bretelle gauche de la somptueuse robe qui ne m'appartient même pas, puis la seconde.

Je tourne brusquement la tête et découvre que les trois autres ont les pupilles rivées sur mon corps qui se retrouve à l'air libre en moins de temps qu'il n'en faut pour le dire. En effet, leur collègue vient de tirer sur le bas de ma tenue qui, libérée de mes épaules, est descendue jusqu'à mes mollets. Il n'y a que mes sous-vêtements qui ont tenu le choc, et je prie pour que ça reste le cas. Seul l'un d'eux continue de croiser mon regard, comme si ma plastique ne l'intéressait nullement.

– Sublime, glisse celui qui retient mon poignet droit.

– Allez vous faire foutre, grogné-je malgré moi.

Les salopards semblent surpris de m'entendre puisqu'ils reportent leur attention sur mes traits tordus par la rage.

– Ne nous en veux pas, ricane l'un d'eux, que je n'avais pas encore entendu. C'est le jeu, ma biche. Il nous fallait un objet t'appartenant, et tu nous as allumés avec cette petite robe. J'ai hâte de me branler dessus, d'ailleurs.

D'autres rires rejoignent le sien pendant qu'ils me lâchent avant de se relever, me laissant à moitié nue, allongée sur le sol poussiéreux.

Ils prennent la direction de la sortie. Je suis si sidérée que je ne parviens pas à me mouvoir. Je me sens si sale, si humiliée et, pire que tout, je me sens lâche. Mon père serait furieux de me voir dans un tel état de vulnérabilité. Je devrais me remettre debout, leur courir après, en frapper autant que je pourrais, au lieu de quoi je reste figée à observer leurs silhouettes franchir le seuil en se marrant.

Toutefois, je rassure la partie la plus sauvage de moi-même. Si je n'ai pas su réagir dans l'immédiat, nul doute que je reprendrai le dessus très prochainement.

CHAPITRE 7

Lara

Combien de minutes se sont écoulées, me permettant de reprendre mes esprits ? Je l'ignore. Tout ce que je peux affirmer, c'est que lorsque je me relève, le diable a pris possession de moi. Je récupère mes talons délaissés puis m'apprête à affronter le froid d'automne, sans plus aucune barrière pour m'en protéger. Lentement, j'ôte la poussière grisâtre incrustée sur ma peau. Ils pensaient m'intimider ? Me forcer à rentrer tête baissée, les joues humides ? Je me suis déçue moi-même ce soir, mais ne suis pas totalement intransigeante. La situation était inédite, et l'adrénaline m'a empêchée de réfléchir avec clairvoyance. À présent, j'ai récupéré. Ma pression artérielle est revenue à la normale, et mon rythme cardiaque s'est apaisé. J'inspire une grande bouffée d'air en rejetant mon crâne en arrière, avant de sortir du vieux bâtiment.

Maintenant que je ne suis plus en état d'alerte, je prends conscience de mes pieds nus qui écrasent les gravillons et les branchages. Je grimace quand certains s'introduisent dans ma voûte plantaire. Rechausser mes escarpins n'est pas envisageable. Se trimballer en sous-vêtements sur le campus est déjà... inhabituel, que dire si en plus je me trouve perchée sur des talons de dix centimètres.

Le vent s'infiltre dans ma coiffure déstructurée. Mon chignon pend lamentablement sur mon épaule alors que de longues mèches me caressent le front au gré de la brise. Je dois avoir l'air pitoyable. Je n'en ai absolument rien à foutre. J'avance, confiante, vers la salle de réception où j'aperçois d'ores et déjà des regards étonnés me détailler de la tête aux pieds. Je ne leur en veux pas, il faut dire que je dois attirer l'œil.

Bien sûr, plus je m'approche, plus les regards circonspects s'accompagnent de chuchotements choqués ou amusés. L'effet est redoublé lorsque j'entre dans la salle. La totalité des individus présents pivote, leur mine stupéfaite, vers mon corps exposé de manière impudique. Il me semble que la musique se coupe, je n'en suis pas certaine, habitée comme je le suis par une rage sourde occultant tous les détails superflus. Je n'ai qu'un seul objectif. Mes prunelles balayent la salle jusqu'à tomber sur ce que je cherche. Eux.

Ils ont retiré leur cagoule, j'ai donc tout le loisir d'analyser leur visage. Je plante mes iris dans ceux, olive, qui vont me hanter pendant un moment. Il n'est pas difficile d'apercevoir le rictus vicieux qui ourle le coin de ses lèvres à mesure que j'approche. Seulement, ce n'est pas la seule chose que je distingue. Je découvre aussi dans ses yeux une lueur vorace, un désir sauvage qui aurait fait fuir n'importe quelle femme, *qui devrait me faire fuir*. Pourtant, plus la distance se réduit, plus je me calque sur son attitude.

Mes doigts effleurent l'une des tables dressées devant lesquelles je passe. Je me retiens in extremis de m'emparer du couteau qui m'attire. Ceci dit, menacer un étudiant d'une arme blanche risque de me causer plus de problèmes que de me trimballer quasiment à poil. Restons-en là pour ce soir...

L'équipe se resserre, menaçante, pendant que je fais face à celui que je devine être le leader. Ça ne m'impressionne pas.

– Ma robe, exigé-je d'une voix blanche alors que le silence est total autour de nous.

Le rictus de n° 5 devient plus malsain, bien moins taquin. Il hausse ses sourcils, insolent.

Seule la voix de Jared au micro me fait tressaillir et m'arrache à cette bataille silencieuse.

– Eh bien, on dirait que Lara a trouvé celui qui lui a soutiré un bien, tente-t-il pour détendre l'atmosphère.

Malheureusement pour lui, ça sonne faux. Les tremblements dans sa voix ne font que renforcer le malaise ambiant, qui frise les sommets au moment où je me rapproche jusqu'à ce que nos torses s'effleurent.

– J'ai dit : ma robe, répété-je en détachant les deux derniers mots.

– Tu la veux ? Elle est dans ma chambre. Je t'y attends avec plaisir.

Une main délicate me tire en arrière.

– C'est pas vrai, elle est avec nous, ta robe, Lara, intervient Camilla d'une voix timide.

Elle me force à reculer.

– Viens, laisse tomber, chuchote-t-elle en m'obligeant à la suivre.

Avant d'obtempérer, je lève mon majeur en direction du petit groupe puis leur tourne finalement le dos, leur offrant au passage une vue imprenable sur mon fessier.

Camilla m'emmène derrière la sono avant de fouiller dans les affaires récupérées. Il n'est pas difficile de trouver ma tenue puisque je suis la seule à avoir été dénudée pendant le défi.

– Je suis sincèrement désolée, Lara, se lamente-t-elle avec honnêteté. Je n'aurais jamais imaginé qu'ils puissent en arriver là. Par contre, je te préviens, éloigne-toi d'eux au maximum. Ils sont loin, très loin d'être fréquentables.

– Ah bon, tu crois ? Je n'avais pas remarqué.

Mon ton acerbe la décontenance une seconde. Je ne suis pas d'humeur à être conciliante. Je lui prends le vêtement des mains et file vers la sortie pour rejoindre les dortoirs. Là encore, plusieurs paires d'yeux se posent sur moi jusqu'à ce qu'enfin je m'engouffre dans le bâtiment.

Je me suis donnée en spectacle. Une personne normalement constituée se serait ruée jusqu'à sa chambre pour se rhabiller avant de tenter quoi que ce soit. D'autres se seraient même terrées sous leurs draps en pleurant toute la nuit à la suite de cette scène traumatisante. Parfois, je regrette de ne pas être raisonnable, comme le commun des mortels. Les potins qui vont suivre cette soirée vont me causer du tort, alors que je m'étais promis de me faire discrète. Qu'est-ce qui cloche chez moi ? Après m'être douchée, je m'affale sur mon lit en fixant le plafond. Mes méninges carburent à mille à l'heure, mais au lieu de repenser à l'humiliation que j'ai subie, je songe à la manière de me venger de n° 5 et de sa clique à la con.

Je sais d'avance que je ne vais pas dormir. Pas grave, j'y suis habituée. De plus, la nuit est porteuse de conseils, ou mieux, d'inspirations…

***

Camilla rentre deux heures après moi, et je n'ai pas bougé d'un millimètre. Je clos les paupières pour ne pas avoir à discuter. Elle ne doit pas être dupe car elle prend le parti de respecter mon intimité et se contente de monter dans son lit.

Quelque temps plus tard, les rayons du soleil m'indiquent que l'aube se lève. Mon téléphone aurait pu me donner l'information, seulement, je n'y ai pas touché de toute la nuit. Dans ces moments de profondes réflexions, les distractions électroniques m'agacent.

Quand Camilla fait grincer son sommier à plusieurs reprises, j'en déduis qu'il est l'heure de sortir de ma torpeur conspiratrice. En m'emparant finalement de mon smartphone, je suis étonnée de constater qu'il est déjà 7 h 09.

Je me lève sans difficulté et prends la direction de notre salle de bains.

– Ça va, ma belle ? bâille ma partenaire de chambre. Tu as réussi à dormir malgré tout ? Jared m'a assuré qu'il allait reporter l'incident d'hier au doy…

– Surtout pas, la coupé-je précipitamment.

Ses sourcils se froncent alors que ses lèvres sont encore entrouvertes sur la phrase que j'ai interrompue.

– Désolée, me reprends-je. Je voulais dire, pas besoin. Tu as raison, il vaut mieux que je m'éloigne d'eux, et ce n'est pas en engageant des poursuites que je vais y parvenir.

– Oui, mais ce qui s'est passé est grave. Quand Ez est revenu avec la robe de Megan, ils se sont fait acclamer par l'assemblée. Je pensais que tu avais succombé à son charme légendaire, pas que tu y avais été contrainte.

– Il ne m'a pas violée.

– Ouf, souffle-t-elle, visiblement soulagée. Je n'osais pas te poser franchement la question.

– Je ne sais pas qui est Megan. Est-ce que tu pourras lui expliquer ce qui s'est passé et lui dire que je la rembourserai sans faute ?

– Elle est déjà au courant, ne t'en fais pas, tente-t-elle de me rassurer en baissant les yeux vers sa couette.

– Elle et tout le reste du campus, c'est ça ? ajouté-je, blasée.

Je m'attendais, évidemment, à ce que les échos de la scène que j'ai offerte à la moitié de l'université se répandent. J'essaie sincèrement, pourtant, je ne ressens aucun regret. La seule chose qui m'inquiète est que cela remonte aux oreilles des mauvaises personnes. C'est la raison pour laquelle le doyen ne doit pas être averti, ou du moins, pas du fait que j'ai subi une agression sexuelle. S'il le faut, je dirai à qui veut l'entendre que j'étais consentante. Je ne serai plus une victime. Je me rends justice moi-même…

En parlant de ça…

– Comment tu as dit qu'il s'appelait ? Ez, c'est ça ?

– Oui. Il est assez mystérieux. Je ne sais pas grand-chose de lui, hormis qu'il est basketteur et qu'il… enfin, que régulièrement, des histoires sordides se font entendre à propos de ses potes et lui.

– Ez, c'est bien le métis aux yeux verts ?

– C'est ça. Il est magnifique, on est toutes d'accord pour le dire. D'ailleurs, je ne compte plus le nombre de filles qui l'idolâtrent. Pourtant, quelque chose n'est pas net, chez lui. Chez eux tous, en fait.

– Je te remercie.

Je m'empare d'un legging que j'enfile à la hâte.

– Tu sors ? Mais il est à peine 8 h. Rectification, à peine 7 h 30.

– J'ai quelque chose à faire, réponds-je en agrippant la poignée avant de marquer un temps d'arrêt. Et désolée pour hier, j'ai dû jeter un froid à la soirée que Jared et toi aviez l'air d'attendre avec impatience.

– Tu rigoles ? s'esclaffe-t-elle. Au contraire, tu as fait sensation. Tous les mecs sont venus me voir pour me demander qui tu étais. J'étais pas peu fière de dire que la bombe qui avait menacé le grand Ez n'était autre que ma coloc.

Je lui souris en retour puis m'éclipse, pressée de mettre mon plan à exécution.

J'aurais dû penser à emporter un pull, car aujourd'hui, le ciel est chargé et rend l'atmosphère humide. Assise contre un tronc d'arbre reculé du parc, je jouis d'une vue parfaite sur l'université. J'ai dû être maligne pour obtenir toutes les informations nécessaires à mes projets.

La première phase a été de trouver Jared. Étape réalisée avec succès. Après lui avoir sommé de ne témoigner auprès d'aucun responsable, j'ai demandé s'il en savait plus que Camilla sur Ez et ses potes. Il m'a dit que non, tout du moins pas sur le principal intéressé. Par contre, il aurait entendu dire que Kayron et un dénommé Max cohabitaient dans l'aile ouest des dortoirs.

Il ne m'a pas fallu très longtemps pour les voir quitter le bâtiment afin de prendre la direction des cours. C'est une aubaine que, ce matin, mon propre planning soit vide. En effet, en tout début de semestre, certains profs ne sont pas encore disponibles, ce qui nous laisse quelques trous. Je devrais les passer à réviser le programme de l'année dernière plutôt que de m'adonner à mes penchants, toutefois, je ne peux pas sans cesse aller contre ma nature.

Après les avoir suivis à distance, j'ai donc repéré le fameux Ez, alias N° 5, vêtu d'un jogging gris clair couplé à une paire de Jordan. Il salue ses amis avant de prendre la direction du parking. Parfait.

CHAPITRE 8
Ezrah

Lara. Ce prénom résonne dans mes pensées avec insistance. Plusieurs jours se sont écoulés depuis la soirée d'inté. Cette soirée où rien n'a tourné comme je l'avais imaginé. J'ai encore en tête des images et des sensations qui m'ont presque rendu fou.

Je ne devais pas l'approcher de si près, encore moins m'allonger entre ses cuisses et finir par plonger mes lèvres dans son cou. Si nous avions été seuls, qu'aucun de mes potes n'avait pu être témoin de ma faiblesse, j'aurais dérapé sérieusement. Cet incident aurait fait foirer le plan, je m'en rends compte. Pourtant, sur l'instant, rien ne m'aurait retenu.

L'appétit qui m'a envahi lorsque mon regard de prédateur s'est posé sur elle pour la première fois n'était rien comparé à celui qui m'a dévoré quand elle s'est battue comme une lionne contre Mehdi et qu'elle a même failli casser le nez de Max. Putain, ils font deux fois son poids, près de trente centimètres de plus, pourtant, je ne suis pas persuadé qu'ils auraient réussi à la maîtriser si nous n'avions pas été plusieurs contre elle.

Je l'ai observée se débattre avec une gaule qui ne m'avait jamais tant fait souffrir. J'ai été obligé d'abréger notre petite mise en bouche, car un peu plus et ça se terminait en gang bang. Nous l'avons laissée en plan, convaincus qu'on ne la reverrait pas de sitôt. Je me réjouissais déjà à l'idée de l'imaginer pleurnichant à moitié nue, se dépêchant de se planquer dans sa piaule. Elle a voulu nous provoquer ? Eh bien, voilà le résultat. Ma vengeance était parfaite, même si son triste sort ne faisait que commencer.

Jamais je n'aurais pu anticiper la suite des événements. Au moment où son corps de sirène s'est faufilé par la baie vitrée, une bouffée de chaleur m'a consumé jusqu'aux os. Il m'a fallu toute la maîtrise du monde pour ne pas débarrasser la table la plus proche d'un revers du bras pour la démonter dessus.

Le jeu s'est corsé dès qu'elle s'est approchée jusqu'à me frôler. Merde, si ça ne tenait qu'à moi, elle passerait sa vie en string. Putain, à la vue de son cul, les hommes hétérosexuels présents sur les lieux ont dû sentir leur queue doubler de volume.

Je l'ai suivie ce soir-là, sous l'œil circonspect de mon équipe. Ses courbes m'ont tellement hypnotisé que j'ignore encore comment j'ai réussi à freiner mes pulsions à temps. Je l'ai laissée rentrer dans son dortoir grâce à la voix de mon démon qui me susurrait que je n'en avais pas fini avec elle. Si je l'avais baisée à ce moment-là, il n'aurait plus été question qu'elle continue à nous divertir, car chaque fois que ma bite obtient satisfaction, la demoiselle perd tout intérêt à mes yeux. Les gars m'en auraient voulu. Atrocement. Je peux les comprendre, surtout après ce à quoi ils ont assisté à mes côtés.

Jamais, dans mes souvenirs, l'une d'elles ne s'était comportée de cette manière. Par chance, j'ai de quoi décharger mes burnes pour modérer la tension sexuelle qui ne m'a pas quitté depuis son petit esclandre. On aurait pu avoir des problèmes, des gros. J'ai dû me montrer plus que menaçant pour étouffer les bruits de couloir. Notre réputation n'est plus à faire, seulement, il n'y a jamais de preuves, aucune réclamation de la gent féminine, rien qui puisse nous incriminer. Jusqu'à cette dernière soirée où la victime de nos méfaits a déambulé dans un string en dentelle pour venir m'affronter en personne. Il n'a pas été difficile de capter que nous l'avions agressée.

Maintenant que je ne suis plus étudiant en médecine, j'ai moins de scrupule à laisser les rumeurs courir sur mon compte. Toutefois, si ma réputation est entachée, je peux dire adieu à mon avenir dans le basket.

Je n'ai pas songé une minute qu'elle porterait plainte. En effet, une telle combativité n'est pas compatible avec cette façon de procéder. De toute façon, cela aurait été vain. Les parents de Ted ou de Max auraient étouffé l'affaire en moins de temps qu'il n'en faut pour le dire.

Mon entraînement vient de se finir, et même si donner toute mon énergie dans ce sport endurant m'aide à faire le vide, cette fois-ci, les plans machiavéliques qui vrillent mes neurones n'ont pas cessé de me harceler. Bien après que mes coéquipiers sont partis, j'ai enchaîné les tractions et les pompes, comme à mon habitude, jusqu'à ce que l'extinction automatique des lumières du gymnase me force à mettre fin à mon exercice intensif.

Ma Mercedes GLC aux vitres teintées m'attend sagement sur le parking déserté. Machinalement, je la déverrouille à distance, en tiquant lorsque je m'aperçois que cette dernière est déjà ouverte. Je balance mon sac de sport dans le coffre avant de m'installer à la place du conducteur.

CHAPITRE 9

Lara

Tame Impala – One More Hour

J'ai passé la semaine comme une élève modèle (ce que, en soi, je suis) en allant à chacun de mes cours, toujours à l'heure. Mon but étant de me faire la plus discrète possible, bien que j'aie dû affronter les œillades amusées ou, au contraire, impressionnées, sur mon chemin. À présent, peu de monde doit ignorer mon identité, ce qui m'irrite profondément. Concernant les petits chiens d'Ez, je fais en sorte de ne pas attiser leur intérêt pour me permettre, en contrepartie, de leur consacrer la mienne. Ce n'est pas évident de me mettre en retrait, puisqu'eux aussi étudient en médecine, en même année que moi. Je l'ai su en les espionnant pendant mon temps libre. Cela m'a permis de soulever un point étrange : je ne croise jamais Ez en cours. C'est comme s'il n'étudiait pas ici, ce qui est impossible, puisqu'il était présent à la rentrée, et dans l'amphithéâtre. C'est un mystère qu'il me tarde de résoudre.

Ce n'est pas la seule chose que j'ai découverte, d'ailleurs. Dorénavant, leurs prénoms ne me sont plus inconnus.

Il y a Kayron, que je visualisais déjà grâce à notre petite entrevue amicale dans les escaliers, et le beau brun tatoué se nomme Ted. Si ce dernier n'égale pas la prestance d'Ezrah ou de Kayron, il n'en reste pas moins magnétique. Les deux autres sont respectivement Max et Mehdi. Ils ne peuvent pas être plus différents l'un de l'autre. Max possède une aura de voyou tout droit sorti de prison, alors que Mehdi paraît être le plus sage des cinq, avec son allure toujours impeccable. Cependant, s'il n'a pas l'allure du bad boy, il en détient le charisme. Je les surveille depuis quelques jours et j'en ai beaucoup appris sur eux, malgré le mystère qui les entoure. J'ai surpris Kayron se faire sucer par un autre mec dans les vestiaires du gymnase. Il ne cherchait pas franchement à être discret, je suppose donc que son orientation sexuelle n'est pas un secret. Malgré tout, j'ai attendu qu'il croise mon regard acerbe pour continuer mon chemin. Je n'en ai rien à secouer qu'il soit gay. Au contraire, ça m'en fait un de moins à craindre. Toutefois, il me semblait intéressant qu'il sache que j'étais au courant.

Les jours ont passé, et me voilà maintenant plus prête que jamais à rétablir l'ordre des choses. J'attendais ce moment avec impatience. Le plus difficile a été de savoir comment entrer dans la voiture. Finalement, avec un peu d'argent et quelques connaissances, tout se trouve. Finn, un ancien camarade du lycée qui avait un don avéré pour l'informatique et la technologie, m'a été très utile. Pour une raison ou une autre, j'avais gardé son contact, bien que nous n'ayons jamais été proches. J'avais dû flairer qu'il m'aiderait à plus d'une reprise, moyennant une enveloppe bien garnie.

Pour l'occasion, j'ai enfilé un sweat, en clin d'œil à ceux qu'Ezrah porte régulièrement. Je joue avec le cordon qui dépasse de la capuche, jusqu'à le retirer entièrement afin de le faire glisser entre mes doigts. Ce geste me canalise.

Mon téléphone sonne. Je vois sur l'écran qu'il s'agit de ma sœur. Le moment est bien mal choisi, Adèle.

D'ailleurs, tout à coup, mon Samsung est le cadet de mes soucis. Je le coupe pour river mes pupilles sur l'homme en tenue de sport qui s'approche de la voiture. Sa peau noire dégouline de sueur, mettant en avant la forme de ses muscles athlétiques. Je dois avouer que, dans d'autres circonstances, je me serais damnée pour qu'il me glisse dans son lit. Son maillot, bien trop grand, laisse découvrir la naissance de ses pectoraux saillants. Le froid automnal semble le laisser indifférent. Il est si concentré que je peine à le reconnaître. Toutefois, je souris lorsqu'il tente de déverrouiller sa voiture, avant de se rendre compte qu'elle l'est déjà.

Je peux dire merci à l'opacité des fenêtres, car il ne m'aperçoit pas lorsqu'il passe près de moi pour se diriger vers son coffre. À cet instant, je m'affale dans le siège. De toute façon, il est bien trop confiant pour s'attendre à un guet-apens. J'aurais pu danser le mambo sur la banquette arrière qu'il n'aurait rien remarqué.

Attends de voir de quoi je suis capable, moi aussi. Tu vas apprendre qu'il vaut mieux conserver sa vigilance en toutes circonstances.

J'enfile la paire de gants glissée dans la poche arrière de mon jean. Je ne dois laisser aucune trace.

Il s'installe à sa place, et le véhicule tangue sous son poids. Je suis étonnée que le moteur démarre instantanément, alors même qu'il n'a inséré aucune clef. Ingénieux, ces constructeurs automobiles. Jusqu'où ira le progrès ?

Avec une agilité et une souplesse que j'ai acquises grâce à beaucoup, beaucoup d'entraînement, je fais un bond en avant. En une fraction de seconde, le cordon qui m'a occupé l'esprit se retrouve contre la trachée du fameux Ezrah puis je bascule tout mon poids en arrière. Cette prise redoutable m'a également été enseignée par mon géniteur. À l'époque, je n'aurais jamais imaginé qu'elle me servirait…

Évidemment, face à cette attaque, la victime se débat avec une fougue qui, même si je l'anticipais, met mes forces à rude épreuve. Le combat qui s'engage me fait suer à grosses gouttes. Mes biceps frisent la crampe. Je dois agir au plus vite, car dans peu de temps, il aura gain de cause puis se libérera, me plaçant dans une situation délicate. Le pied en appui sur le siège, je conserve ma prise ferme, avant de me précipiter pour réaliser un nœud contre l'appuie-tête. Je laisse suffisamment de mou pour lui permettre de respirer à nouveau, mais pas assez pour qu'il puisse se dégager. Le voilà prisonnier de sa propre voiture. Je souffle de soulagement d'avoir exécuté mon plan sans encombre.

– Sale fils de pute, rugit-il, en tentant de se retourner pour connaître l'identité de son agresseur. Fais en sorte que je ne sache jamais qui tu es.

– Oh ! mais ne t'en fais pas, je vais te dire qui je suis, Ezrah.

Aussitôt, son corps se statufie, pour mon plus grand plaisir. Le choc est réel. Je le pressens sans même avoir à observer son si joli minois.

– Ah ! j'ai bien l'impression que je n'aurai pas besoin d'en dire plus, finalement. On dirait que tu as deviné tout seul, ricané-je.

– Lara, murmure-t-il d'une voix si sensuelle que je me retiens de le baffer. Tu n'imagines pas la connerie que tu viens de faire.

Si je regrettais de ne pas l'avoir en face de moi pour le toiser à ma guise, cette fois, je suis ravie qu'il ne puisse pas lire les expressions de mon visage.

– Tu croyais quoi ? reprends-je en ignorant sa douce menace. Que toi et tes petits copains pouviez me prendre pour cible, aller jusqu'à m'agresser, sans qu'il y ait aucunes représailles ?

Je sais que, même s'il ne se débat plus, la tension sur son cou doit être désagréable. Pourtant, seul son ricanement me répond. D'un geste rageur, je tire sur le cordon pour faire cesser cette mélodie qui me crispe. Les muscles de ses avant-bras se contractent, en même temps que les jointures de ses phalanges blanchissent.

– J'ai hâte de te faire payer ça, souffle-t-il quand je le relâche.

Puis, d'un coup, il se redresse avec toute la brutalité dont il est capable. Cela met le lacet à rude épreuve et me fait sursauter par la même occasion. Ses deux mains vigoureuses attrapent l'arrière de l'appuie-tête pour chercher le nœud afin de le défaire. Ni une ni deux, j'ouvre ma portière puis m'éloigne de ma cible au pas de course. Mon cœur tambourine comme un dément. Je n'ose pas regarder derrière mon épaule pour savoir s'il a réussi à se libérer et s'il me poursuit. Je n'ai qu'un seul objectif en tête : m'enfermer dans ma chambre pour échapper à son courroux.

Je pousse à la volée la porte du bâtiment des dortoirs, stressée de devoir ralentir, puis monte les escaliers quatre à quatre. Je manque de trébucher lorsque j'entends un claquement particulier qui résonne à l'entrée. Soit, par un extrême hasard, un étudiant vient de rentrer à minuit passé, soit Ez se rapproche sérieusement. Quand des pas précipités retentissent à leur tour, je comprends que la deuxième hypothèse est la bonne.

Le stress me brouille la vue. S'il m'attrape, je n'ai aucune idée de la manière dont il agira. Heureusement, ma chambre jouxte la cage d'escalier. Je m'engouffre comme une furie dans le couloir et me précipite sur la poignée de ma porte, que je déverrouille d'une main moite. Je la rabats pile au moment où une ombre surgit à mon étage.

Camilla se redresse brusquement en me regardant avec des yeux comme des soucoupes. Je verrouille la porte et m'y adosse, je m'attends à sentir dans mon dos un tambourinement contre le bois. Je tremble tant qu'il m'est impossible de bouger d'un millimètre. Rien ne vient. Personne ne toque, personne ne m'invective, rien, *nada*. Juste un silence terriblement angoissant. Si j'étais plus courageuse, je serais même tentée de rouvrir pour passer une tête dans le couloir afin de voir ce qu'il manigance.

– Ça va ? s'inquiète ma coloc.

Je suis incapable de répondre, encore trop paniquée pour articuler une phrase cohérente. Il s'en est fallu de peu. Sans ma bonne condition physique, il m'aurait rattrapée. Il est doté d'une rapidité sans commune mesure pour avoir eu le temps de se détacher avant d'avaler les mètres qui nous séparaient. Je savais qu'il était sportif, puisque Camilla m'avait informée qu'il était basketteur et qu'ensuite, j'ai pu l'observer plusieurs fois, en cachette, lors de ses entraînements. Il me fallait savoir son emploi du temps sur le bout des doigts pour mettre mon plan à exécution. Je n'aurais pas pensé qu'il était capable d'une telle prouesse.

Sans répondre à Cam, je pivote lentement sur moi-même pour apposer mon oreille contre la porte. Aucun son ne trahit la présence de mon traqueur. Mon front ruisselle et mes paupières se froncent, puis je laisse échapper un soupir de soulagement. Je me dirige en tanguant jusqu'à mon lit sur lequel je m'affale, peu soucieuse de souiller les draps de ma sueur.

Un ricanement me parvient et une tignasse rose apparaît, suivie de près par un visage interloqué.

– Ne reste pas trop longtemps la tête en bas si tu ne veux pas risquer l'œdème cérébral. Je t'assure que ça ne vaudrait pas le coup, même pour aller à la chasse aux potins.

– Roh, râle-t-elle en se repositionnant correctement, ce qui a pour conséquence de la faire disparaître de mon champ de vision.

La structure bringuebale, signe qu'elle s'apprête à descendre l'échelle.

– Quelle idée de partager ma chambre avec une étudiante en médecine, aussi.

– Je te rappelle que tu n'as pas tellement eu le choix.

– C'est vrai, concède-t-elle en s'asseyant sur mon matelas. Mais on s'éclate beaucoup plus en droit des affaires.

–Oh ! arrête, tu vas me rendre jalouse. Engloutir des milliers de textes de loi doit être si passionnant, la taquiné-je.

–Justement, je suis curieuse de savoir ce qui te captive jusqu'à te faire rentrer en furie à 1 h du mat'.

Touchée.

–Tu ne me regarderais plus pareil si tu savais, glissé-je en lui souriant malicieusement.

–J'ai comme l'impression que ça concerne Ez et sa clique, je me trompe ?

–Non, avoué-je. À présent, je peux juste te dire que les compteurs sont presque à 0.

–Et tu penses vraiment que je vais me contenter de ça et retourner sagement me coucher ?

Je ris sincèrement, cette fois-ci, tout en jaugeant si je peux lui accorder ma confiance. C'est une jeune femme adorable qui exsude la gentillesse. Son style atypique, voire exubérant, me plaît beaucoup. J'aime les personnalités non conventionnelles. Je ne suis pas moi-même un exemple de normalité.

Je décide de lui raconter mon aventure dans les grandes lignes, sous son regard ahuri. À la fin de mon explication, ses mains menues se posent sur ses lèvres.

–Tu l'as agressé ? Tu es complètement folle, ma parole.

–Ce n'est qu'un juste retour des choses, dis-je en haussant les épaules avec nonchalance.

–J'admire ton courage. D'ailleurs, j'hésite sérieusement à changer de cursus pour être aux premières loges lorsque tu le croiseras en amphi.

Sa réflexion me fait froncer les sourcils.

–Je ne le croise jamais. Est-ce que tu es sûre qu'il étudie en médecine ?

À son tour de paraître interloquée.

–Eh bien, l'année dernière en tout cas, il était étudiant en médecine. C'est certain puisque Lola, l'une de mes potes, l'avait sucé pendant un cours de biologie.

Elle éclate de rire puis s'arrête, gênée devant mon expression impassible.

– Enfin, toujours est-il qu'il l'était, l'année dernière, répète-t-elle en toussotant.

***

Quand mon réveil sonne, cela me fait le même effet qu'une casserole s'abattant à pleine puissance sur mon crâne. J'ai mis un temps fou à m'endormir, si bien que j'ai l'impression de n'avoir dormi qu'une heure ou deux. L'adrénaline a refusé de quitter mon système sanguin, ou alors était-ce seulement l'euphorie d'avoir réussi ma vengeance sans encombre ? Ou presque.

Mais ensuite, comme toujours, l'image de ma sœur et de mon père s'est infiltrée dans mon esprit, dégradant ma bonne humeur. Ma mauvaise conscience est la cause de mon insomnie. Je sais que je ne peux pas repartir dans mes anciens travers. J'ai fait suffisamment de mal à ma famille. Mais pourquoi le destin s'amuse-t-il à mes dépens ? J'ai de nouveau tapé dans l'œil du démon.

Je me répète en boucle que cette fois, ça n'ira pas aussi loin. Ils n'auront jamais à le savoir. Je me promets de ne pas dépasser les limites, du moins pas davantage… J'ai conscience que mon père m'a offert un nouveau départ, sacrifiant les désirs de ma cadette au passage. Je ne prendrai pas le risque que leur sacrifice ait été vain.

CHAPITRE 10

Lara

Camilla n'avait pas tort sur un point. Même si ce n'est pas en amphi, mes retrouvailles avec Ezrah risquent d'être explosives. Je l'imagine bouillant de rage, attendant impatiemment de me croiser ou, pire, préparant un traquenard afin de m'obliger à l'affronter.

Ma crainte est mélangée à une sorte d'empressement. Lorsque je pénètre dans l'immense amphithéâtre de cinq cents sièges, je dois me retenir de chercher ses potes des yeux. J'ignore si eux me distinguent dans cette cohue de jeunes savants, mais je présume que oui.

En prenant place, je remarque que le professeur vient d'arriver. Ce dernier s'installe tranquillement, alors que mon pied bat la mesure en rythme avec le crayon qui tapote mon pupitre. Je n'aperçois pas le groupe, d'où je me trouve, ce qui veut dire qu'ils doivent être situés derrière moi.

Ne te retourne pas, ne te retourne pas.

C'est marrant, le peu de considération que je porte à ma raison. En un éclair, mon regard pivote derrière mon épaule pour rencontrer aussitôt deux yeux olive. Mon pouls se désynchronise. Je reviens immédiatement à ma position initiale, maudissant ma faiblesse, en plus d'être pleine d'interrogations. Que fait-il là ? C'est la première fois que je le vois dans un cours.

Pourtant, son emploi du temps n'est pas mon premier souci. Ma principale source de questionnements provient de ce que j'ai décelé dans le regard qu'il vient de m'adresser. Il s'y trouvait, sans grande surprise, une haine vorace, mais également un soupçon d'autre chose, du… désir. Pas dans le bon sens du terme, plutôt même dans le très mauvais.

Il faut que je me calme si je ne veux pas totalement perdre le contrôle sur la bête que je suis en train d'exciter.

Je passe le reste du cours concentrée, tant bien que mal, sur les propos de l'enseignant, jusqu'à ce que, enfin, l'heure s'écoule. J'attends qu'ils quittent la pièce avant de sortir à mon tour. L'avoir vu et qu'il ne m'ait pas sauté dessus me rassure en même temps que ça m'inquiète. On peut dire que je suis quelqu'un d'imprévisible, c'est peut-être pour cette raison que nos deux personnalités se livrent un tel combat. J'ai dans l'idée que je ne pourrai plus jamais dormir sur mes deux oreilles, tant que je serai au sein de l'université.

Bien heureusement, le week-end arrive. Je vais donc enfin rejoindre ma sœur. Je vais devoir la partager avec Tony, toutefois, je me réjouis de me retrouver en sa présence et, surtout, loin de *lui*.

La fin de la matinée se déroule étrangement sans incident. Lorsque mon cours d'anatomie se termine, Mme Sayer m'interpelle.

– Mademoiselle Ward. Je m'excuse de vous déranger, cependant, j'ai lu dans votre dossier que vous souhaitiez intégrer l'internat de chirurgie de Johns-Hopkins après votre doctorat ?

Je suis surprise qu'elle me questionne à ce sujet, car il me reste plusieurs années d'études avant de pouvoir y prétendre.

– En effet, j'ai axé mon cursus en ce sens.

– C'est ce que je vois. Le professeur Dayn a dû vous avertir que les prochaines années allaient être plus intensives en termes de pratique. Les meilleurs étudiants ont l'opportunité d'accéder à la morgue pour pratiquer eux-mêmes des autopsies d'entraînement. Cela vous intéresserait-il ?

Je suis si stupéfaite qu'un sourire béat étire mes lèvres. Nous avons réalisé un certain nombre de dissections pendant mes débuts de médecine, cependant, jamais en solo.

– Euh, oui, bien sûr, évidemment. Je suis ravie que vous m'offriez cette chance.

– Parfait. Voici donc la carte magnétique qui vous permettra de vous rendre au sous-sol. Vous n'aurez qu'à inscrire votre nom sur le planning qui se trouve sur le portail internet de l'université lorsque vous souhaiterez vous exercer. Un corps vous sera alors attribué, ainsi qu'une liste de questions que vous devrez me rapporter complétée le jour suivant.

Je n'ai pas le temps de lui répondre, puisque déjà mon enseignante récupère sa mallette avant de s'éloigner avec une rapidité témoignant de son impatience. Quant à moi, je sautille presque jusqu'à la cafétéria tant je suis sur un petit nuage. C'est un privilège énorme d'avoir accès à cette partie des bâtiments. Je n'imagine pas la source d'apprentissage que cela va représenter.

Finalement, je décide de zapper la case repas pour me diriger vers la salle informatique et ainsi m'inscrire pour la prochaine autopsie. Je déambule dans les couloirs quand, soudain, mes muscles se tétanisent. Fonçant droit sur moi, j'aperçois l'équipe de harceleurs d'Ezrah, avec ce dernier en tête de file. Dans la panique, mon regard circule de droite à gauche dans l'optique de trouver un endroit où bifurquer pour éviter la confrontation. Manque de chance, rien ne me le permet. De toute façon, au vu des cinq paires d'yeux qui me scrutent, une montagne ne m'aurait pas aidée à leur échapper.

Piégée, j'ai au moins l'amour-propre de ne pas faire demi-tour ou de partir en courant. Ma respiration devient anarchique.

Les pupilles du « leader » sont ancrées sur moi, me transmettant une myriade d'informations dont je ne saisis pas le sens. Je n'ai pas le temps de l'analyser plus en profondeur. Quatre autres prédateurs, aussi massifs qu'Ezrah, m'ont dans leur ligne de mire. Je suis à l'affût de tout comportement agressif, les poings serrés. Je n'ai aucune chance de remporter un combat contre eux, mais je peux en blesser plus d'un sans problème.

Trois mètres…

Deux mètres…

Un mètre…

Le temps se suspend quand la rencontre se produit enfin. Ezrah et moi-même avançons, face à face, et si aucun de nous deux ne se décale, nous allons rencontrer un souci technique. Toutefois, ce dernier s'écarte in extremis, laissant son biceps me frôler jusqu'à me faire tanguer, alors qu'il détourne le regard. Il n'est pas le seul à me bousculer. Son pote, le beau brun, Ted, agit de la même façon sur mon flanc, pendant que les trois autres me fixent intensément.

Ce n'est que lorsqu'ils se sont éloignés que je prends conscience de m'être arrêtée en plein milieu du couloir. Petit à petit, je retrouve la maîtrise de moi-même en me maudissant de leur accorder tant d'importance. Ils m'impressionnent, certes, mais j'ai de la ressource. Je ne dois jamais oublier ce dont je suis capable. D'autant que, sous ses grands airs, Ezrah ne me paraît pas si maléfique. Il a proféré tout un tas de menaces dans sa voiture pour, au final, me bousculer légèrement dans les couloirs et utiliser ses potes pour essayer de m'intimider.

Un sourire victorieux m'échappe pendant que j'avance vers la salle informatique. Comme je le prédisais au moment où je les ai rencontrés, il s'agit de pauvres types déguisés en gros durs séducteurs, qui se dégonflent tels des ballons de baudruche lorsqu'il faut passer la deuxième.

Je décide qu'il est grand temps de tirer un trait sur cette affaire, ma priorité est la médecine. Mes idées sombres s'évaporent en un claquement de doigts lorsque je me connecte au portail de l'université. Rapidement, je trouve l'onglet qui m'intéresse. Quelques places sont disponibles lundi soir. Il sera un peu tard, mais je ne peux pas me permettre de rater des cours en journée.

***

C'est le cœur léger que je fais mes valises pour retourner à l'appartement. Camilla aussi prépare un sac, dans un tout autre objectif que le mien.

– Tu seras rentrée lundi matin ? lui demandé-je.

– Oui, bien sûr. Melissa me ramènera dimanche soir, chaperonne.

– Moi, chaperonne ? ris-je sincèrement. Ah non, crois-moi, je préfère ne pas être présente lors de vos retrouvailles.

– Et pourquoi pas ? minaude-t-elle avec un sourire lubrique. On est partageuses, tu pourrais participer. Je suis sûre qu'on te ferait décoller plus vite qu'aucun de tes ex.

– Ça, ce serait fort probable.

– Comment ça ? T'as jamais eu d'orgasme ?

Mes joues s'empourprent.

– Si, mais je suis un peu longue à me mettre en marche, on va dire.

– C'est le problème avec les mecs, ma puce.

– Je te rappelle que, selon tes dires, tu es également bisexuelle, *ma puce*.

– C'est vrai, pouffe-t-elle. Pourquoi me priver d'une moitié de la population ? J'aime autant les minous qu'une bonne grosse b…

– OK, j'ai capté l'essentiel.

Je m'échappe de notre chambre sous son rire. Je l'adore. Je suis plus que ravie de vivre auprès d'elle, cela rend mon internat moins triste que prévu. Je retrouve ma voiture à l'endroit exact où je l'avais laissée cinq jours auparavant, sans problème apparent. J'avoue avoir songé que la petite bande s'en prendrait à elle. D'autant que ma vieille Ford, bien qu'elle soit résistante, est loin d'égaler le bijou d'Ezrah. Il suffirait de peu de choses pour réduire mon véhicule à l'état d'épave.

Encore un point qui me prouve que je les ai totalement surestimés.

Il me faut une quinzaine de minutes pour me rendre jusqu'à mon quartier. C'est étrange d'avoir un nouveau chez-soi. J'ai vécu vingt-quatre ans au même endroit. Même quand ma mère est partie, nous n'avons pas déménagé.

Quand j'arrive, Adèle est vautrée dans le canapé à zapper sur la télécommande.

– *Hola, mi amiga*, m'exclamé-je alors qu'elle agite sa main en guise de réponse.

– *Hola, chica*. Tony s'est barré faire les courses. Y a un truc qui te ferait plaisir ?

– Non, soufflé-je en m'installant à mon tour sur le sofa. Tout ce que je veux, c'est dormir.

– Avant, tu vas me raconter ce que tu as vécu cette semaine. Une fille t'a-t-elle jeté son plateau dessus par jalousie ?

Je ris jaune. Si aucune nana ne m'a harcelée, je ne peux pas en dire autant du genre masculin. Je décide de passer sous silence mes diverses altercations, car cela activerait l'inquiétude justifiée de ma cadette.

– Non, malheureusement pour toi, rien de croustillant à te mettre sous la dent.

– Roh, c'est nul. Je veux des ragots, moi. Je m'ennuie ici, maintenant que toutes mes copines sont loin de moi.

Je sais que ce n'est pas voulu, pourtant, une vague de culpabilité me fait tressaillir. Adèle doit le remarquer car elle ajoute aussitôt :

– Lara, ce n'est pas ce que je voulais dire, tu le sais bien. C'est moi qui ai pris la décision de te suivre, personne ne m'y a forcée.

– Oui, mais si toute cette histoire n'avait pas eu lieu, tu n'aurais pas été obligée de déménager et tu serais encore proche de tes amies.

– Et alors ? Rien ne compte plus que toi, pour moi. Toi et Tony, bien sûr, ajoute-t-elle précipitamment comme s'il avait laissé traîner une oreille avant de sortir.

– Je sais, mais…

– Pas de mais. Bon, ce soir, mon merveilleux amoureux nous a trouvé des places pour aller voir les Baltimore Bullets face aux Wizards.

– Du basket ? Il veut qu'on aille assister à un match de basket ?

– Tout à fait ! Tu sais bien qu'il adore ça.

Je manque d'éclater de rire, la coïncidence est énorme. Je me contente de hocher la tête en refoulant les souvenirs d'Ezrah se défoulant sur le terrain avec ses coéquipiers. Pourtant, l'image de ses muscles roulant sous sa peau humide pénètre par effraction dans mon esprit.

Heureusement, c'est le moment que choisit Tony pour faire son apparition. À son air ravi, je saisis que je n'ai aucune chance d'échapper à cette sortie, alors même que voir ce match va obligatoirement ramener mes pensées vers celui que je cherche à éviter plus que jamais.

CHAPITRE 11
Lara

Lorsque nous arrivons dans le gymnase, je suis agréablement surprise de l'atmosphère générale. Les gradins étant quasiment tous pleins, je me demande où nous allons nous installer. La foule est impressionnante, je n'imaginais pas que les matchs de basket étaient si populaires. Les panneaux lumineux disposés en hauteur – agrémentés d'éclairages colorés – laissent défiler des pubs de sponsors. Le brouhaha ambiant me met en liesse. Finalement, cette sortie n'est pas une mauvaise idée.

– Viens par là, me hèle Tony. Nous, on a des places en carré VIP.

– Vraiment ?

– Je t'avais dit que ça valait le coup de venir, me taquine Adèle.

– Comment Tony a-t-il pu se les procurer ?

– De la plus simple des manières : en les payant.

Comme mon expression doit être circonspecte, elle rajoute :

– Il voulait te remercier d'avoir accepté qu'il me suive et cohabite avec nous.

– C'était la moindre des choses, murmuré-je.

– Arrête de t'autoflageller, Lara. Je t'ai déjà dit que ça ne me dérangeait pas.

Nous interrompons notre conversation quand Tony nous demande de l'accompagner, tout joyeux. Nous accédons alors à une zone encadrée par des cordons de sécurité. Lorsque nous présentons nos tickets, une jeune femme nous permet d'entrer. Dans cet endroit, nous sommes au plus près du terrain, presque rien ne nous sépare des joueurs. Pour le moment, seule une mascotte profite du parquet pour offrir un spectacle divertissant à la foule qui l'encourage par un tas de sifflements. Certains se lancent même, en chœur, dans des chants de supporters, que ceux de Washington se réjouissent de huer.

Nous prenons place sur les sièges, alors qu'Adèle part acheter du pop-corn et des bières.

Malheureusement, c'est le moment que choisit l'animateur pour commencer la présentation du match de ce soir. Je pivote pour chercher ma sœur du regard mais ne découvre qu'une multitude de drapeaux levés. Le volume de la musique s'amplifie quand les joueurs font leur entrée.

– Oh non, Adèle va rater le début du match, me désolé-je auprès de Tony.

Le bruit ambiant est si élevé que ma voix se perd dans le brouhaha.

– De quoi ? hurle-t-il en se rapprochant de moi.

L'hystérie collective est hallucinante. Les joueurs doivent vivre un moment incroyable. Je les vois apparaître au loin. Je me penche alors sur l'épaule de Tony pour répéter ma phrase à deux centimètres de son oreille.

Mais soudain, alors que je suis toujours avachie sur son flanc, un frisson glacé me fait tressaillir. Ezrah en personne trottine autour du terrain, sous les applaudissements de la foule. Le sol s'ouvre sous mes pieds. S'il me voit, je suis… trop tard. Ses pupilles viennent de croiser les miennes, ahuries. Il tique une microseconde, si vite que c'en est presque indécelable.

L'instant d'après, son regard se porte sur l'homme dont je suis bien trop proche pour les circonstances. Le corps de Tony se crispe sous cette attention particulière, pourtant, ce n'est pas ce qui m'intéresse. Le sourire vicieux qui étire à présent les lèvres du basketteur est suffisamment éloquent. Il a tiré des conclusions hâtives. Je m'écarte brutalement du petit ami de ma sœur, mais trop tard, déjà, nous ne sommes plus au cœur de ses préoccupations.

Je n'ai pas eu souvent l'occasion de voir Ezrah habillé autrement qu'en streetwear. Ses sweats Nike camouflent d'habitude le contour exact de son corps, bien que sa carrure ne laisse que peu de place à l'imagination. Ça me fait toujours le même effet. Je ne peux détacher mes yeux de ses muscles saillants, roulant sous sa peau noire, bardée de tatouages, et je réalise avoir été bien loin de la vérité. Ses biceps allongés par le sport sont impressionnants.

Adèle revient pile à ce moment, interrompant ma contemplation, les bras si chargés que je me précipite pour l'aider afin d'éviter un drame de bières sacrifiées.

– Putain, bébé, tu devineras jamais ! hurle presque Tony. Ezrah Milton m'a fixé, moi, dans les yeux. Tu te rends compte ?

– C'est qui, lui ? questionne naïvement ma cadette.

Le harceleur qui m'a prise en chasse au premier jour de la rentrée.

– Tu le connais pas ? Oh ! mais c'est pas possible, j'ai toute une éducation à te faire, Adèle, souffle-t-il. Milton est tout simplement le meneur ayant réalisé le plus de contres dans l'histoire des BB. C'est une star, je n'arrive pas à croire qu'il m'ait regardé.

Tassée dans mon siège, je cherche à disparaître de la surface de la Terre.

Que va-t-il penser de ma présence ? Que pense-t-il déjà ? À peu de chose près, on pourrait s'imaginer que je ne suis qu'une groupie qui refuse de le lâcher depuis qu'il m'a accordé son attention. Il m'a agressée sexuellement avec ses potes, pourtant, par la suite, je n'ai fait que le surveiller ou croiser son chemin. Je l'ai même attaqué en représailles et, maintenant, je suis assise ici, en loge, à l'observer le jour d'un match important.

J'ignorais qu'il était joueur professionnel. D'ailleurs, je me giflerais bien de ne pas avoir pensé à aller fouiner sur Internet. Il ne peut pas étudier à l'université en parallèle. Il a forcément dû choisir entre la médecine et le basket. Pourquoi, alors, vient-il encore si régulièrement sur le campus ?

Mon malaise doit être palpable puisqu'Adèle me donne un coup de coude dans le flanc.

– Ça ne va pas ?

– Si, si, tout va bien.

Elle continue de me toiser, les sourcils froncés, pendant un moment, puis enfin reporte son attention sur le match. Les deux équipes se valent, et les points ne cessent de s'additionner. Je fais tout mon possible pour tenter de ne pas me focaliser sur le grand métis à l'attitude hostile. Malheureusement, mes iris dérivent sans cesse dans sa direction.

J'admire son air concentré. Il est beau comme un dieu, courant et encaissant les attaques de ses adversaires. Le bruit de son corps se heurtant contre les autres, ses immenses mains viriles jouant avec le ballon avec une facilité déconcertante, sa vitesse, son agilité, tout est divinement érotique.

À aucun moment il ne m'accorde une autre œillade. Comme si le fait que je sois présente ne revêtait aucune espèce d'importance pour lui. Bien sûr, c'est le cas, seulement je pensais… Je ne sais pas ce que je pensais. Toutefois, une boule de honte se forme dans mon estomac.

Le match est serré, chaque équipe possède ses points forts. Pour l'instant, celle de Washington mène, sous la fureur des spectateurs venus encourager Baltimore.

Le score grimpe à la vitesse de la lumière grâce à l'énergie des joueurs, qui donnent leur maximum. La tension est à son comble lorsque le numéro 22 de Baltimore, dont Tony n'a fait que me répéter le nom mais que j'ai oublié, récupère le ballon après un coup de torse bien placé. Ses longs bras se tendent dans le même mouvement que ses genoux qui se fléchissent. Une seconde plus tard, il est dans les airs, le ballon expédié à l'autre bout du terrain. La salle entière retient son souffle, avant qu'une explosion de joie ne fasse trembler le siège duquel je me lève en même temps que le public.

Tony est si enthousiaste qu'il lève les mains vers le ciel pour exulter, oubliant son verre de bière qui, lui, ne manque pas de lui rappeler sa présence en se vidant le long de son bras jusqu'à sa nuque.

Adèle et moi éclatons de rire. Je me surprends à prendre du plaisir à assister à ce match, dont je ne connaissais même pas les équipes avant de les voir s'affronter. Les BB ont égalisé mais ne sont pas encore victorieux.

Seulement quelques secondes après l'effervescence du dernier triple point, Ezrah récupère la passe d'un de ses partenaires et entame un sprint si vif que je peine à le suivre des yeux. Tous espèrent un miracle de leur meneur. Les dribbles sont coordonnés et exécutés avec une précision remarquable. Je retrouve les mêmes capacités physiques qu'il démontrait quand il jouait avec les gars au gymnase de l'université. Les ailiers adverses tentent de le contrer, cependant, il esquive toutes les techniques de défense de ses rivaux.

Lorsqu'à la suite de son coéquipier, il s'élance et contracte l'intégralité de ses muscles pour s'accrocher au panier duquel est déjà ressorti le ballon, je n'ai pas de mots pour décrire la foule qui se soulève d'allégresse. Le sifflet signalant la fin du match résonne avec puissance, mais il ne couvre pas les hurlements et les applaudissements du public en délire.

Les joueurs se regroupent, se félicitent, remercient leurs supporters à l'aide de grands saluts.

Après s'être congratulés entre eux, ils prennent la direction des vestiaires, nous quittant pour le plus grand malheur du public qui ne cesse de les applaudir. C'est pendant ce fugace instant qu'Ezrah rive son regard provocant au mien. Sa confiance en lui exsude par tous ses pores, et juste avant qu'il ne s'éclipse, il m'envoie un bref clin d'œil, accompagné d'un sourire arrogant. Je détourne mon visage qui s'enflamme, afin d'être sûre que personne ne remarque quoi que ce soit. C'était surestimer la capacité de clairvoyance d'individus enhardis par une victoire sportive. Troublée, je me lève pour prendre la direction de la sortie, pressée de m'éloigner de *lui*, maintenant que l'ambiance ne me porte plus.

– Attends, Lara, me hèle Tony. Grâce aux places VIP, on a la possibilité d'entrer dans les vestiaires pour rencontrer les joueurs.

C'est une putain de malédiction ou quoi ? Je tente de le dissuader, mais il aurait été plus simple de convaincre un guépard de devenir végétarien.

– Tu rigoles ou quoi ? s'offusque-t-il. Je ne peux pas passer à côté de l'occasion de voir mes idoles d'enfance.

– Oh ! arrête un peu, Tony, soufflé-je. Premièrement, aucun des joueurs dont tu étais fan petit ne joue encore, et deuxièmement, tu ne viens même pas de Baltimore.

– C'est vrai, concède-t-il, mais peu importe l'équipe, rencontrer un professionnel du basket est une chance de malade. Allez, venez, on va les louper si vous continuez à me regarder comme deux anguilles hors de l'eau.

– On dit « poisson », et l'expression n'a rien à voir avec cette situation, grogné-je.

Il ne m'écoute déjà plus, trottinant dans la direction que lui indique l'un des organisateurs. Pour ma part, je lance une œillade suppliante à Adèle, qui se contente de hausser les épaules d'un air désolé avant de suivre son mec.

Alors que je pourrais décider de les attendre à l'extérieur, je crains qu'Ezrah ne voie en mon absence une preuve de la crainte qu'il m'inspire. Il est impensable qu'il puisse s'imaginer avoir une quelconque espèce de pouvoir sur moi, quand bien même c'est pourtant vrai. Le fuir ne ferait que lui prouver qu'il est dans la bonne voie pour m'atteindre.

Quelques gouttes de sueur dégoulinent le long de ma nuque. Fait-il si chaud que ça? Je ramasse ma longue chevelure et l'attache sur le sommet de mon crâne en rattrapant Tony et Adèle.

L'équipe est en effet dans les couloirs, occupée à signer des autographes, parler aux journalistes ou rire entre eux. Je suis tellement mal à l'aise que mes cils clignent frénétiquement. Tout l'inverse de Tony qui ne fait que me donner des coups de coude dans les côtes en chuchotant tous les noms des joueurs que nous croisons. Pourvu que le seul membre de l'équipe que je ne souhaite pas voir soit occupé, ou mieux, cloîtré dans le vestiaire et qu'il ne me repère pas, ici, à rôder comme un vautour.

J'aperçois déjà la sortie. Ouf, on y est bientôt, et nous ne sommes pas tombés sur Ezrah. Tony est trop timide pour quémander des autographes, à mon grand soulagement. Le regard des joueurs se pose sur ma sœur et moi. Je lève les yeux au ciel chaque fois que l'un d'eux m'adresse des mimiques séductrices. Mon Dieu, quel cliché! Deux blondes qui passent et il n'en faut pas plus pour faire tourner la tête de tous les mâles pleins de testostérone. J'accélère discrètement, espérant que les deux autres calquent mon allure, mais l'univers a décidé de mettre mes nerfs à rude épreuve ce soir. Alors que nous sommes à quelques mètres de la sortie, Ezrah jaillit d'une pièce, en galante compagnie. Une très jolie demoiselle à la peau noire s'accroche à sa nuque, et le regard qu'ils se lancent pourrait faire fondre de jalousie n'importe quelle femme en manque d'amour.

J'ignorais complètement qu'il était en couple. Jamais il ne l'a rejointe lorsque je l'espionnais. Pourtant, la façon dont il la regarde ne laisse planer aucun doute. Il l'aime. Comme pour confirmer mon hypothèse, Ezrah se penche, enlace la jeune femme avant d'apposer ses lèvres pleines sur son cou, exactement comme il l'a fait sur le mien il y a quelques jours.

Une émotion dont je ne saisis pas le sens me provoque une cuisante douleur dans la poitrine, déclenchant une colère sourde que je ne peux que rediriger vers moi-même. Quand il a procédé de cette façon avec moi, mon corps a réagi, *j'ai* réagi. Un flux de désir avait filé dans mes veines à la même rapidité qu'un poison nécrosant. *Quelle honte!* Je détourne le regard puis me faufile derrière Adèle, tentant de me cacher à l'aide de son corps. Ce qui est totalement absurde, puisque ma sœur n'est pas plus épaisse qu'une feuille A4.

Je prie tous les dieux pour que Tony n'aille pas à la rencontre de ce connard. Heureusement, leur démonstration affective doit le freiner, puisqu'il poursuit son chemin, légèrement frustré, mais des étoiles plein les yeux.

L'air extérieur me fait un bien fou. Je passe mes mains moites sur ma nuque, avant de la masser en happant cet oxygène qui m'a cruellement manqué il y a quelques secondes.

Je viens d'avoir la confirmation qu'il n'était plus crucial, mais vital, que ma route se sépare de celle du sportif. Si le jeu était risqué, il devient à présent létal, car il n'était pas prévu que j'éprouve autre chose que du ressentiment…

CHAPITRE 12

Lara

Les journées ont filé à une vitesse vertigineuse. Nous sommes dimanche soir, avachis dans le canapé devant une émission merdique bien que divertissante, à nous enfiler des pizzas. J'aurais dû revenir à la résidence cet après-midi, seulement, j'avais envie de profiter encore un peu de ma sœur. Pendant que nous mangeons, je repense au fait que mon rival est une star locale du basket. Il a donc renoncé à ses études. À mes yeux, cela est inenvisageable. Mettre fin à des années de travail pour un sport qui ne garantit aucun succès à long terme me paraît totalement déraisonnable. Ezrah est un homme plus complexe que je ne l'aurais cru à première vue.

– Alors, hâte de repartir en cours ? questionne ma cadette.

– Ouaip. Demain soir, je vais réaliser ma première autopsie en solo. Tu veux qu'on fasse un FaceTime ? la taquiné-je, sachant à quel point le sang la rebute.

– Berk, ça me dégoûte, siffle-t-elle comme je m'y attendais.

– Hey ! on est en train de manger, merde ! grogne Tony en engloutissant la fin de sa part.

– Mon pauvre Tony, reprends-je, si le simple fait d'évoquer une autopsie te coupe l'appétit, quelle réaction aurais-tu en humant l'odeur de putréfaction qui se dégage des intestins de…

– Aaaaah ! la ferme ! hurle Adèle sous mes ricanements sadiques.

Tony, quant à lui, blêmit tout en reposant délicatement la nouvelle part qu'il s'apprêtait à déguster.

– Qu'est-ce qu'il faut pas faire pour que tu partages, Tony, m'exaspéré-je en récupérant le morceau débordant de fromage fondu.

– T'es ignoble, Lara.

Il croise ses bras sur sa poitrine à l'image d'un petit garçon boudeur.

Quelques heures plus tard, je suis allongée dans ce même canapé, dans l'espoir de m'endormir. Sans succès. Je ne fais que repenser à cette première semaine au sein de l'université.

En quelques jours seulement, mon envie sincère de rédemption a tangué sévèrement. Je vais devoir reculer si je ne veux pas que le socle de ma deuxième chance s'effondre sous le poids de mes erreurs et m'engloutisse.

Des yeux verts surgissent dans mon esprit malgré ma volonté de les oublier. Un sourire ravageur, une tignasse brune décoiffée, des tatouages sur une anatomie parfaite. Mes doigts se contractent d'eux-mêmes sur la couette. Toute mon énergie est employée à lutter contre ce flot d'images intempestives.

Une part de moi ne peut s'empêcher de se demander ce qui a pu se passer dans ma vie pour que j'attire les hommes néfastes avec autant de ferveur qu'ils m'hypnotisent. Si j'étais allée voir un psychologue, comme me l'a recommandé mon père pendant des mois, peut-être aurais-je eu certaines réponses à ces questions. Pourtant, rien que de songer à m'exposer intimement à un étranger m'est insupportable.

Dieu soit loué, les caractéristiques physiques de mon nouvel adversaire ne peuvent être plus différentes de celles de l'ancien.

N'y tenant plus, je m'avoue vaincue et pars à la recherche de mon téléphone. Mais alors que je souhaitais me distraire en écoutant de la musique, une notification bizarre occupe mon fond d'écran.

À première vue, on pourrait croire qu'il s'agit d'un message lambda. Pourtant, je me méfie. Le numéro n'est pas conventionnel. Mon pouce parcourt l'écran sans appuyer pendant que je réfléchis à ce que je dois faire de ce message. Après quelques secondes d'hésitation, ce dernier s'ouvre de lui-même sous mes yeux. Aussitôt, mon écran sombre totalement dans le néant avant de se rallumer, comme si de rien n'était.

Pantoise, je fixe mon téléphone dans l'espoir qu'un signe quelconque m'aide à comprendre la cause de cet étrange phénomène. Rien ne vient. Légèrement tremblante, je me rends sur mon application de musique pour lancer *Renegade,* d'Aaryan Shah, tout en cogitant.

Je sais d'avance qu'encore une fois, le sommeil ne sera pas de la partie, et qu'il va me falloir affronter mes démons sans son soutien.

***

Camilla, fidèle à elle-même, m'accueille dans notre chambrée en ce lundi matin avec un enthousiasme débordant.

–T'aurais vu l'énorme villa de la mère de Melissa ! Ça change de ma caravane familiale.

–Tu vivais en caravane ?

–Oui, avec mes parents et mes trois petits frères.

Bien que mes lèvres demeurent scellées, je n'arrive pas à camoufler mon étonnement.

– La caravane était grande, à la décharge de mes parents. Mais enfin, comme tu dois t'en douter, j'ai eu hâte de partir faire mes études.

– Tu as reçu une bourse pour intégrer JH ?

– C'est ça. Heureusement, mes résultats scolaires étaient excellents et la condition financière de ma famille suffisamment misérable pour qu'on m'accorde le montant maximum d'aide, rit-elle pour donner le change.

Tout dans son attitude exprime la rancune qu'elle ressent face à ce début de vie modeste.

– Bon, et toi ? reprend-elle en chassant son air maussade.

Mon regard se pose une demi-seconde supplémentaire sur elle, avant que j'abdique et lui raconte rapidement comment j'ai occupé mon temps en ces jours off. Évidemment, au moment où j'évoque le match de basket et la présence d'Ezrah, un immense sourire malicieux naît sur son visage.

– Mais non ? Je n'y crois pas, s'esclaffe-t-elle. C'est excellent, ça ! Même dans mes rêves les plus fous, je n'aurais pu imaginer un tel scénario. J'aurais payé si cher pour voir ta tronche se décomposer quand il est entré sur le terrain.

À mon tour d'esquisser un léger rictus amusé.

– Et moi, j'aurais adoré voir la tienne lorsque le père de ta précieuse Melissa s'est trimballé à poil dans le salon familial.

Alors que j'éclate de rire, Camilla, elle, affiche une mine épouvantée, se rappelant sûrement notre dernière conversation téléphonique où la demoiselle s'est livrée à des confidences très riches en informations.

– Lara !!! Ce secret devait rester entre nous deux, tu me l'avais promis.

Je mime une fermeture Éclair sur mes lèvres, avant de lui lancer la clef imaginaire.

– Si jamais elle apprend que je l'ai dit à quelqu'un, elle me tuera.

– Elle ne sera pas aussi rapide que moi si tu dévoiles à quiconque ce qui se passe entre la bande d'Ezrah et moi, la menacé-je gentiment.

– Je t'ai promis mon silence en échange de tous les détails. Je tiendrai ma promesse tant que tu tiendras la tienne, me certifie-t-elle en me lançant un clin d'œil.

– Il n'y aura pas plus de détails, car je vais mettre un terme à toute cette histoire, qui n'en est même pas une.

– J'aimerais bien savoir comment tu comptes t'y prendre après l'avoir agressé dans sa bagnole. Il y aura forcément des conséquences. Tu n'as pas l'air de comprendre qui sont ces mecs. Ce n'est pas pour rien qu'ils ont pu s'attaquer à toi en pleine soirée d'intégration. Ils ont le bras long.

Je ne sais pas pourquoi je parviens si aisément à dévoiler mon intimité à cette jeune femme, pourtant, un lien entre elle et moi s'est tissé. Pour une raison obscure, j'ai la profonde conviction qu'elle ne trahira pas ma confiance. Cependant, à cet instant, lorsqu'elle me confronte à mes contradictions, je regrette de lui en avoir tant divulgué.

– Le problème d'avoir le bras long, c'est que ça donne plus de matière à se le faire couper. Je m'en sortirai, Camilla, ne t'en fais pas. Moi aussi, j'ai des ressources.

– Une chose est sûre, je préfère t'avoir en amie qu'en ennemie, rit-elle en récupérant son sac pour m'accompagner vers la porte.

– Espérons que tu ne sois bientôt plus la seule à le penser.

Fait étrange, seul Ted est là au cours que nous avons en commun en fin de journée. Il n'a de toute évidence pas besoin de ses compères pour me prendre pour cible, puisque je sens son regard acéré me labourer le dos tout au long du cours. Peu avant la fin, soucieuse de lui rendre la pareille, je récupère mes affaires puis simule une envie pressante pour me lever de ma chaise et foncer droit vers la sienne. Par chance, il a choisi une place côté couloir.

Une fois à son niveau, je passe « par mégarde » un doigt sur son tas de feuilles, qui glisse au sol.

Faussement honteuse, je me penche pour l'aider à ramasser.

– Oups, pardon, Ted Williams, domicilié au 1087, 3rd Avenue à Baltimore, vivant avec sa petite sœur Juliette et sa mère fraîchement divorcée. Je suis tellement maladroite, parfois.

En un éclair, je me relève, admirant la rage qui tord les traits du bellâtre. Lorsque je pousse la porte de l'amphi, j'affiche un sourire victorieux. Je me dépêche de disparaître des lieux pour ne pas me retrouver seul à seule avec Ted dans les couloirs déserts.

Au pas de course, je prends la direction de la morgue en me retournant régulièrement pour m'assurer que je ne suis pas suivie. Lorsque j'arrive dans le bâtiment qui l'abrite, un peu en avance sur l'heure prévue, un employé me demande de signer le registre avant de me donner un badge indiquant mon statut d'étudiante. J'emprunte un escalier d'un blanc qui me donne l'impression d'avoir été téléportée droit dans le cœur d'un hôpital. Plus je m'enfonce, plus l'air se rafraîchit. Le sas dans lequel j'arrive est occupé par une secrétaire qui me donne l'accès à la salle afin de trouver le légiste qui m'indiquera le cadavre à autopsier ainsi que le travail à rendre au professeur Sayer.

Je suis replongée quelques mois en arrière, au moment où j'ai eu l'occasion d'assister à ma première autopsie. Il s'agissait d'un noyé. Beaucoup de mes camarades n'ont pas tenu le choc et sont sortis au bout de quelques minutes. Quant à moi, j'ai bu, sans mauvais jeu de mots, l'intégralité des paroles du médecin. Mon aplomb a suscité son intérêt, et j'ai eu la chance, après quoi, de pouvoir l'assister régulièrement lors de son travail.

Quand le fameux légiste me voit apparaître, il relève vaguement le front de ses fiches pour m'observer par-dessus ses petites lunettes strictes. Son air blasé ne me prend pas au dépourvu. C'est souvent le cas dans les universités. La majorité des anciens médecins qui y travaillent le font pour maintenir un semblant d'activité en utilisant les jeunes étudiants comme défouloir à leur mauvaise humeur.

– Vous devez être Mlle Ward ? me demande-t-il d'un ton grognon. Le sujet a été mis en place dans la salle d'autopsie. Vous trouverez également le questionnaire à remplir.

Sur ces indications concises et vagues, le légiste récupère son classeur puis se dirige vers l'extérieur, provoquant mon incompréhension.

– Vous ne resterez pas avec moi ? l'interpellé-je alors qu'il est déjà en route vers la sortie.

À son tour d'être surpris par ma question. Ses sourcils broussailleux se haussent, avant de se froncer.

– Rester dans quel but, mademoiselle ? Avez-vous besoin que l'on vous tienne la main ? Si c'est le cas, on dirait que le professeur Sayer vous a surestimée.

Décontenancée, je cherche quoi répliquer pour expliquer ma pathétique intervention.

– Non, c'est juste que je ne pensais pas avoir l'autorisation de rester seule dans les lieux, me justifié-je, gênée. Enfin, pardon, vous pouvez compter sur moi.

Un soupir désapprobateur me répond, et mon interlocuteur secoue la tête en s'éclipsant. Je me retrouve donc isolée dans cette pièce où la température varie entre 2 et 4 degrés. Pourtant, mon manteau me semble presque de trop, tant mon sang bout d'excitation.

L'ambiance de cet endroit, surtout quand on le parcourt seule, est inexplicable. Je suis entourée d'hommes, de femmes, dont le corps a été donné à la science, afin que nous, l'avenir de la médecine, puissions nous exercer. Je ressens un profond respect pour ces êtres humains.

Quand je m'avance vers la porte automatique transparente, je peux apercevoir le cadavre dénudé reposant dans cet espace suffisamment grand pour réaliser une dizaine d'autopsies. Si la salle est si spacieuse, c'est qu'il est courant qu'une classe entière d'étudiants descende pour disséquer des animaux, avant de s'entraîner sur un être humain.

Je me suis approchée de la porte vitrée mais ne me résous pas à entrer dans la pièce. Une ambiance mystique, presque religieuse, fait trembler mes doigts. Jamais je n'ai vécu un tel moment dans ma vie. Après avoir déposé mon sac et mon manteau, je profite du sas pour enfiler blouse, charlotte, gants, visière, tablier, couvre-chaussures et masque.

Je prends une profonde inspiration puis avance d'un pas franc. Quand j'entre dans la salle d'autopsie, l'odeur déplaisante de formol mélangée au léger relent de putréfaction que même le froid n'arrive pas totalement à masquer, me rappelle le motif de ma présence. Très vite, je recouvre la maîtrise de mes émotions. Reculer n'est plus possible. Un frisson me parcourt l'échine quand j'approche de la femme d'une quarantaine d'années qui repose sur ma table. Son visage figé par la mort ne renvoie plus aucune expression humaine. Pourtant, avec un peu d'imagination, il est facile de l'imaginer sourire grâce aux ridules qui zèbrent sa peau. Cette personne avait sûrement une famille, des proches, un mari et peut-être des enfants. Cet élément, je le découvrirai lors de l'autopsie. Dorénavant, elle se trouve sur ma table, prête à être inspectée de la plus intrusive des manières. Je ne peux retenir la boule de chagrin qui se loge dans mon estomac et qui n'a rien à y faire. Finalement, je suis ravie que le vieux légiste ait déguerpi. Je n'ose imaginer ce qu'il aurait songé en me voyant me morfondre sur le sort d'une inconnue que nos années d'études nous ont pourtant appris à ne considérer que comme un patient lambda. Je sais que je dois réussir à faire taire mes émotions dans mon futur travail. Néanmoins, cela n'enlève rien à la difficulté de la tâche. Mon empathie prend parfois le dessus, au grand dam de mes professeurs. Heureusement que mon parcours est excellent. Cela contrebalance cette lacune qui, je persiste à le penser, n'en est, en réalité, pas une. Les patients guérissent mieux, sont plus enclins à se battre, si leur médecin leur accorde l'attention qu'ils méritent. Malgré tout, il est vrai que, parfois, à trop donner, on s'oublie soi-même. L'addition est dans certains cas difficile à régler lorsqu'ils nous quittent brutalement et que le chagrin prend toute la place.

Je récupère mon magnétophone enfoncé dans ma poche puis entame la procédure.

– L'autopsie a commencé le lundi 16 octobre 2023 à (je jette un coup d'œil à l'horloge murale) 18 h 25. Présente à l'autopsie : Lara Ward, étudiante en médecine générale. En début d'examen, le cadavre est découvert et dénudé. Il s'agit d'une femme nommée Brenda Stiller, normalement développée, de corpulence intermédiaire, mesurant et pesant approximativement 1m62 pour 65 kg, je confirmerai ces données au moment des mesures. La conservation du corps est bonne, aucun signe apparent de putréfaction. L'épiderme est froid au toucher. On ne note aucune présence de lividité, hormis sur la partie moyenne de la jambe gauche où des zones adjacentes grises d'hématomes existent, mais sont indatables par leur périphérie…

Un léger bruit métallique lointain interrompt mon descriptif. D'un regard circulaire, je balaye la pièce, mais le silence mortuaire règne en maître, alors je replonge dans mes conclusions.

– Les cheveux blond châtain, d'une longueur maximale d'une trentaine de centimètres, sont de volume modéré. Les yeux sont clos. (En soulevant la paupière, je constate que les iris sont marron. En somme, elle me ressemble. Cette constatation me fait tiquer, et je peine à déglutir.) Les cornées sont claires, les pupilles sont dilatées et mesurent…

Soudain, le noir total.

CHAPITRE 13

Lara

Toxic – 2WEI

Si je me sentais mal à l'aise quelques instants auparavant, ce n'est rien comparé à ce que je vis à présent. J'éteins mon magnétophone afin de ne pas gaspiller la bande audio et gâcher le travail que je viens de réaliser, retire ma visière puis attends quelques secondes, persuadée que ce problème technique va se résoudre, en vain. Plus aucune source de lumière ne me permet de visualiser l'espace environnant. Je suis officiellement aveugle dans une pièce remplie de cadavres. Mon téléphone aurait pu m'être d'un grand secours, s'il n'était pas enfoui dans la poche de mon manteau.

La bile me monte à la gorge au moment où j'entends des bruits de pas qui approchent. Privée de ma vue, il m'est impossible de détecter l'endroit exact d'où proviennent les sons. J'écarte d'office l'idée que des dépouilles aient réalisé l'exploit de faire sauter les plombs pour me terroriser. Non, les morts ont quitté cette terre remplie de vices et de perversions. Les vivants sont les monstres dont j'ai le plus à me soucier. *Certains vivants,* plus exactement.

Les mots de Camilla me reviennent en mémoire : *j'aimerais bien savoir comment tu comptes t'y prendre après l'avoir agressé dans sa bagnole. Il y aura forcément des conséquences.* Mais comment a-t-il pu pénétrer ici ? Les lieux sont sécurisés, on n'y entre pas comme dans un moulin. Il faut un pass, l'accord d'un professeur, signer le regi… Mon Dieu, mais pourquoi suis-je si naïve? Il a tout simplement soudoyé l'employée de l'accueil.

Le calme est revenu, pourtant, le danger est à mille lieues d'être écarté, je le sens viscéralement. D'un pas, le plus léger possible, j'entame une marche arrière pour tenter de retrouver mon plateau qui contient un scalpel. S'il s'imagine que je ne vais pas l'utiliser, c'est très, très mal me connaître. Ses petits jeux à la con sont loin de m'amuser, il est temps qu'il le comprenne. Mais alors que je tâtonne à l'aveuglette, mes doigts heurtent une surface qui me fait retenir un hurlement de frayeur. Ni une ni deux, je m'écarte, pour m'éloigner au plus vite de l'individu que je viens de tâter à travers mes gants en latex. Mais dans la panique, j'en perds mon sens de l'orientation et percute violemment la table d'autopsie.

Je m'y rattrape in extremis, agrippant au passage la chair de la pauvre femme qui y gît. Dégoûtée, je recule. Malheureusement, je ne fais que retourner sur le torse ferme que je tentais de fuir. Son parfum musqué me confirme sa présence. J'ai à peine le temps de m'échapper que deux bras m'encerclent avec une force inouïe, me coupant la respiration.

– C'est dangereux de titiller le diable. Le sais-tu, Lara ?

Mon sang se glace, je ne reconnais pas cette voix. Ce n'est pas Ezrah, et pire que tout, je peux nettement ressentir la présence d'autres personnes dans la pièce. J'ai appris des tonnes de techniques d'autodéfense, pourtant, l'adrénaline qui inonde mes veines m'empêche d'user de mon corps à ma guise. En désespoir de cause, je tente un coup de pied en arrière mais, avant qu'il n'atteigne sa cible, je suis brutalement projetée en avant.

Par miracle, je ne tombe pas. Même sans rien y voir, je m'élance, les mains dressées devant moi en guise de protection, priant pour ne plus percuter le cadavre de Mme Stiller. Soudain, la lumière de lampes torches vient zébrer l'obscurité. Je me statufie une seconde fois, comme un animal figé par les phares d'une voiture. Le parallèle est si évident qu'il est probable que ce soit l'effet recherché.

Les faisceaux m'aveuglent. Par chance, même si je m'en suis éloignée dans ma tentative de fuite, je suis orientée face à la baie vitrée vers laquelle je me dirige sans perdre une seconde. J'aurais dû pressentir l'énorme piège tendu.

Un léger clapotis de liquide met mes sens aux aguets. Quelqu'un est en train de renverser quelque chose sur le sol…

La chute est violente. Mon menton claque contre la paroi carrelée avec une telle force que mes dents s'enfoncent dans ma langue jusqu'au sang, puis mon front heurte à son tour la surface. Un gémissement de douleur m'échappe malgré moi. Mes mains pataugent dans le liquide gluant qui empeste le métal, et c'est alors que je réalise qu'il s'agit d'hémoglobine. Le sol est si glissant que je dois m'y prendre à plusieurs reprises pour me redresser, sous les ricanements de ceux que je hais viscéralement.

– Alors, Ezrah, craché-je avec mépris. T'es si lâche que pour m'attaquer tu es obligé de le faire dans le noir et accompagné de tes petits camarades ? C'est si pathétique que ça me ferait presque de la peine.

Les rires s'interrompent aussi sec, remplacés par un bruissement léger.

Je pivote dans tous les sens pour anticiper leurs mouvements, mais le faisceau d'une torche vient se planter dans mes rétines. Je feule en plaçant mon poing sali devant mes paupières, y étalant le sang qui enveloppait le latex de protection. Cette sensation atroce me donne envie de vomir, et je me débarrasse de mes gants sur-le-champ.

– Crois-moi sur parole, susurre enfin la voix de mon ennemi, je serais plus que ravi de m'occuper de toi moi-même. Malheureusement, tu as aussi attisé l'intérêt de mes « petits compagnons », comme tu dis, et ils seraient furieux que je les empêche de goûter une part du gâteau.

J'éclate d'un rire qui provient du tréfonds de mes entrailles.

– Avez-vous songé une seconde que le gâteau puisse être empoisonné ?

Sur ces paroles, je décide d'attaquer. D'un bond en avant, je percute la lampe torche, et donc son propriétaire, afin de distinguer le contour de son corps. Quand c'est fait, mes doigts s'accrochent aux biceps saillants d'Ezrah, sans qu'il ait le temps de le voir venir. Mon bassin se joint à la danse en pivotant vers sa hanche alors que, d'une vive impulsion de mes talons, je le fais basculer de toutes mes forces.

Pendant une seconde, j'ai l'espoir que ma prise fonctionne puisque je sens une légère hésitation du côté adverse. Pourtant, mon optimisme meurt aussi vite qu'il était né quand les bras du sportif viennent m'entourer et que, à son tour mais avec bien plus de puissance, il m'expédie loin de lui pour me faire atterrir droit dans les griffes d'un autre individu.

Ce dernier m'enlace, et ses lèvres happent les miennes avec une sauvagerie peu commune. Dans le même temps, sa main se faufile sur mon fessier, qu'il presse avec fermeté. Cette atteinte à mon intégrité n'est pas le plus grave. Avant que je ne parvienne à me libérer de cette prise, un second corps se colle cette fois contre mon dos.

J'aimerais hurler, cependant, mon cerveau est en *off*, je ne fais qu'agir par pur instinct, ce qui ne m'aide pas. Je manque de défaillir lorsque les doigts du deuxième assaillant se glissent sous mon pull dans le but de remonter jusqu'à l'armature de mon soutien-gorge. Ce contact agit comme un électrochoc. Je lance mon coude directement dans les côtes du deuxième, qui grogne avant de s'écarter. Quant à celui qui me fait face, ma main fend l'air jusqu'à atterrir sur sa joue. Je l'entends ricaner en réponse à mon geste. Je sens sous ma paume une barbe courte, mais cela ne m'apprend pas grand-chose sur son identité puisqu'ils sont plusieurs à en porter une, hormis Mehdi et Kayron.

Les faisceaux continuent de m'éblouir. Une poigne vigoureuse agrippe mon bras pour me tirer. C'est le coup de trop. J'empoigne l'entrejambe de celui qui prend l'initiative de se jouer de moi une énième fois. Comme attendu, sa respiration se suspend dans la crainte que je ne blesse ses précieux bijoux de famille. Pour l'instant, ma prise se veut ferme sans être douloureuse, mais cela suffit à inverser les rôles.

– Éclaire la pièce, ordonné-je.

Même si je peux sentir son corps tendu à l'extrême, je n'obtiens aucune réaction suite à mon injonction. Pire, une érection devient nettement identifiable sous mes doigts.

– Si tu crois que ça va me faire fuir, tu te trompes lourdement, soufflé-je en resserrant ma prise.

Seul un grognement caverneux me répond, avant que je ne sois plaquée contre un mur dont je n'imaginais pas la présence si proche. Mon avant-bras se retrouve emprisonné entre mon bassin et celui de l'assaillant, pendant que ma poitrine se soulève frénétiquement contre son torse. Sans que j'aie le temps de mettre ma menace à exécution, des doigts s'enroulent autour de mon poignet et exercent une pression si forte que je n'ai d'autre choix que de lâcher ma prise. Dans la seconde qui suit, deux individus agrippent mes poignets pour les entraver douloureusement. Mon visage pivote frénétiquement de gauche à droite, me permettant d'apercevoir les deux silhouettes venues en renfort de leur pote. Je suis prise au piège, pour la seconde fois en à peine deux semaines. Ce n'est pas Ezrah qui est collé contre moi, cette fois-ci. Je pourrais le parier. D'ailleurs, j'en ai presque aussitôt la confirmation.

– Tu as éveillé ma soif plus d'une fois, aujourd'hui. Tu seras donc la seule capable de l'étancher.

Mon cœur loupe un battement. Je reconnais cette voix.

– Et toi, tu seras le premier que je balancerai au doyen, Ted.

À l'unisson, le reste de cette équipe malsaine émet des rires discrets. Aucun n'a l'air inquiet. D'ailleurs, pour me le prouver, ils laissent enfin leur lampe torche éclairée vers le sol, me permettant de les distinguer les uns après les autres. Le bassin de Ted s'accole plus étroitement au mien, imprimant sa hampe dressée contre mon pubis.

– Vous me le paierez tous, leur assuré-je d'une voix blanche.

– Nous n'attendons que ça, murmure-t-il sensuellement contre mon oreille.

C'est à ce moment-là qu'il me libère de mes entraves tout en me lançant une œillade noire, mélange d'animosité et de désir malsain. Il recule finalement. Toutefois, je devine qu'il se fait violence. Si nous avions été seuls, serait-il allé au bout des projets que je pourrais presque voir danser dans ses yeux ?

Je maintiens le combat visuel jusqu'à ce qu'il se détourne et que les cinq individus quittent les lieux en esquivant l'énorme flaque sanguinolente au sol, me laissant seule, salie et dans la pénombre, comme lors de notre première altercation.

Le rythme de ma respiration est décousu. Cela n'a plus rien à voir avec l'anxiété. La rage qui commence à me donner des vertiges en est la seule responsable.

Le scalpel n'est qu'à deux ou trois mètres de moi. Il me suffirait de quelques secondes pour l'attraper et assouvir les fantasmes qui assaillent ma boîte crânienne. D'un geste mécanique, je pince la peau fine de mes doigts.

Canalise-toi, canalise-toi, canalise-toi.

Je ferme les paupières pour me forcer à visualiser ma petite sœur ainsi que mon père et ainsi éviter de chavirer dans les eaux tumultueuses de ma noirceur. Je ne suis pas une meurtrière, je n'étais même pas réellement violente initialement. Les choses ont évolué lorsque j'y ai été contrainte. J'ai changé, *il m'a changée*.

Ça fait plusieurs minutes qu'ils se sont éclipsés. Je le sais car je n'entends plus un son. Les défunts ne font pas de bruit, c'est bien là leur première qualité. Pauvre Mme Stiller qui a assisté à cette macabre confrontation. Quelle honte que de futurs médecins aient si peu de respect pour la mort.

Même si je les ai menacés, jamais je ne me plaindrai au doyen ou à quiconque. J'ai appris à mes dépens que la parole d'une femme n'est que trop rarement prise en compte, surtout lorsqu'il s'agit de harcèlement sexuel. Je vais devoir me débrouiller par mes propres moyens.

La lumière chirurgicale inonde de nouveau les lieux, me provoquant un sursaut avant que j'en éprouve un profond soulagement. Ils ont rebranché le courant… Péniblement, je me décale du mur pour constater les dégâts causés par l'hémoglobine déversée sur le sol. En tentant de leur échapper, j'ai éparpillé la matière un peu partout sur le carrelage. Je ne peux pas imaginer qu'il s'agisse de sang humain. À cette idée, une boule de dégoût se forme dans ma gorge.

Pour en avoir le cœur net et avant même de penser à me dévêtir de mes affaires souillées, je décide d'emprunter un kit d'analyse. J'imbibe le goupillon de la substance et fonce vers le microscope. Je connais les composants du plasma sur le bout des doigts. Très rapidement, je pousse un profond soupir de soulagement. Ce n'est effectivement pas du sang humain, à vue d'œil, et bien que je n'aie que peu de connaissances en médecine vétérinaire, je dirais qu'il s'agit de liquide organique porcin. Ma satisfaction est de courte durée. Tout à coup, la porte s'ouvre sur le vieux légiste, dont le visage blêmit lorsque ses yeux se posent sur le carnage de la pièce. Après un laps de temps qui me paraît durer une éternité, son regard furibond se tourne vers moi.

CHAPITRE 14

Ezrah

Incroyable !

La jolie blonde se révèle être aussi parfaite que je l'avais imaginé. Cette année, le cru est de qualité. Je fais craquer mes phalanges l'une après l'autre en me remémorant la sensation de son corps contre le mien, la vision d'elle allongée face contre terre, tentant de se débattre dans le sang poisseux. L'érection qui m'a saisi à cette vision n'en finit pas de me faire souffrir. Je ne suis pas le seul à avoir une gaule digne d'un cheval. Ted se la replace régulièrement depuis qu'on a quitté la salle d'autopsie, ce qui provoque les railleries du groupe.

– Elle est vraiment trop bonne, cette salope, se contente-t-il de maugréer.

– Dans peu de temps, elle sera prête pour l'étape suivante, lui assuré-je.

– Elle en sait trop sur nous, Ez, c'est pas bon. Elle m'a sorti le prénom de ma sœur et mon adresse complète.

– Et quoi ? T'as peur qu'elle vienne te violer dans ton sommeil pendant le week-end ? se marre Max.

– Ou qu'elle fasse des couettes à ta petite Juliette ? renchérit Mehdi d'un ton non moins cynique.

– Allez vous faire mettre. Je sais ce que je dis. Cette fille a un truc différent. Elle pourrait nous poser des problèmes, il faut qu'on soit plus prudents.

– Je suis d'accord avec Ted, intervient Kayron.

Cette conversation devient plus intéressante que je l'imaginais.

– Moi aussi, j'ai remarqué qu'elle était loin d'être aussi malléable que les anciennes. Elle m'a vu dans les vestiaires avec Sewen. Je sais pas si elle était là par hasard, mais le regard qu'elle m'a lancé était tout sauf innocent. Il n'y avait aucune surprise ou gêne, elle paraissait… menaçante.

Ce n'est pas moi qui dirais le contraire. En effet, nous avons ferré un gros poisson, qui va nous donner du fil à retordre. En parlant de fil, il s'en est fallu de peu pour que sa petite attaque dans ma voiture me laisse des marques qu'il m'aurait été difficile d'expliquer à Haley et aux gars. Heureusement, elle n'a pas serré suffisamment fort pour me blesser, quand bien même je soupçonne qu'elle en aurait été tout à fait apte.

Quand je me suis élancé à sa poursuite, j'avoue avoir été impressionné par son endurance et sa rapidité. En tant que sportif, il aurait dû m'être aisé de la rattraper. Seulement, elle avait pris une sacrée avance avant que je ne parvienne à me libérer de son foutu nœud.

Si je l'avais effectivement atteinte, à l'heure actuelle, elle se souviendrait encore de ce dont je suis capable. Je l'ai prévenue : elle n'imagine pas l'erreur qu'elle a commise en tentant de s'en prendre à moi.

Lorsque je l'ai aperçue au match de vendredi, la surprise a vite laissé place à une joie cruelle. Elle était en compagnie de son mec et d'une copine à elle. La savoir en couple a égayé ma soirée. En effet, la torturer en sera d'autant plus jouissif. Je veux pénétrer en elle dans tous les sens du terme, dérégler entièrement son existence, parvenir à la hanter avec une telle force qu'elle me suppliera afin d'obtenir une miette de mon intérêt. Si un autre homme doit pimenter mes projets, ce n'est que du bonus. Quand elle murmurera mon prénom pendant qu'elle baisera avec lui, alors mon œuvre sera totalement achevée.

J'ai raconté ma découverte aux gars en omettant la partie où Lara a réussi, par je ne sais quel miracle, à pénétrer à l'intérieur de ma Mercedes. Il est hors de question qu'ils apprennent qu'elle a été assez maligne pour m'attaquer personnellement. Quand je vois à quel point ils s'alarment juste pour un regard en biais et quelques infos récupérables en deux clics sur n'importe quel réseau social, qu'est-ce que ce serait s'ils savaient qu'elle était également capable de pénétrer par effraction dans une voiture censée être ultra sécurisée ?

Tôt ou tard, je saurai comment elle s'y est prise. Et elle s'en mordra les doigts.

Si eux ne se rendent pas compte que Lara est une pierre que nous n'aurons qu'à tailler pour la transformer en diamant, alors ils devraient abandonner dès à présent.

– Hors de question qu'on fasse marche arrière, tranché-je d'un ton si sec que j'accapare l'attention de tous mes gars.

– Je n'ai jamais déclaré qu'on devait faire marche arrière, rétorque Ted sur le même ton. Je te dis juste qu'on devrait être plus vigilants et assurer nos arrières avec plus de rigueur que d'habitude.

– T'en fais pas pour ça, murmuré-je. Ne commets pas l'erreur de me sous-estimer.

Sans attendre leur réponse, je prends la direction de mon véhicule avec l'espoir vicieux que la jolie blonde qui m'obnubile se trouve, une fois encore, planquée à l'arrière.

CHAPITRE 15

Lara

La salle d'attente du bureau du doyen, M. Bold, est tout en sobriété, mais la décoration haut de gamme correspond au luxe attendu dans un tel établissement. La secrétaire quinquagénaire, à la silhouette plus fine encore que celle d'Adèle, me lance des petits coups d'œil inexpressifs depuis près de dix minutes. Si elle sait, et elle sait forcément, la raison pour laquelle son patron m'a convoquée, je comprends que son intérêt soit éveillé par ma présence.

Le professeur Shifferd, qui n'est autre que le responsable de la morgue, a été on ne peut plus clair sur le sort que je méritais pour avoir rendu les lieux dans un tel état. Je n'ai même pas tenté de me justifier. Ses yeux exorbités, ses joues rougies par la colère ont suffi à me convaincre de ne pas broncher. Je ne me fais pas d'idée, je n'aurai pas plus de chance avec le doyen. Heureusement, mon attente n'aura été que de courte durée puisque j'ai été cueillie, ce matin, par l'un des responsables de l'université à peine avais-je posé les pieds dans l'enceinte de l'établissement. Cela m'évite de passer des jours entiers à frôler la tachycardie.

– Mademoiselle Ward ? m'interpelle un homme d'un certain âge, trahi par sa barbe grise taillée à la perfection. Veuillez entrer, je vous prie.

Le doyen est un homme plutôt charismatique, ou alors est-ce le port de son costume sur mesure qui lui confère cette aura respectable ?

Je le suis en priant pour que mes chevilles ne flanchent pas sur mes talons aiguilles. J'avais prévu le coup ce matin en enfilant un tailleur crème associé à une paire d'escarpins de la même couleur.

D'un geste de la main, je suis invitée à m'installer sur le fauteuil en cuir qui fait face au bureau en bois sombre brillant, où des documents ont été impeccablement rangés. Ma respiration s'accélère, je tente de ne pas rougir comme une pivoine. Mon destin repose intégralement entre ses mains d'homme riche et puissant. En une seule phrase, ma vie peut sombrer dans l'horreur. Je ne supporterais pas d'être exclue, même à titre provisoire. Mon dossier en serait immanquablement impacté, et je pourrais faire une croix sur mes chances d'intégrer le programme d'internat de l'hôpital Johns-Hopkins. L'autre tragédie serait de l'annoncer à mon père… Je n'ai aucune idée de la façon dont il réagirait et je prie pour ne jamais avoir à le découvrir.

– Je suppose que vous savez pour quelle raison vous êtes dans mon bureau ce matin ?

– En effet, monsieur.

– Le professeur Shifferd m'a contacté hier soir, catastrophé par l'état de la salle d'autopsie. Il affirme que vous êtes la responsable de cette dégradation. Est-ce exact ?

En réfléchissant toute la soirée, je me suis résolue à devoir abdiquer. Cela me coûte énormément, car j'adorerais voir la bande de fils de putes se faire expulser à coups de pied au cul, mais mon instinct me souffle que ce serait un combat inégal, à l'instar de celui de David contre Goliath. Pire, cela pourrait me porter préjudice.

– Ça l'est, confirmé-je à contrecœur.

La stupeur que provoque ma confession se lit sur le visage du doyen. Il ne doit pas avoir l'habitude que des étudiants se comportent de cette façon et qu'ils l'avouent ensuite sans détour.

– Avez-vous une explication concernant le sang d'origine animale déversé sur le carrelage ? Quelle est la raison d'un tel geste, mademoiselle ?

Son ton et son attitude se sont durcis. S'il n'était déjà pas très sympathique à mon arrivée, il est à présent totalement antipathique. Ses sourcils froncés et sa bouche pincée sont autant de signes qui révèlent le fin fond de sa pensée. Je dois tenter de me dépatouiller de cette situation, sans quoi, d'ici cinq minutes, je n'aurai plus aucun avenir.

– Le professeur ne m'a pas laissé le temps de m'expliquer, mens-je. Il s'avère que j'ai simplement rapporté de l'hémoglobine porcine dans la morgue afin de la conserver au frais. Je travaille à l'heure actuelle sur un projet visant à étudier l'irradiation gamma totale à dose létale sur le porc. Malheureusement, j'ai trébuché, et les poches se sont déversées au sol.

L'un de ses sourcils s'arque, soulignant son incrédulité.

– Ah oui ? Pouvez-vous m'informer de l'identité de votre tuteur, ainsi que le but exact de cette étude ?

– J'admets que je n'ai pas encore trouvé d'enseignant pour m'accompagner sur le sujet. Mais ma recherche consiste à connaître l'évolution du syndrome aigu d'irradiation chez le porc et de permettre ainsi le développement d'expérimentations ultérieures, en particulier dans le domaine thérapeutique.

– Voilà un projet fort intrigant et surtout très ambitieux. Il aurait mieux valu que vous gardiez cette idée pour réaliser votre future thèse. Vous n'êtes pas sans savoir qu'une étudiante n'est pas en mesure d'accomplir une étude médicale.

Eh merde. Pourquoi ai-je parlé d'étude ? Je cille un peu trop rapidement, alors que le visage de mon interlocuteur penche légèrement sur le côté.

– C'était un mensonge particulièrement bien ficelé. Votre intelligence n'est apparemment pas à prouver et, si j'en juge votre dossier scolaire, vous auriez fait de grandes choses parmi nous. Cependant…

Non, pitié, pas ça.

– … vous comprendrez que je ne peux tolérer ce genre de dégradation dans mon institution…

Suis-je en plein cauchemar ? Tout à coup, les sons me paraissent étouffés, la réalité devient floue. Comme dépossédée de mon corps, je flotte dans cette dimension où la pire de mes hantises est sur le point de se produire.

– C'est pourquoi je suis au regret de vous annoncer que vous êtes renvoyée de l'université Johns-Hopkins, dès maintenant, et ce de manière définitive.

Le sol tremble sous mes pieds. La douleur qui fuse dans ma poitrine me prend en tenaille. Je reste sans voix pendant une durée qui me semble infinie.

– Je vous prierai de bien vouloir libérer votre dortoir le plus rapidement possible.

Le message est on ne peut plus clair. Il est temps que je quitte le bureau. Quand je me fais violence et croise les yeux du doyen, je comprends qu'il n'est pas utile de tergiverser. Toujours silencieuse, je me redresse, défroisse le tissu de ma jupe d'un geste hésitant puis m'éclipse le plus dignement possible.

La secrétaire baisse cette fois le regard à mon approche.

Une fois dans les escaliers, je me permets enfin d'expulser un sanglot. La tristesse que j'éprouve à cet instant est sans précédent. Rageuse, j'arrache la pince qui retenait ma longue chevelure en chignon.

– Je t'avais prévenue.

Ce timbre grave et rocailleux me met immédiatement en état d'alerte. Je redresse le menton vers la voix d'Ezrah.

– Tu l'as fait exprès ? Toi et tes putains de connards de potes êtes venus m'agresser dans la morgue dans le seul but de te venger ?

D'un pas lent et dominateur, le basketteur avance dangereusement vers moi, mais cette fois-ci, je suis en pleine possession de mes moyens. Aucune lampe torche ne vient m'aveugler, et nous ne sommes que deux dans cet escalier. Alors, je l'imite puis m'approche avec la même attitude. Mon comportement lui fait arquer un sourcil, bien qu'un sourire acide s'épanouisse sur ses lèvres.

Son regard glisse sur ma poitrine moulée dans une veste qui laisse apercevoir la naissance de mon décolleté. La chaleur qui irradie de nos corps se mélange et crée une tension si palpable qu'elle pourrait se sentir à des kilomètres. Sans qu'il ait besoin de me toucher, je peux percevoir la menace sourde qui émane de lui. Son rictus se transforme petit à petit en un masque d'hostilité qui me glace jusqu'aux os.

– C'est exact. C'était une très, très mauvaise idée de t'en prendre à moi en t'infiltrant dans ma caisse. Là, tout de suite, tu n'as qu'un léger échantillon de ce dont je suis capable.

– Un léger échantillon ? questionné-je en éclatant d'un rire acerbe. Tu veux que je te dise ? Le positif dans cette exclusion définitive, c'est que je n'aurai plus jamais à revoir vos sales tronches. Vous allez devoir vous trouver un nouveau joujou à torturer.

Est-ce de la surprise que je lis dans ses yeux avant qu'un clignement de paupières ne la chasse ? Peu importe. Sans attendre qu'il réponde, je me décale et dévale l'escalier, aussi vite que me le permettent mes escarpins.

Je ne suis pas assez vive…

Brutalement, je me trouve plaquée face contre le mur, le poids d'Ezrah m'écrasant littéralement sur la pierre.

– Qu'est-ce que tu fais ? grincé-je. Lâche-moi tout de suite, espèce de cinglé.

Plus aucune trace de tristesse ne subsiste en moi à ce moment. Mon ennemi a réussi l'exploit de me consumer entièrement de rage.

Son avant-bras presse ma nuque, bloquant toute tentative de mouvement. Je tente un coup de pied qu'il esquive facilement. Aussitôt, ses cuisses s'accolent aux miennes.

Je discerne son bassin pressé contre mes fesses. Je prie pour que n'importe qui déboule et mette fin à cet assaut aussi dérangeant que bouleversant. Mes joues s'empourprent, et cet état de fait n'est pas seulement dû à la gêne. La ferveur qui m'inonde est inédite.

– Tu ne seras jamais suffisamment loin de moi pour espérer m'échapper. Tu resteras en notre possession jusqu'à ce que je me lasse, et malheureusement, ce n'est pas près d'arriver. Nous venons juste de commencer. Alors, peu importe où tu te cacheras, je te retrouverai.

Il s'écarte à l'instant où une personne pénètre enfin dans l'espace que nous monopolisons. Je pivote aussi sec mais ne vois déjà plus que son dos athlétique.

Les menaces ouvertes d'Ezrah se sont faufilées dans ma conscience si sournoisement. Ma situation est catastrophique. Je n'ai aucune idée de ce dont ils sont réellement capables. À l'instar d'un iceberg, la masse de problèmes qui m'attend est encore dissimulée sous les eaux.

D'un pas tremblant que j'aimerais plus ferme, je prends la direction des dortoirs. Je prie de toutes mes forces pour que Camilla soit présente afin que je puisse lui dire au revoir. Elle va énormément me manquer. Finalement, je regrette presque le départ d'Ezrah, car maintenant que ma colère reflue comme une vague paresseuse, l'abattement revient à la charge, faisant chavirer mes dernières forces.

CHAPITRE 16

Ezrah

La frustration n'est pas une émotion que je gère particulièrement bien. Je dois l'admettre. Or, à cet instant, les choses m'échappent. Il est hors de question que la suite des événements se déroule de cette manière. J'ai fait l'erreur de sous-estimer la politique de cette université si corrompue en matière de discipline. Cependant, il est vrai que Lara n'a rien d'une fille de riche, elle n'a personne pour lui offrir ses études sur un plateau d'argent.

À peine sorti de l'immeuble où siège le bureau du directeur, je compose le numéro de Ted.

– Ouais, c'est moi. Il y a un problème, il faut que tu contactes ton père. Lara a été expulsée définitivement, qu'il arrange ça.

Je raccroche sans autre forme de procès. Ma respiration devient plus profonde à mesure que ma colère enfle. C'est ce moment que choisit Haley pour m'appeler.

– Fait chier, grogné-je avant de répondre. Quoi ?

– Eh ben ? On peut dire que c'est une façon peu romantique de saluer sa petite amie, rit-elle, provoquant mon exaspération.

– C'est pas le moment, Haley, qu'est-ce que tu veux ?

– Oh ! Mais si c'est ça, je peux aussi raccrocher, se rembrunit-elle.

Je mets un terme à la communication dès la fin de sa phrase. Aujourd'hui, je n'ai ni l'envie ni le temps de m'occuper d'elle. Haley est une fille qui ne m'inspire pas autant de mépris que les autres et qui me fait passer le temps sans me lasser. De plus, elle aussi est Afro-américaine. Ses deux parents le sont, au contraire de moi, mais cela me facilite les choses avec ma mère. Cependant, elle n'a aucune place particulière auprès de moi, hormis celle que sa naïveté lui laisse croire qu'elle occupe. Elle n'a aucune idée des « loisirs » que je pratique en bande, de mes penchants immoraux qui, pourtant, se déroulent quasiment sous son nez. C'est l'avantage d'en avoir choisi une assez stupide pour ignorer l'éléphant dans la pièce. Bien évidemment, mon téléphone se remet à sonner dans la foulée, ce qui m'arrache un grognement irrité. Tant que ce n'est pas Ted, il n'y a aucune chance pour que je daigne répondre, cette fois-ci.

En route vers chez moi, je me fais violence pour ne pas appuyer trop brutalement sur la pédale d'accélérateur. Je ne fais que songer à cette fille qui ne m'a pas encore appartenu et qui est sur le point d'échapper à mon emprise. Tant que je ne l'aurai pas baisée et partagée avec la bande, il est hors de question que cela arrive.

Ce n'est que lorsque j'aperçois la façade de mon immeuble que je souffle. Le portier m'attend et acquiesce d'un signe de tête quand je lui balance les clefs de ma caisse. Je note distraitement le numéro correspondant à mon logement sur le clavier de l'ascenseur puis m'adosse contre sa paroi pendant la montée.

Les portes s'ouvrent directement sur la pièce de vie d'une centaine de mètres carrés, bordée de baies vitrées, qui m'offre une vue que certains jugeraient spectaculaire sur le centre-ville, et qui pourtant me laisse de marbre. Nous sommes en plein milieu de la journée, je devrais être en route pour l'entraînement, or je suis là, à faire les cent pas dans mon penthouse.

Initialement, Lara n'a rien de plus que toutes les autres sur lesquelles j'ai jeté mon dévolu. Je dois néanmoins reconnaître que ses réactions sont souvent imprévisibles, et que cela attise mon intérêt. Je ne suis pas le seul. Ted aussi se concentre sur la jolie blonde. J'en suis quelque peu surpris puisqu'à part les baiser les unes après les autres, il n'a jamais été très impliqué dans mes petits jeux pervers. Il aime y assister pour mater mais n'intervient que rarement. Malgré cela, dans la morgue, il a pris part aux festivités juste après que Max l'a embrassée contre sa volonté. Un rictus sadique a tordu ma bouche lorsqu'elle s'est retrouvée plaquée contre lui. Un peu plus et j'aurais applaudi mon poulain. Je suis plus que satisfait d'être le créateur de leur perversion, qui s'épanouit comme une fleur en pleine forêt tropicale. Peut-être vais-je pouvoir le pousser plus loin dans ses retranchements ? C'est ce que nous verrons.

D'aussi loin que je me souvienne, la manipulation a toujours fait partie de ma vie. Je connais les gars depuis plusieurs années et ai systématiquement tiré les ficelles. Suis-je capable d'établir des relations sans domination ? Aucune idée. Je suis proche de ma mère, qui m'a élevé seule à partir du moment où mon géniteur s'est barré comme un lâche. Cependant, je ne ressens pas cette attache puissante qui lie deux personnes de la même famille.

Ma petite sœur est restée avec elle quand moi j'ai imité mon père et ai pris la poudre d'escampette à ma majorité. Le basket m'a offert une porte de sortie salutaire. Je ne peux pas dire que ma mère et ma sœur m'oppressaient, mais vivre en communauté n'est définitivement pas pour moi. La solitude est mon bien le plus cher, ce logement est mon havre de paix. J'y passe le plus clair de mon temps, et rares sont ceux qui ont l'autorisation d'y pénétrer. D'ailleurs, aucun de la bande n'est en possession du code de sécurité de l'ascenseur. Dès que c'est possible, c'est moi qui les rejoins pour que nous sortions en ville ou chez l'un d'eux.

Je m'avachis sur le sofa hors de prix que j'ai pu m'offrir grâce au salaire confortable que m'octroie mon club. Baltimore Bullets m'a proposé un contrat à plusieurs centaines de milliers d'euros, alors il m'a fallu faire un choix. Les études ou l'avenir sportif. Même si mes études se passaient relativement bien, l'enjeu que représente le basket était plus important. Depuis, j'enchaîne les stats records. Je vise bien plus haut que les BB. Pour ça, je m'entraîne comme un acharné, m'octroyant seulement quelques distractions en compagnie de la bande.

Le club étant en périphérie de la ville, je peux passer autant de temps que je le souhaite avec les gars, dès lors que je ne suis pas en match à l'extérieur.

Traquer Lara n'aurait pas dû me demander tant d'investissement. Une visite à l'occasion aurait dû suffire à pimenter nos jeux pervers.

Pressé d'en savoir plus sur mon petit agneau, je récupère mon iPhone dans la poche avant de mon jogging. Ce que je découvre sur l'écran me fait soupirer de dépit. Quinze appels manqués de Haley agrémentés d'une dizaine de textos. Ni une ni deux, je bloque son numéro sans vérifier le contenu de ses messages.

Une chose m'intéresse plus que toute autre : *elle*.

J'active l'application qui me permet de pénétrer le système d'exploitation de son smartphone. Sur ce coup, je peux remercier Kayron, l'as de la technologie. J'ai décidé de la surveiller à partir du moment où elle a pénétré dans ma voiture sans qu'il y ait de traces d'effraction. Lorsque Ted nous a balancé qu'elle avait des infos sur sa famille, je me suis d'autant plus réjoui d'avoir cet outil en ma possession.

C'est la première fois que j'agis de la sorte avec une de nos proies. D'habitude, nous ne sommes pas obligés d'employer les grands moyens, puisque tout va comme sur des roulettes. Même les plus récalcitrantes finissent par ouvrir les cuisses sans tergiverser. Aucune n'a eu le cran de s'en prendre aussi directement à nous.

J'essaie de me convaincre que je vais me contenter d'utiliser l'appli dans le but de parer à ses éventuelles attaques, pourtant, un soupçon de curiosité malvenu et inédit me fait grincer des dents. Je glisse sans gêne dans ses messages, cherchant ceux qu'elle échange avec son mec, mais suis surpris de ne pas voir de prénoms masculins dans ses dernières conversations. Je note l'information dans un coin de ma tête pour y revenir plus tard puis épie les différentes discussions qu'elle a eues, toutes plus insignifiantes les unes que les autres. Un sentiment désagréable se faufile en moi quand je m'aperçois qu'elle ne fait aucune référence à notre groupe. Au moment où j'entre dans sa conversation avec une certaine Adèle, un appel de Ted interrompt mes recherches.

J'ose espérer qu'il a une bonne nouvelle à m'annoncer, sans quoi j'ignore quelle pourrait être ma réaction.

CHAPITRE 17

Lara

Je suis plus que soulagée d'apercevoir le visage mutin de ma coloc ou, devrais-je dire, de mon ex-coloc. En me voyant, elle devine tout de suite que l'entretien s'est mal déroulé.

– Ne me dis pas que… commence-t-elle d'une petite voix.

– Si. J'ai été virée.

Ma voix est tremblante, mes barrières tombent une à une sous le poids du chagrin.

– Mais c'est pas possible ! lance-t-elle en se plaquant les mains sur les lèvres. Quel connard, ce doyen ! Tu as tenté le coup du projet de recherche ?

Hier soir, désespérée, j'ai contacté Camilla. À une heure si indécente que c'est un miracle qu'elle m'ait répondu. Elle m'a aidée à trouver une stratégie, apparemment un peu trop bancale.

– Oui, mais je me suis emmêlée dans mes mensonges. Il n'a eu besoin que d'une question pour les démanteler.

– Eh merde. Lara, il te reste toujours la possibilité de les balancer. Pourquoi tu sacrifies tes études alors que tu as juste à raconter la vérité ?

– C'est vrai, mais… Je ne suis pas persuadée d'être prise au sérieux.

– Et alors ? S'il ne te croit pas, qu'est-ce que tu perds ? Tu es déjà virée, de toute façon.

Ce n'est pas faux. Si, au début, je ne voulais pas les dénoncer, c'est parce que je pensais que mon mensonge avait une chance d'être pris au sérieux, alors que la délation risquait, au contraire, de me porter préjudice. Je ne suis pas stupide, aucun gosse de riche dans le campus ne craint réellement d'être dénoncé. Mais à présent, plus rien ne m'empêche de les accuser et de leur nuire. Si en plus j'ai l'espoir d'être réintégrée, je dois absolument tenter ma chance.

– Tu as raison. J'y retourne, décidé-je en lâchant ma valise sur mon lit.

– Aaaah ! ça, c'est ma Lara, s'exclame-t-elle. Allez, va au front et reviens-moi avec la clef de la victoire.

J'esquisse un léger sourire à son intention puis reprends le chemin du bureau que je viens de quitter. Ma démarche est plus assurée que tout à l'heure. À présent, je n'ai plus rien à perdre.

Ils vont me le payer. Il est hors de question que je sois une victime passive de leur harcèlement qui a viré au sabotage. Cela dit, je dois admettre ne jamais m'être trouvée face à de tels adversaires. Pourtant, le précédent m'avait déjà donné du fil à retordre. Je présume qu'affronter une bande de cinq salopards est plus difficile qu'un seul psychopathe.

Je repasse devant la secrétaire et me glisse jusqu'à la porte du doyen avant qu'elle ait le temps de m'en empêcher, puis frappe trois coups francs. Je n'ai pas réfléchi à ce que j'allais dire, je vais laisser faire mon instinct et improviser.

L'assistante a à peine le temps de m'ordonner de ne pas déranger le doyen que l'homme que je cherche ouvre la porte. Son regard circonspect se pose sur moi.

– Mademoiselle Ward, vous tombez bien.

Je fronce les sourcils. S'il y a bien une phrase que je ne m'attendais pas à entendre en déboulant sans y être invitée, c'était bien celle-ci.

– Ah bon ? Je voulais rajouter quelque chose concernant l'incident…

– Ce ne sera pas nécessaire, j'annule votre renvoi, m'annonce-t-il froidement, en totale contradiction avec sa précédente déclaration.

Je ne trouve rien à répliquer. Mon silence semble l'agacer puisqu'il me salue brièvement puis referme la porte de son bureau. C'est à n'y rien comprendre.

Je suis tentée de frapper à nouveau pour demander des explications, mais la secrétaire m'attrape par le bras afin de m'escorter vers la sortie. J'obéis sans broncher, hagarde pour la deuxième fois en l'espace de quelques heures, pour des raisons diamétralement opposées.

Je reviens dans mon dortoir, un léger sourire aux lèvres, mais malheureusement, Camilla n'est plus là pour apprendre la bonne nouvelle de vive voix. Je lui écris alors un texto.

Me voici réintégrée sans que j'aie eu besoin de dire quoi que ce soit au doyen. En fait, je ne comprends toujours pas pourquoi je le suis.

Je viens tout juste d'envoyer le SMS quand quelqu'un frappe à ma porte. Suspicieuse, j'attends quelques secondes, l'oreille tendue.

– Lara, gronde une voix qui me fait aussitôt effectuer un pas en arrière.

Ted.

Pourquoi est-il là ?

– Ouvre-moi, je dois te parler et je sais que tu es dans ta chambre. Je t'ai suivie.

Évidemment… pourquoi en serait-il autrement ?

– Qu'est-ce que tu veux ?

– Seulement te parler, dit-il comme si mon hésitation était tout à fait saugrenue.

Animée d'une curiosité malsaine, je me dirige vers la porte, que je déverrouille avant de me trouver face à Ted tout sourire.

– Je t'écoute.

– Tu ne me laisses pas entrer ? demande-t-il en appuyant son avant-bras au-dessus de ma tête sur le chambranle de la porte.

J'ignore s'il s'imagine que je vais reculer face à cette proximité, mais si c'est le cas, il risque d'être déçu. Comme s'il pouvait lire dans mes pensées, un petit rictus narquois ourle ses lèvres fines. Objectivement, Ted est un très bel homme. Personne ne dirait le contraire. De son attitude émane une sensualité voluptueuse qui serait presque visible à l'œil nu. Il ne possède pas le charisme de son compère, toutefois il n'est pas en reste. Je sens malgré tout, chez lui, un côté plus humain, à l'inverse d'Ezrah qui me fait frissonner d'appréhension dès que je suis en sa présence. Ce sale type respire le mal, j'ai d'ailleurs des difficultés à comprendre qu'il soit si entouré. Peut-être est-ce dû au fait qu'il me montre ses pires facettes ? Le sujet reste à creuser.

– Je voulais te dire que… (Tout à coup, son visage se voile d'un sérieux intense.)… je suis sincèrement désolé pour ce que nous t'avons fait subir avec les gars depuis ton arrivée.

L'intégralité de mes muscles se contracte. Ça sent le coup fourré à des kilomètres. Me pense-t-il si crédule ?

– J'ai pas de temps à perdre avec toi, Ted, j'ai des bagages à faire. Tu ne dois pas être sans savoir que j'ai été expulsée par votre faute.

Oui, OK, j'ai été réintégrée, mais je veux voir ne serait-ce qu'une once de regret dans ses yeux. Malheureusement, c'est l'inverse qui se produit quand il hausse l'un de ses sourcils avant d'esquisser un sourire sincère qui dévoile toutes ses dents outrageusement blanches.

– Ah oui ? C'est drôle, car j'ai pourtant eu l'information que ton renvoi n'avait même pas duré le temps d'une baise correcte. Je m'étonne que tu ne sois pas au courant.

Comment le sait-il ?

– Je vois que les nouvelles ici se propagent plus vite que les IST que tes copains et toi devez transmettre à tour de bras.

– À tour de bras ? Je ne suis pas sûr que ce soit la partie du corps la plus appropriée pour ton allusion.

Cette fois, j'ai du mal à dissimuler un rictus amusé.

– Un sourire de Lara ! Waouh ! s'exclame-t-il en joignant ses mains en prière devant sa poitrine musculeuse. J'ai enfin de quoi me vanter auprès des gars.

– Si tes seuls exploits avec les filles consistent à les faire sourire…

Je fais mouche, mais pas de la manière dont je l'espérais. Son expression redevient libidineuse. Il se mord la lèvre.

– Ne me tente pas, susurre-t-il. Je meurs déjà suffisamment d'envie de te faire découvrir de quoi je suis capable.

Sur ces belles paroles, il m'adresse un clin d'œil puis s'éclipse. Je referme la porte lentement en analysant cette conversation impromptue.

Je dois dire que mon quotidien est particulièrement chamboulé depuis quelques semaines et je ne peux m'empêcher de penser à Adèle, au fait que je ne peux plus me confier à elle comme avant. Parfois, la présence de ma sœur me manque, d'autant que j'ai l'impression que le fossé qui nous sépare depuis Adam risque de continuer à se creuser, maintenant que je ne vis plus sous son toit que huit jours par mois. J'espérais qu'en nous retrouvant ensemble, à des kilomètres de cette ville où le fantôme satanique de mon ex planait entre nous, cela nous permettrait de renouer les liens. Dans ce passé que j'idéalise, avant tout ça, avant lui, avant qu'elle ne commette l'irréparable… elle était le centre de mon monde. Je ne peux pas croire que je n'éprouverai plus jamais cela pour elle.

Adam possédait une âme plus noire que les cendres de l'amour que je lui portais.

Bien que mes proches ne soient pas du même avis que moi, je me considère comme une survivante. Ils n'ont pas tous les tenants et les aboutissants. J'ai peut-être surréagi mais je n'ai pas consciemment cherché à m'attirer ces ennuis, comme le pense mon père. À leurs yeux, je suis la méchante de l'histoire. Une histoire dont ils ne connaissent pourtant que quelques bribes.

Je suis allongée sur mon lit, l'esprit perdu dans le flot de mes pensées, quand Camilla ouvre la porte avec fracas.

– LARAAAAAA !

– Camilla, murmuré-je en me bouchant les oreilles. L'université entière doit connaître mon prénom à l'heure actuelle.

– Je suis si contente. Mon Dieu ! Mais c'est étrange que le doyen te reprenne sans aucune raison apparente, non ?

– Je n'en ai pas la moindre idée. Je me suis accordé une journée de repos, puisque de toute évidence, je n'étais pas censée me présenter aux cours aujourd'hui. Cela dit, il faut que je comprenne ce qui s'est passé, car j'ai l'intime conviction que j'ai dorénavant une dette envers quelqu'un.

– Tu crois que c'est l'œuvre d'un des gars ?

– Qui d'autre ? De toute façon, si c'est le cas, je ne vais pas tarder à le savoir…

Elle ne répond rien, se contentant de me fixer avec un air mi-concentré, mi-inquiet.

– Ne t'en fais pas pour moi, Cam, je sais gérer ce genre de mecs. Ils tentent d'impressionner leur monde pour combler un manque évident de confiance en eux. Mais face à quelqu'un d'un peu moins docile que leurs anciennes proies, ils abdiquent, la queue entre les jambes.

Le petit sourire taquin qu'elle m'adresse me fait rire à mon tour. Pourtant, je n'ai jamais été aussi peu sûre de moi qu'à cet instant. Oh non ! Ezrah ne sera pas comme les autres. Ezrah sera bien plus dangereux que tous ceux que j'ai connus, bien plus dangereux qu'Adam lui-même. Le problème étant de savoir si cette certitude m'inquiète ou… m'excite.

CHAPITRE 18

Lara

Nexus – Niykee Heaton

Le mardi soir, je sais qu'Ezrah a l'habitude d'utiliser le gymnase de l'université pour jouer avec ses amis. Cela devrait m'être complètement égal, pourtant, je n'arrive pas à décolérer de ce qu'ils m'ont fait subir hier. Le jeu des revanches doit cesser. Néanmoins, c'est plus facile à dire qu'à faire. J'ai toujours eu un sens de la justice très développé. À mes yeux, chaque acte répréhensible devrait être systématiquement puni, peu importe qui s'emploie à appliquer la sanction.

Je ne serai pas un bourreau ce soir. Juste l'outil du karma. Après avoir fait taire ma raison, je clos l'ouvrage sur l'anatomie moléculaire dans lequel je tentais de me noyer. Le pauvre avait peu de chance de faire le poids face à mes démons.

–Tu sors ? s'inquiète Camilla en relevant le nez de son téléphone.

–Oui, j'en ai pas pour longtemps.

–Tu vas faire quoi ?

Je m'immobilise, la main sur la poignée, pour trouver une excuse valable. Il est bientôt 22 h.

Ça me complique drôlement la tâche.

– J'ai oublié un manuel dans ma voiture.

– Ah ! D'accord. Sois prudente, quand même, le parking est super loin.

Je lui souris avant de m'engager dans le couloir dont la lumière automatique se déclenche. Le silence qui règne dans les lieux, à cette heure tardive, n'est pas coutumier.

Je devrais prendre exemple sur tous les autres étudiants, sagement enfermés dans leur chambre à réviser ou à dormir. Au lieu de quoi je me dirige vers l'escalier puis vers la sortie. Dehors, le froid me saisit violemment. Je ne l'avais pas anticipé. Pour ne pas mourir d'hypothermie, je me dépêche d'accéder au gymnase.

Sur le parking, je repère facilement la voiture de mon ennemi principal, rassurée qu'il soit bien présent ce soir. J'ai conscience de ne pas me faciliter la tâche en m'en prenant au plus dangereux de la bande. Seulement, c'est lui le commanditaire de toutes ces attaques. Il est la cible la plus importante dans mon viseur.

En longeant l'aire de stationnement, je découvre une information qui me remplit de joie. Ted, Max et Mehdi sont également de la partie. Les ciseaux que j'ai coincés dans ma ceinture avant de quitter ma chambre vont davantage me servir que prévu. Si mon objectif premier était de punir Ezrah, je ne vais certainement pas cracher sur l'opportunité de faire subir à tous ma vendetta. L'air glacé n'a plus aucune importance. Je reconnais rapidement la moto de Max, avec laquelle il adore frimer.

J'ouvre les ciseaux et m'attelle à rayer le métal rutilant. Ce grincement sinistre est une mélodie peu agréable. Lorsque j'estime que la peinture est assez endommagée, je m'occupe de la voiture de Mehdi. C'est l'avantage du fait que certains membres du groupe soient suffisamment friqués pour se permettre d'éviter la résidence universitaire. Ils doivent utiliser leur caisse à chaque déplacement. Comme j'ai passé pas mal d'heures à les épier pour en apprendre plus sur eux, je connais les modèles de chacun. La BM de Mehdi est garée juste à côté de la Volvo de Ted. Parfait.

Il n'y a personne sur le parking, toutefois je dois me dépêcher pour avoir le temps d'achever mon œuvre. Comment crève-t-on un pneu ? L'idée me paraissait séduisante, avant de me retrouver face à l'objet en question. Je tente de planter la lame dans le caoutchouc, en vain. Je n'ai pas la force nécessaire pour transpercer la matière. Ça semble si simple dans les films…

Je tâtonne pour découvrir l'endroit le plus tendre qui s'avère être le flanc. Malgré cela, je dois y mettre tout mon poids. Quand, enfin, mes ciseaux s'enfoncent, je pousse un léger cri de joie.

Aussitôt, l'air s'échappe en produisant un son qui me fait ricaner bêtement. Je m'occupe ensuite des pneus de Ted et me presse de retourner dans le bâtiment. J'ai perdu beaucoup de temps dans cette bataille, leur partie va se finir d'une minute à l'autre.

Au moment de pénétrer dans le gymnase, je frissonne. Non plus à cause de la température, mais de l'excitation. J'entends les ballons qui rebondissent, les souffles d'effort des joueurs ainsi que le son caractéristique des semelles glissant sur le parquet. De là où je me trouve, je n'aperçois pas le terrain, cependant, j'ai la certitude qu'il est présent.

Le plus discrètement possible, je me faufile dans les couloirs, heureuse de ne croiser aucun basketteur. Il serait difficile d'expliquer la raison de ma présence à une heure si tardive. Lorsque je passe en dessous des gradins, de petites ouvertures me permettent de glisser un œil sur eux. Les gars sont bien là, transpirants. Je n'ai jamais vu Max si concentré, lui d'ordinaire si nonchalant et séducteur. L'observer dans ce cadre sportif est intéressant. J'admets que ces garçons sont bien assortis, chacun d'entre eux est à tomber par terre. D'autant plus lorsqu'ils s'adonnent à un entraînement intensif.

Leurs tatouages me fascinent, l'encre s'enroulant sur leurs avant-bras virils prenant soudain vie tandis qu'ils dribblent avec un savoir-faire impressionnant. Malgré tout, à mon grand désarroi, mes yeux ne se posent que sur l'un d'eux. Je me détache à contrecœur de ce spectacle puis entre dans le vestiaire en retenant mon souffle, paniquée à l'idée de me retrouver nez à nez avec quelqu'un. Mes mains tremblent légèrement. Je m'en rends compte au moment où les ciseaux me glissent entre les doigts et se fracassent contre le carrelage. Je jure en m'accroupissant pour les ramasser. Il est temps de terminer ce pour quoi je suis venue initialement, avant soit de me faire surprendre, soit de faire une syncope à cause du stress qui n'en finit pas de grimper. J'accède facilement aux affaires d'Ezrah. Son sac Nike à bandoulière – dont il ne se sépare que rarement – est posé sur le banc au-dessus duquel se trouvent son sweat et son jogging de la même marque.

Ni une ni deux, sa tenue du jour est entre mes doigts crispés. J'hésite quelques secondes avant de planter mon arme dans le textile. Je n'ai pas pour habitude d'être si irrespectueuse. Je désire juste qu'il paie pour ce qu'il m'a infligé.

Je souffle un bon coup avant d'enfoncer les lames. Mon cœur martèle ma poitrine, une boule d'angoisse m'enserre la gorge. Une fois les vêtements en lambeaux, j'entre dans les sanitaires du vestiaire pour y jeter mes ciseaux, les laissant tomber dans la cuvette avec une sorte de satisfaction.

Maintenant, je dois partir d'ici, et vite.

Trop tard. À peine ai-je refermé la porte des toilettes que j'entends des voix masculines résonner dans le couloir et se diriger droit vers moi. Un pic d'adrénaline me donne le vertige. Putain de merde. Si je dois avoir affaire à la colère de l'équipe de basket-ball au complet, je suis une femme morte. Aucune échappatoire n'est envisageable. Je fais un tour complet sur moi-même et décide d'aller m'enfermer dans une des douches, en sachant pertinemment que cette cachette est temporaire puisque celles-ci vont aussitôt être réquisitionnées... Mes oreilles sifflent tant que les bourdonnements m'empêchent de comprendre ce que disent les joueurs depuis qu'ils sont entrés dans le vestiaire. Je les écoute rire, alors que je suis au bord du malaise. Je recule jusqu'à m'accoler contre le fond de la cabine. Je suis à deux doigts de m'asseoir tant mes jambes flageolent. Je ne me souviens pas d'avoir été si angoissée de toute ma vie. *Pourtant, mes excursions nocturnes chez les voisins m'avaient apporté leur lot de sensations.*

Soudain, le bruit ambiant s'arrête.

– Où sont mes fringues, putain ? rugit Ezrah.

Moi qui voulais me faire justice moi-même, voilà que le karma doit bien rigoler. Si je ne m'étais pas senti pousser des ailes en m'attaquant aussi aux autres garçons, j'aurais largement eu le temps de repartir d'ici avant qu'Ezrah ne se rende compte de quelque chose. À cette heure-ci, je serais déjà en sécurité dans ma chambre fermée à double tour. Au lieu de quoi je ne suis qu'à quelques centimètres d'Ezrah, prête à être découverte d'une seconde à l'autre.

– Euh, Ez, elles sont là, l'informe celui que je reconnais être Ted.

Encore un blanc. Je suis sûre qu'il est possible d'entendre la cadence anarchique de mon muscle cardiaque. Une vague de nausée me saisit. Je suis très, très mal. Quand quelqu'un tente de rentrer dans ma cabine, je ferme les yeux en plaquant ma main contre mes lèvres.

– Quelqu'un veut te voir à poil, mec, se marre Max.

Les rires fusent alors que je n'ai qu'une envie : mourir pour éviter la prochaine confrontation.

– Qu'à cela ne tienne, murmure la voix rauque de mon ennemi. Recule, ma belle.

Mes paupières battent frénétiquement alors que, d'instinct, je me colle plus fortement contre la paroi de la douche. Vient-il de me parler ? Je n'ai pas le temps de réfléchir davantage, puisque la porte s'ouvre à la volée dans un bruit qui me fait hurler pour de bon. Le coup de pied a été si puissant qu'elle se referme presque aussitôt sur les traits furieux d'Ezrah. Malheureusement, il la repousse légèrement, et nous nous retrouvons de nouveau face à face.

Ce moment est horrible. Bien plus encore lorsque plusieurs têtes connues et inconnues se superposent derrière Ezrah. La honte que je ressens à cet instant pulvérise toutes les autres situations humiliantes dans lesquelles je me suis déjà trouvée.

Ezrah est donc totalement nu. Sûrement se préparait-il à aller se doucher. Je suis si gênée que je ne sais où poser le regard. D'ordinaire, j'aurais réussi à camoufler mon trouble, j'aurais même pu me montrer provocatrice. Là, je me sens comme dépossédée de tous mes moyens, aussi acculée qu'une souris face à une dizaine de félins.

Mon comportement active automatiquement son instinct de prédateur.

– Décidément, pour quelqu'un qui se réjouissait de ne plus nous revoir, tu me parais bien nostalgique.

Des ricanements mauvais accompagnent sa pique. D'un coup d'œil, je vois qu'il s'agit de ceux de Mehdi et Max. Seul Ted me contemple gravement, l'expression fermée, presque tendue. Il ne peut pas l'être plus que moi.

Le corps massif d'Ezrah me bloque totalement le passage, et lorsqu'il progresse vers moi d'une enjambée, le sol se dérobe sous mes pieds.

– Ne m'approche pas, craché-je.

Des rires. Encore. Aucun des autres joueurs de l'équipe n'intervient, ils se contentent de profiter du spectacle. J'entends les derniers retardataires pénétrer dans les vestiaires, avant de les voir passer une tête derrière Ezrah afin de comprendre ce qui attire tant l'attention.

– Pourquoi ? T'as peur de moi ? Pourtant, c'est toi qui es venue jusqu'à moi, et c'est aussi toi qui m'as privé de mes fringues. Si c'est pas pour que je te baise, à quoi ça te servait de me voir à poil ?

D'un pas, il réduit encore la distance, allant jusqu'à m'acculer entre son torse et la paroi. Il est nu. S'il avance encore, son sexe se retrouvera collé à mon entrejambe.

– Si tu me touches, je te tue.

Ma voix est bien plus assurée que je ne l'aurais cru. Mon timbre grave et intimidant a le mérite de lui faire hausser les sourcils.

– Vous entendez ça, les gars ? Le joli petit agneau mord.

– Ez, lâche-la, c'est bon, intervient Ted. Je pense qu'elle a compris.

Si mon persécuteur avait l'air de s'amuser au plus haut point, la démarche de son ami le métamorphose. La rage tord soudainement ses traits.

Son buste pivote vers Ted, qui continue à le toiser avec dureté.

– Il y a un problème ?

Cette fois, la tension a également contaminé Max et Mehdi, ainsi que l'ensemble des autres joueurs que je ne connais pas. Quelle bande de lâches ! Une dizaine de mecs, et un seul capable de s'interposer entre Ezrah et moi.

– Aucun. Seulement, c'est quoi, la suite ? Tu la violes dans la douche parce qu'elle t'a ruiné un sweat ?

Un blanc s'installe pendant lequel Ezrah fusille du regard mon défenseur. Puis, alors que je m'attendais à ce qu'ils en viennent aux mains, Ezrah lève les bras avant de quitter la cabine, sans aucune gêne pour sa nudité.

– Max, Mehdi, raccompagnez-la, ordonne-t-il en me dévisageant d'un air sadique. C'est dangereux dehors, faudrait pas qu'il lui arrive malheur.

Le clin d'œil qu'il m'envoie me glace le sang.

– Non, c'est bon. Je vais me débrouiller.

Sans un regard de plus pour la troupe, je m'éclipse. À l'extérieur du bâtiment, et enfin loin de lui, je peux respirer.

Au pas de course, je reprends la direction des dortoirs, plus perturbée que jamais. Je note de remercier Ted pour son intervention, dès que j'en aurai l'occasion, même si j'ignore la raison de son comportement.

CHAPITRE 19

Lara

Je me demandais si c'était une bonne idée de venir à cette fête. Cette fois-ci, j'ai la réponse : non. Lorsque je pénètre dans le bâtiment de l'une des fraternités de médecine du campus me vient une forte impression d'être plongée dans une romance pour adolescentes. Mes talons compensés claquent sur le pavé, pendant que je me trémousse pour faire descendre la robe moulante vert bouteille qui remonte un peu trop sur mes fesses. Malgré son inconfort, cette dernière met assez bien en valeur mon teint hâlé ainsi que ma chevelure dorée.

Deux semaines se sont écoulées depuis mon « expulsion-réinsertion minute » de l'université et ma tentative catastrophique de vengeance sur la bande tyrannique. Très bizarrement, aucun des gars ne m'a réclamé d'explications pour la dégradation de leur bien. La moto de Max était comme neuve dès le lendemain ainsi que les voitures de Ted et Mehdi. Ce manque de réaction est plutôt étrange, je me suis d'ailleurs attendue à me faire attaquer par surprise à n'importe quelle occasion. Autre point suspect qui a occupé mes pensées : j'ignore toujours à qui je dois la faveur d'avoir été réintégrée par le doyen.

Mon père et ma sœur ne sont heureusement pas au courant de ce faux pas qui a failli me coûter très cher. J'ai passé mes week-ends avec Adèle, à jouer la parfaite comédie de l'étudiante épanouie et rayonnante. Pourtant, j'ai régulièrement repensé à l'attitude de Ted, ce soir-là. Je ne me suis confiée à personne, pas même à Camilla. Je suis sur mes gardes avec ces maîtres de la manipulation.

En parlant de plans sataniques, le regard d'Ezrah me percute à peine ai-je franchi le seuil du salon où une foule danse sur les titres du moment. Je me doutais qu'il serait présent, néanmoins, cela n'adoucit pas la frénésie qui s'empare de mon cœur. Je feins de ne pas l'avoir remarqué, ni lui ni la jeune femme brune assise sur ses genoux. D'un pas assuré, je suis Camilla qui me tend un gobelet plein d'une mixture inconnue. J'avale deux gorgées de la boisson qui se révèle plutôt agréable. Le liquide orangé glisse dans mon œsophage comme s'il était dépourvu d'alcool, ce qui est relativement traître. Il serait complètement irresponsable d'être bourrée en présence du diable en personne.

Je me demande pourquoi il n'a pas réagi après mon coup d'éclat dans les vestiaires, alors que je pensais déclencher la Troisième Guerre mondiale. Malgré tout, je n'imagine pas une seconde qu'il va m'épargner. Sa vengeance a dû prendre un autre rythme, dont je n'ai pas encore connaissance. Cela me met particulièrement à cran.

Nous nous faufilons à travers la foule excitée et tombons sur un Jared bien plus survolté qu'à l'accoutumée. Je saisis que ce dernier est sous emprise de stupéfiants. Les soirées étudiantes en médecine sont connues pour être déjantées et hors de contrôle. Ces rumeurs sont fondées. Je ne sais pas à quoi cela est dû, mais il est vrai que je n'aurais pas assez d'une vie pour raconter ce que j'ai vu au cours de ces célébrations. Le rapport au corps dans notre milieu est légèrement distordu. Plus un corps est déshumanisé, plus il devient facile de le traiter. De ce fait, après des années de déconstruction, nous n'éprouvons quasi plus aucune pudeur et sommes désensibilisés à la vision du sexe. Les orgies sont fréquentes en fin de nuit. J'ai appris à mes dépens que l'imagination humaine est sans limites sur le sujet. Lors de ma première année, si j'ai d'abord été choquée ou mal à l'aise, j'ai très vite été attirée par cette ambiance libidineuse, comme un marin par une sirène.

– Coucou Laraaaa, chantonne Jared d'un timbre bien trop aigu. Trop-trop-trop-trop content que tu sois là. Tu en veux ?

Le sachet qu'il me présente met fin à mes doutes. De l'ecstasy. Je la reconnais à l'œil nu pour en avoir déjà consommé.

– Ça ira, Jared, je te remercie. Par contre, tu devrais te méfier de ce que tu consom…

– OOOOH ! Un poney à quatre feuilles, hurle-t-il en déguerpissant, le nez levé vers le plafond.

Tout ce qu'il y a de plus normal.

Camilla me retourne un regard perplexe, avant d'éclater de rire puis d'attraper mon poignet pour nous diriger vers le jardin. Je percute un torse de plein fouet à cause de l'entrain de mon amie. Je claque la langue d'agacement jusqu'à ce que je relève le front et découvre Ted, une bière à la main, un tee-shirt blanc moulant emprisonnant son buste carré et laissant apparaître ses avant-bras tatoués.

Je le toise alors que lui m'adresse un rictus des plus taquins.

– Tiens, tiens, Ted. Que fais-tu là ? Je ne te pensais pas capable d'être séparé d'Ezrah plus de cinq minutes. Ça va aller ou tu désires que je t'aide à retrouver ton maître ?

Ma pique étire son sourire.

J'admets être un peu ingrate, vu qu'il s'est interposé entre la bande et moi la semaine dernière, mais ça n'enlève rien aux actes impardonnables auxquels il a participé.

– Ravi d'apprendre que tu as déjà remarqué qu'Ez était ici. Il ne t'aura pas fallu beaucoup de temps. D'ailleurs, es-tu au courant que tu es la seule personne qui prononce son prénom complet ? Un conseil, contente-toi de son surnom quand tu auras affaire à lui.

– Je n'ai pas prévu d'avoir « affaire à lui », précisé-je, mais si cela doit avoir lieu, je ne me gênerai pas pour l'appeler comme je l'entends.

Cette fois, Ted rit franchement.

– J'espère que je serai là pour voir ça.

Sur ce, il me fait une pichenette sur le bout du nez – que je n'ai pas le temps d'esquiver –, et entre dans la résidence. Je l'observe disparaître au milieu de l'attroupement puis tente de rejoindre Camilla, qui m'a lâchement abandonnée. Je la retrouve vers le bord d'une piscine dans laquelle l'autre moitié de la foule profite de la fête. Un garçon venu de nulle part court à toute allure vers le bassin, avant de faire une bombe dans l'eau. Les éclaboussures frôlent nos jambes découvertes, alors que lui remonte déjà à la surface.

– Viens voir, Lara, s'écrie ma coloc en applaudissant. Il y a un jacuzzi au fond du jardin.

Je ne suis pas sûre que Christophe Colomb ait fait preuve de tant d'enthousiasme à l'approche du Nouveau Monde.

– Et alors ? On n'a pas de maillots, à ce que je sache, répliqué-je en zieutant les nanas et les mecs en sous-vêtements, barbotant comme des gamins. Ma réplique ne la convainc pas…

– OK, OK, abdiqué-je. Je te suis.

Je retire ma robe sans autre forme de procès et laisse apparaître mon tanga de la même couleur que mon soutien-gorge noir. Je n'avais pas prévu de finir à moitié à poil, donc je n'ai pas mis les dessous les plus sexy de mon placard. Je me félicite d'avoir au moins choisi un ensemble assorti.

Nous sommes chanceuses, hormis un couple, nous sommes les seules à avoir repéré le jacuzzi. Nous continuons à déguster, nos verres à la main, en profitant de la musique. L'ambiance est festive, j'en arrive presque à oublier l'existence d'Ezrah. Presque, puisque même si je ne l'ai qu'entraperçu, j'ai eu le temps de remarquer son jean noir, associé à un tee-shirt gris clair. Sans même l'avoir observé, je sais d'avance qu'il sera le plus beau mec de cette soirée. Le fait qu'il soit spécifiquement mon type d'homme ne m'aide pas à l'ignorer, et bien que je jurerais le contraire à quiconque, ces deux dernières semaines m'ont paru bien fades sans sa présence malsaine. Le début d'étincelle qu'il a attisé dans mes entrailles s'est estompé trop rapidement à mon goût. Le jeu commençait tout juste à devenir intéressant…

Je crois halluciner quand je le vois débarquer, torse nu et vêtu d'un maillot de bain Calvin Klein vert fluo. L'association avec la couleur de sa peau est sensationnelle. Qui sur cette terre ne baverait pas devant cette force de la nature ?

Ma respiration s'accélère alors que le corps de Camilla se crispe contre moi. Il n'est pas seul. Deux jeunes femmes sont à ses côtés, toutes deux plus enjouées l'une que l'autre d'être en si bonne compagnie. Étrange, aucune ne ressemble à celle qui l'embrassait à la fin de son match. Avec combien de filles sort-il ?

Il avance vers le jacuzzi d'un pas assuré en m'ignorant totalement. Je hausse un sourcil moqueur. Je ne suis pas dupe, il n'est certainement pas là par hasard, encore moins avec ce genre de personnes. De toutes mes forces, je tente d'effacer mon agacement.

– Putain de merde, chuchote Camilla entre ses lèvres.

Je ne sais pas si cette remarque pertinente a été provoquée par la musculature parfaite du nouveau venu ou par le seul fait de sa présence incongrue.

Lorsqu'il se glisse dans l'eau et que ses copines l'imitent, je recule pour empêcher son genou de percuter le mien. Le trio s'installe dans les sièges face aux nôtres.

Au même moment, le volume de la musique s'intensifie. Je ne suis pas étonnée de voir Max et Mehdi apparaître peu de temps après. En revanche, je me demande pourquoi Ted ne s'est pas joint au mouvement. Le jeune couple qui s'enlaçait innocemment se retrouve rudement viré par le duo. Cette attitude me semble si irrespectueuse que je manque d'intervenir. Cependant, ils ne cherchent que ça. Tout ce petit numéro a pour unique but de relancer les hostilités. Je refuse de leur donner des cartouches aussi rapidement. La partie ne fait que commencer. À l'inverse de leur leader, les deux me scrutent sans aucune retenue. Leurs œillades indécentes me laissent complètement de marbre. Je les soutiens sans une once de difficulté. À leur tour, ils s'immergent dans l'eau sans éveiller l'intérêt de leur pote, concentré à chuchoter à l'oreille d'une des deux plantureuses créatures à ses côtés. L'une est aussi rousse que l'autre est blonde. Plus encore que moi, si on omet ses racines brunes qui la trahissent. Leur plastique parfaite me fait rentrer le ventre. Ma propre silhouette, même si elle est athlétique, est loin d'être si divine.

Par chance, une nana venue de nulle part déboule près de nous pour nous proposer de nous resservir à l'aide d'un immense pichet. J'accepte avec plaisir sous l'œil inquisiteur d'Ezrah qui a enfin détourné son attention des énormes seins de la rouquine, au grand désespoir de cette dernière…

CHAPITRE 20

Lara

Do It For Me - Rosenfeld

Je bois la moitié du contenu de mon gobelet d'un trait, en soutenant les prunelles du basketteur dont l'intensité me déstabilise. Son regard ombrageux s'embrase, sûrement attisé par la main de sa copine, plus ou moins discrète, qui se balade sous l'eau. Son sourire railleur prouve qu'il a conscience que j'ai remarqué le manège de la belle rousse.

D'un coup, Max glisse le long du banc pour atterrir à mes côtés. Son flanc se colle au mien, et je me serre contre Camilla.

– On te gêne, peut-être ? lance-t-elle à son intention en regardant le malotru.

– Lara, non. Toi, en revanche, si tu pouvais déguerpir, ce serait avec plaisir.

Outrée, j'écarquille les yeux de stupeur.

– Connard ! crache-t-elle.

– Je ne sais pas pour qui tu te prends, interviens-je, mais éloigne-toi de moi tout de suite si tu ne veux pas finir eunuque.

Il m'étudie un instant, jaugeant mon niveau de sérieux, avant de zieuter Ezrah qui, lui, ne m'a pas quittée du regard.

– OK, bébé, abdique-t-il finalement en levant les mains en l'air. Je m'en vais, mais sache que je serais ravi de te tenir compagnie.

– Et moi de t'enterrer en plein désert.

Après une seconde de silence, ses compères ricanent.

– Laissez-nous, exige Ezrah de ses deux alliés.

– Tu fais chier, Ez, siffle Max avant de se redresser.

Mehdi l'imite, nous salue d'un signe obscène qui me fait soupirer, et le binôme s'éclipse, non sans me jeter quelques coups d'œil par-dessus leur épaule.

Camilla et moi-même sommes à présent seules à seuls avec le trio, dont le comportement dérive de plus en plus vers l'exhibitionnisme. Le malaise est si palpable que j'en viens à hésiter à me retirer pour leur laisser l'intimité qui, de toute évidence, leur manque cruellement. Mais ce sont eux qui sont venus nous déranger, alors que nous étions tranquillement en train de profiter du jacuzzi. Tant pis. Ils n'auront qu'à baiser devant nous, je ne bougerai pas.

– Bon, Lara, ça devient vraiment chelou ici. On ferait mieux de retourner danser, qu'est-ce que tu en…

– Non ! Qu'ils aillent se faire foutre, m'emporté-je, provoquant fissa le pivotement des deux pétasses qui s'amusaient à mordiller le cou de mon ennemi.

Alors que je pensais les mettre hors d'elles afin de les motiver à s'intéresser à autre chose qu'à Ezrah, elles me déçoivent une énième fois en ricanant comme des bécasses.

Ezrah s'en réjouit et me lance un petit clin d'œil avant de plonger son nez dans la poitrine de la blonde, dont il écarte le soutif, laissant apparaître un mamelon durci sur un sein siliconé.

– C'en est trop pour moi, souffle Camilla, qui se relève avant que j'aie le temps de la retenir. Retrouve-moi dans la cuisine. J'ai vu suffisamment d'horreurs pour toute une vie.

Je n'avais pas imaginé que la solitude serait si difficile à supporter dans un moment pareil.

C'est au moment où une légère douleur me crispe la mâchoire que je me rends compte de la puissance avec laquelle je serre les dents. J'ai conscience que toute cette mise en scène a pour unique objectif d'asseoir son autorité malsaine sur moi. Cependant, j'en viens à me demander si je ne suis pas justement en train de lui offrir la victoire en m'infligeant cette vision.

Il ira jusqu'au bout de mes limites, dans tous les domaines. Ses tests ne lui servent qu'à savoir jusqu'à quelle profondeur je suis capable de nager dans les eaux de sa folie. La raison voudrait que je me lève tout de suite pour mettre un terme à ce petit amusement tordu, mais mon entêtement me contraint à l'immobilité.

Quand la rouquine grimpe à califourchon sur Ezrah, je déglutis difficilement.

Les lèvres de ce dernier s'étirent en un lent sourire avant d'être dévorées par sa partenaire.

Les remous de l'eau contre ma poitrine deviennent de plus en plus désagréables. Aucun des trois protagonistes ne me lance un regard. Leur état d'excitation est tel que même une intervention armée ne parviendrait pas à les détourner de leur projet. Je récupère le gobelet que Cam a abandonné en partant puis le vide. L'alcool me monte à la tête, mes joues s'embrasent.

Les gémissements des deux nanas me tapent sur le système. Le mouvement saccadé des avant-bras du sportif laisse peu de place à l'imagination, tout comme la mousse formée par le mouvement dans l'eau bouillante, qui a l'obligeance de camoufler ses mains.

Ai-je déjà dit que j'avais chaud ?

Je fais l'erreur de jeter un œil sur les traits de la blonde, qui pose sa nuque contre le rebord de la structure pour se livrer pleinement au plaisir qu'elle reçoit des doigts de son partenaire, lui-même occupé à rouler une pelle magistrale à sa copine. La jouissance évidente qui marque son visage fait chauffer mon bas-ventre. Un désir foudroyant naît dans les parties les plus profondes de mon anatomie. Je porte mes mains à ma bouche afin de m'assurer qu'aucun gémissement humiliant ne s'en est échappé. Un besoin presque viscéral de m'emparer de la place de ces deux filles me coupe le souffle. C'est pire quand je l'observe, lui.

Ses magnifiques cheveux frisés retiennent les gouttes d'eau, et son visage luit d'humidité. Ses sourcils froncés sous la concentration et ses lèvres entrouvertes témoignent du plaisir qu'il a l'air de prendre. Est-il en train de pénétrer celle qui se trémousse sur ses genoux ?

Je me mords l'intérieur des joues alors que je résiste à fuir ce spectacle qui m'excite autant qu'il me ravage. Les tentacules démoniaques de la convoitise se déploient puis s'enroulent lentement autour de ma raison et de mon self-control.

La haine est le pire des poisons qui soit. Il peut entraîner n'importe quel être vivant vers la folie meurtrière. Quand j'entends Ezrah souffler « Tu me rends fou » à l'oreille de la blonde, le coup que je reçois dans l'estomac me ramène sur terre.

J'inspire une bouffée d'air avant de prendre appui sur mes avant-bras pour me hisser hors de l'eau. Aussitôt, son attention se braque sur moi. Son regard glisse sur la peau de mon ventre, puis à nouveau sur ma poitrine. Il faut que je parte au plus vite.

– Sortez !

Sa voix autoritaire contraste totalement avec celle, séductrice, qu'il vient d'utiliser. Ce ton me force à faire volte-face pour observer la réaction de ses copines, qui semblent tout aussi ahuries que moi. L'une d'elles, encore haletante, cligne des paupières, cherchant le sens d'une blague qui lui échapperait.

– Je ne comprends pas, nous…

– Il n'y a rien à comprendre, dégagez de là, tranche-t-il avec une rudesse qui me rendrait presque compatissante.

Les deux femmes se lancent des coups d'œil, les sourcils haussés, puis, de concert, rajustent maladroitement leurs dessous avant de nous quitter.

Quant à moi, debout, le corps à moitié immergé, je commence à craindre de me retrouver seule avec cet homme.

– Cherchais-tu à fuir ?

J'émets un petit rire amer, sans répondre.

– La représentation ne t'a pas plu ?

– De quelle représentation tu parles ? répliqué-je finalement. De toi en train de te faire astiquer le manche par deux poufiasses ? Waouh ! En effet, j'en ai des étoiles plein les yeux.

– Pour me branler, encore aurait-il fallu que je sois excité.

Je tressaille, et cela lui provoque un sourire dévoilant deux belles fossettes sur ses joues finement barbues.

– Arrête de me prendre pour une idiote, j'ai bien compris ce qui se tramait vers vos entrejambes.

À peine ma phrase est-elle terminée qu'il se redresse avec l'agilité d'un félin, agrippe mon poignet et le dirige avec autorité contre son pubis protégé par son caleçon. Je hoquette de surprise, cherchant à reculer, mais suis aussitôt coincée contre le dossier du jacuzzi. Mon regard interloqué plonge dans le sien, qui luit de désir. Comment a-t-il pu simuler un état d'excitation qui, si j'en crois son sexe ramolli, était complètement factice ?

Il m'a totalement dupée. Cette prise de conscience me fait vriller.

– Espèce de connard, sifflé-je en pressant un peu plus fort son entrejambe, exactement comme je l'ai fait quelques semaines auparavant avec Ted.

Je me pencherai bientôt sur cette vilaine habitude.

– Je suis bon comédien, tu ne trouves pas ? ricane-t-il après avoir grogné sous ma poigne sévère.

Les effluves de l'alcool m'embrouillent, exacerbent mes émotions. La colère sourde que j'éprouve d'avoir été une nouvelle fois son pantin prend le contrôle. Il doit s'écarter, je ne me sens plus maîtresse de mes actes. J'ai tellement envie de le tuer, ou pire, qu'il me prenne sauvagement dans cette eau tumultueuse, que j'ignore ce dont je serais capable. Les circonstances sont différentes, pourtant, la même haine qu'à l'époque me submerge. *Adam, Adam, Adam, sors de mon esprit.*

– Lâche-moi, exigé-je d'un ton glacial en enlevant ma paume de sa bite. Je veux partir d'ici.

– Pourquoi ? Tu envisages de retrouver ton mec ?

Je tique mais n'ai pas le temps d'approfondir, car je bascule avant d'atterrir sur les genoux d'Ezrah, à l'exacte position qu'occupait la rouquine. Nos bassins cognent l'un contre l'autre. La dernière étape de son plan. Ses yeux carnassiers me sondent avec une telle assurance que j'aimerais les crever. Il ne sait rien de moi. Il ignore que je suis loin d'être la jeune fille farouche qu'il croit pouvoir corrompre à coups de terreur et d'allusions salaces.

S'il m'imagine bégayer ou m'empourprer comme une pucelle, il se trompe lourdement. Pense-t-il que je suis vierge ? J'éclate de rire et ai l'immense satisfaction de voir son front se plisser face à cette réaction inattendue.

De quoi cette boisson était-elle composée ? La migraine pointe le bout de son nez. Je ne sens plus que la brûlure accrue dans mon bas-ventre qui m'empêche de raisonner correctement.

Tu voulais me faire peur, Ezrah ? Me soumettre ? Pourtant, à l'heure actuelle, c'est moi qui te domine de toute ma hauteur…

CHAPITRE 21

Lara

J'ondule du bassin en plantant mon regard d'acier dans le sien, tout aussi puissant. Aucun de nous deux ne prononce un mot, et même l'habituel rictus sarcastique commence à disparaître des lèvres de mon adversaire. Perdue entre mon état euphorique et le désir qui m'embrase, je me penche pour aller goûter la peau de son cou, dont les tendons épais se crispent sous ma bouche. Aussitôt, ses mains viriles viennent se placer contre mes fesses nues. Je frissonne, emportée à des milliers de lieues d'ici. Seules mes perceptions existent, seul le corps solide contre lequel je me trémousse m'ancre à la réalité. Je ne peux nier l'excitation qui me grise à l'idée qu'Ezrah et moi entamons un nouveau duel. Ces quelques semaines durant lesquelles il m'a ignorée ont été bien plus difficiles à vivre que je ne l'aurais cru.

En réponse, son bassin percute le mien. La bouffée de chaleur que son geste me procure me fait gémir légèrement avant de mordiller sa clavicule. Le grondement qui émane de sa propre poitrine déclenche un nouveau courant électrique jusqu'au point le plus sensible de mon anatomie.

L'une de ses mains quitte mon fessier pour s'accrocher à mes cheveux détrempés, sur lesquels il tire jusqu'à me forcer à ployer la nuque. Dans la seconde, c'est mon propre cou qui subit l'assaut de sa bouche vorace. Je me cambre, les paupières closes. Mes ongles s'enfoncent dans ses épaules saillantes.

Il libère l'emprise sur ma tignasse pour que sa paume brûlante puisse s'emparer de mes reins et remonter le long de ma colonne, avant de revenir sur la chair moelleuse de mon postérieur. La tension explose les compteurs. Nos respirations haletantes s'entremêlent, nos lèvres ne sont plus qu'à quelques centimètres. Il pince les siennes lorsque l'un de ses doigts s'accroche à la ficelle de mon tanga et glisse jusqu'à mon intimité ardente. Quand bien même je le voudrais, il me serait impossible de l'arrêter. Je n'explique pas cette réaction de mon corps face au sien. Je n'ai jamais été prise d'une telle frénésie sexuelle. Je jurerais pouvoir mourir s'il n'allait pas jusqu'au bout. Comme pour répondre à ses avances, mes hanches se soulèvent et lui permettent d'accéder à cette zone que je rêve qu'il possède. Quand son index effleure l'entrée de mon vagin, un râle m'échappe. J'oublie totalement que ces mêmes doigts ont été introduits dans d'autres femmes il y a très, très peu de temps. Je ne me reconnais pas. La bête logée en moi a plus faim que jamais.

Soudain, un élément me libère de ma transe. Et s'il jouait avec moi comme il vient de le faire avec les précédentes ? Et s'il n'était pas du tout excité mais qu'il me menait en bateau pour m'humilier une nouvelle fois ? D'un geste brusque, j'attrape son poignet, l'empêchant de continuer. Ses yeux me foudroient, un grognement m'indique que nous sommes allés trop loin pour stopper les hostilités. Il se délivre de ma poigne d'un mouvement sec avant de revenir à la charge. Je tente de me soustraire, de me relever, mais son bras se resserre autour de ma taille pour me contrer. Je lutte pour ralentir son assaut, bien que ma situation soit plus qu'alarmante.

– Impossible que tu m'échappes, cette fois-ci, grommelle-t-il d'un ton que je ne lui connais pas.

Je tente à nouveau de me rebeller, mais il me ramène contre lui. Il fait preuve de tant de brutalité que nos corps se percutent et qu'il m'est difficile d'ignorer l'érection proéminente que j'ai provoquée. J'ai au moins la certitude que cette fois, son état n'est pas simulé.

– Ez ?

La voix féminine, tremblante, qui l'interpelle, le fait se retourner illico, sans que ses bras ne me libèrent. Je reconnais la brune qui l'enlaçait dans les vestiaires du match. Elle doit donc être « l'officielle », comme je l'avais présumé ce soir-là. Ses yeux remplis de larmes se rivent sur moi puis sur Ezrah à intervalles réguliers.

– Haley, souffle-t-il, plus agacé que désolé. Je suis occupé, là, je t'appelle plus tard.

Mes sourcils s'arquent de stupéfaction pendant que je le scrute. Il répond à mon contact visuel en ignorant totalement la présence de sa copine. C'est à peine s'il n'est pas prêt à reprendre là où elle nous a interrompus.

Ah ! Mais en fait, c'est exactement ce qu'il s'apprête à faire, puisqu'il descend son maillot afin d'en extirper sa queue qui vient caresser l'intérieur de ma cuisse.

J'émets un petit cri de surprise en pivotant vers ladite Haley, qui paraît être à deux doigts de se sentir mal. Sa douleur est si violente qu'elle se lit sur son visage poupin.

De toutes mes forces, j'appuie sur les pectoraux musclés d'Ezrah, qui semble complètement possédé. Ses pupilles sont si dilatées qu'on ne discerne presque plus son iris émeraude. Rien n'a l'air d'avoir plus d'importance pour lui à l'heure actuelle que d'achever ce que nous avons commencé.

Je vois Haley s'avancer, son verre à la main. Elle ne m'adresse pas un regard lorsqu'elle vide le contenu de ce dernier sur le crâne de son ex.

Ezrah est obligé de me lâcher pour se protéger le visage. Il plonge aussi sec la tête dans l'eau bouillonnante et en ressort propre, créant une auréole de milk-shake autour de nous.

La pauvre Haley se décompose quand celui qui vient de lui briser le cœur se redresse de toute sa hauteur, remonte son caleçon puis se retourne vers elle, à l'image d'un tueur au sang-froid. Je me contracte, prête à intervenir s'il dépasse les bornes. Elle recule au moment où les longues jambes athlétiques d'Ezrah franchissent le rebord du jacuzzi.

– Je te donne cinq secondes pour dégager d'ici, murmure-t-il d'une voix plus sombre encore que lorsqu'il s'est adressé à moi.

Si je voulais voir à quoi ressemblait Ezrah en colère, en voici un échantillon, même si sa respiration paraît calme et régulière. Les muscles de son dos roulent sous sa peau mouillée. Du public commence à s'attrouper près de nous. Haley, dont les larmes dévalent les joues rougies par la fureur et la souffrance, abdique puis se replie à mesure que son taré de mec avance vers elle. Elle finit par se mettre à courir vers la petite foule.

Ezrah leur lance un regard, et la seconde suivante, le groupe se disperse et repart vers les festivités.

Si je n'utilise pas cette fenêtre pour m'échapper, je vais finir par me faire violer dans ce jacuzzi. Je sors à mon tour, mais il se déplace vers moi bien trop rapidement.

– Ne m'approche pas, rugis-je, consciente qu'il me rattrapera quoi que je fasse.

L'air de la nuit me glace les os. Je n'ai pas de serviette et suis trempée, à moitié nue. Le vent automnal ne me laisse aucun répit. Pourquoi suis-je la seule de nous deux à en souffrir ?

Je brandis ma main entre nous en guise de bouclier. Il ignore totalement mon injonction et abaisse mon avant-bras d'un mouvement, comme s'il chassait une mouche un peu trop insistante. Il se contente de me dominer de toute sa hauteur sans avancer davantage. Mes yeux me trahissent et bifurquent un instant vers son maillot de bain déformé par son érection. Cela le fait marrer.

– T'as vu l'effet que tu me fais ? Je précise qu'elle était bien moins en forme pendant la petite scène d'hystérie de Haley.

– La petite scène d'hystérie ? Tu plaisantes ou quoi ? Elle t'a surpris en train de la tromper, et pire, tu étais prêt à continuer devant elle. Si tu trouves que ça, c'est une crise d'hystérie, il vaut mieux que tu ignores ce dont moi j'aurais été capable dans cette situation.

– C'est une invitation ? susurre-t-il, amusé.

J'éclate de rire.

– Oui, je suis très tentée, vu la façon dont tu te comportes avec tes copines.

Il hausse les sourcils.

– Une « copine » ? Tu crois vraiment qu'elle était ma copine ? Tu dois savoir un truc sur moi, ma biche. Haley n'est rien de plus qu'une fille que je baise à intervalles réguliers. Les histoires de couple, de petit ami ou tous ces trucs à la con sont définitivement hors de mon monde.

Moi, tout ce dont j'ai besoin, c'est d'obtenir une partie de l'âme de celles que je désire, et aujourd'hui, celle que je désire, c'est toi.

Son attitude caustique a viré en une posture animale, voire menaçante. Si lui conserve un calme apparent, à peine trahi par ses expressions, moi, je frissonne plus intensément que jamais.

– Je ne me laisserai jamais faire. Au fond, tu le sais déjà.

Ma voix est assurée malgré les tremblements qui secouent mon corps frigorifié.

– Oh ! mais tu n'as plus tellement le choix, mon ange.

Il savoure l'incompréhension qu'il doit lire sur mes traits puis reprend :

– Tu es loin d'être idiote, tu as bien dû saisir que c'était nous qui t'avions tirée d'affaire pour ton exclusion, n'est-ce pas ?

Je suis persuadée que mon teint pâlit à vue d'œil.

Étrangement, me vient l'image d'un lapin vagabondant dans une forêt épaisse. Un déplacement léger dans l'air, et dans la seconde, un nœud coulant se serre autour du cou du rongeur. La panique le gagne, toutefois, l'énergie déployée pour se libérer ne sert qu'à précipiter sa fin.

Le lapin, ce soir, c'est moi.

CHAPITRE 22

Lara

Le piège s'est refermé sur moi, sans que je ne puisse rien faire pour me défendre.

– Qu'est-ce que tu insinues ?

– Que dorénavant, si tu souhaites rester inscrite à l'université, tu feras exactement ce que je décide.

Son index caresse ma pommette avant que je ne le repousse d'une tape de la main.

Voici la raison de tout ce cirque : le chantage…

– Je préfère être expulsée plutôt que de participer à tes petits jeux à la con.

– Ah bon ? Eh bien qu'à cela ne tienne. Dès lundi, je contacterai le doyen. Bonne soirée, Lara.

Grelottante, je l'observe me tourner le dos puis s'éloigner vers la maison dans laquelle bat encore le cœur de la fête.

En soi, ne vaudrait-il pas mieux que je sois effectivement virée et donc libérée du joug d'Ezrah Milton ?

À présent seule, je peux reprendre mes esprits. Je me suis quand même trémoussée sur les cuisses de mon pire ennemi après qu'il a tripoté deux autres nanas. J'ai presque failli coucher avec lui, sous le nez de sa copine ou ex ou plan cul, peu importe. Cette soirée ne pouvait pas être plus délurée.

Quand je rentre enfin dans la résidence, mes fringues en main, la chaleur m'enveloppe. Je cherche la salle de bains afin d'y dégoter une serviette. M'enroulant de mes bras, je me faufile entre les individus moins nombreux que lors de notre arrivée. La moitié d'entre eux est affublée de la même tenue que la mienne. Le sol est si trempé que je manque de glisser à plusieurs reprises. J'ignore à qui cette demeure appartient, mais je plains celui ou celle qui va devoir faire le ménage demain.

Je pénètre dans une pièce au hasard et tombe sur un couple occupé à… mes yeux s'écarquillent quand je remarque qu'ils ne sont pas deux mais trois, et qu'il s'agit de Mehdi et Max, ainsi qu'une jeune femme brune qui sursaute lorsqu'elle m'aperçoit. La pauvre tente de se cacher la poitrine, toutefois, Mehdi ne la laisse pas m'observer plus en détail puisqu'il ramène la bouche de cette dernière sur son sexe. Je détourne le regard aussi sec avant de refermer la porte sur Max, qui m'invitait à participer. Max et Mehdi ont l'air aussi proches que Ted l'est d'Ezrah.

Je réussis à trouver une salle de bains libre, à mon grand soulagement, et m'y enferme. Je fouine dans les placards, y déniche une serviette propre avec laquelle je m'empresse de m'enrouler. J'essuie l'eau qui imprègne ma peau puis me rhabille. Des gens tentent d'entrer dans la pièce, sûrement pour utiliser les toilettes. Je les ignore. Les bruits s'intensifient jusqu'à ce que des insultes fusent.

J'ouvre brutalement et avance en cognant l'épaule des impatients. Il est grand temps que je m'en aille. Les cheveux collés à mes tempes frisent sous l'effet de l'humidité, mon maquillage dégouline, et je pue le chlore à des kilomètres. Le chlore et la sueur…

L'avantage de l'intervention de Haley, en plus du fait qu'elle m'a évité un désastre, c'est qu'elle m'a permis de dessoûler.

J'explore les environs dans le but de trouver Camilla, mais cette dernière demeure aux abonnés absents. D'ailleurs, je ne croise pas non plus Ted ou son leader. À force de chercher dans toutes les pièces de la maison, j'aperçois enfin une chevelure rose.

– Lara ? T'es là ? Je te cherchais partout, s'exclame mon amie que je suis soulagée de retrouver.

– J'aimerais partir, s'il te plaît. Nous sommes vendredi soir, je devrais regagner l'appart, toutefois, je ne suis pas persuadée qu'Adèle et Tony seraient ravis que je déboule à 4 h du mat'. Et comme nos dortoirs sont fermés le week-end…

– Tu veux aller chez moi ? Je peux te…

– Pas la peine, elle rentre avec moi, intervient une voix masculine que je ne m'attendais plus à entendre ce soir.

Nous nous retournons d'un même geste vers Ted, débraillé, bien que plutôt sobre.

– Pardon ? ricané-je.

Avant qu'il ne puisse répondre, Jared hèle Camilla depuis l'autre bout de la propriété. Son état d'ébriété était déjà préoccupant tout à l'heure, à présent, il est dangereux. Ted et moi fronçons les sourcils.

– Il va bien, votre pote ? demande-t-il, l'air perplexe.

– Eh merde, peste Camilla. Je m'excuse, je dois m'occuper de lui, Lara. Appelle-moi en cas de besoin.

Elle lance un coup d'œil à Ted puis m'adresse un petit regard désolé avant de s'échapper, me laissant seule dans une situation critique pour la deuxième fois. Je jure que je vais l'étriper de mes propres mains.

– Eh bien, je crois que de toute façon, tu n'as plus tellement le choix, s'amuse-t-il.

Je le toise, glaciale. Comment est-ce possible qu'il ait brillé par son absence et que, pile au moment où Ezrah s'éclipse, il fasse son grand retour ? Que cache son soudain intérêt pour mon bien-être ?

– Tu as passé une bonne soirée ? lui demandé-je froidement.

– Elle est nettement en train de s'améliorer.

Quelques secondes de silence s'éternisent avant que je lui tourne le dos et marche en direction de la sortie. Je trouverai un hôtel. Vraiment, l'idée de me taper le canapé de l'appart et me faire réveiller par Tony en caleçon dans la cuisine ne m'enchante pas du tout.

– Lara, grogne-t-il en se précipitant à mes côtés. Hors de question que tu rentres à pied.

– Je vais appeler un taxi. Et puis, de quoi je me mêle ? Tu veux que je te rappelle ton comportement ? Il y a encore quelques semaines, tu te réjouissais de me voir vulnérable, avec tes petits potes. À quoi tu joues, exactement ?

Je m'arrête, attendant une explication.

– S'il te plaît, laisse-moi me faire pardonner. Je te promets que je peux t'aider à gérer cette situation avec Ez, mais il est primordial qu'il ne soit jamais au courant que nous… nous parlons.

– Personne ne parle à personne, ici. Fous-moi la paix et retourne manigancer des projets malsains avec ta bande.

Une idée, qui germe depuis quelque temps déjà, fleurit dans mon esprit.

– Mais, par curiosité, pourquoi ne devrait-il rien savoir ?

Cette question le met dans l'embarras. Sa grande main vient frotter l'arrière de son cuir chevelu.

– Il n'accepterait pas que je la joue perso sur ce coup-là. Aucun de nous ne le peut, c'est notre règle d'or. J'ignore pourquoi, mais il t'a prise pour cible avec un sérieux inédit. Je ne l'ai jamais vu si déterminé à soumettre une fille. D'habitude, il se lasse assez vite. Bien souvent, il ne baise même pas avec celles que nous choisissons. Pour une raison ou une autre, cette fois, il refuse catégoriquement de te voir lui filer entre les doigts. S'il apprenait que nous nous rapprochons sans qu'il en soit l'instigateur, je pourrais dire adieu au groupe, et entends-le ou non, mais ces gars sont ma famille. Je ne peux pas les perdre.

Je fournis un gros effort pour paraître la plus compréhensive possible alors que je meurs d'envie de le gifler pour tout ce qu'il m'a fait subir depuis la rentrée. Je n'oublierai jamais sa participation au plan d'Ezrah dans la morgue. Si ce connard peut à présent me faire chanter, c'est grâce à eux tous.

– Et pourquoi prends-tu le risque, dans ce cas ?

– Parce que tu me plais, balance-t-il sans un soupçon de gêne. Je vais tout faire pour que ce soit réciproque.

Je réprime le rire qui menace de trahir mes pensées.

– Et si ça ne l'est jamais ?

– Ça le sera, m'assure-t-il, confiant.

– C'est ce qu'on verra. En attendant, je veux bien te promettre d'être aussi muette qu'une tombe.

Comme celle que je creuserai bientôt pour Ezrah.

Je me force à lui adresser une mimique amicale. Ça a l'air de marcher, puisqu'il se rapproche jusqu'à ce que nos torses se frôlent.

– Alors, c'est OK ? On enterre la hache de guerre, et tu acceptes mon hospitalité ?

Je hausse les épaules de façon faussement hésitante. Le stéréotype parfait de la petite ingénue. *Oh oui, je vais accepter, Ted ! Mais toi, tu ferais bien de te méfier de qui tu invites dans ta bergerie.*

– Bon, très bien, abdiqué-je, ravie.

Je glisse ma main dans le creux de son coude, et nous sortons dans la rue en nous dirigeant jusqu'à sa voiture. Un autre modèle luxueux, différent de celui que j'ai dégradé…

– Je me demande comment tu as bien pu te payer ce bolide, ironisé-je. J'ai comme dans l'idée que papa t'a aidé.

Il ricane.

– Si tu sous-entends que je devrais avoir honte d'être un gosse de riche pourri gâté, tu as raison. Cependant, la honte est un sentiment qui disparaît vite quand on atteint les 200 km/h en quatre secondes. Et puis il paraît que les ciseaux glissent mieux sur la belle carrosserie.

Je me pince les lèvres en retenant un rictus de gêne avant de m'introduire dans l'habitacle. Je trouvais étrange qu'il ne soulève pas le problème. Son sourire moqueur m'informe qu'il n'est pas rancunier. Malgré tout, je n'ose pas répondre et préfère ignorer sa pique.

Il n'est pas difficile d'imaginer la propriété de Ted Williams. Lors des petites recherches que j'ai effectuées dans le but de le faire sortir de ses gonds, j'ai appris qu'il était le fils du président de la réserve fédérale des États-Unis. Un poste éminemment important. J'admets avoir été impressionnée. Je le suis d'autant plus au moment où le portail s'ouvre et où nous avançons vers un manoir entretenu avec un sérieux qui frôle la perfection. La bâtisse de pierres paraît chaleureuse. Le domaine est si vaste que, avec la nuit, je n'arrive pas à en discerner les contours. Cette demeure hors du temps et du luxe contemporain me fascine.

Malgré la fatigue, je ne peux qu'admirer ces lieux splendides. Nous progressons sur le chemin gravillonné.

– C'est magnifique, dis-je sincèrement.

Il se contente de me répondre par un sourire séducteur avant d'insérer sa clef dans la serrure et de se décaler pour me permettre d'entrer. Une jeune femme arrive aussitôt pour nous débarrasser de nos affaires, sous le regard indifférent de mon hôte.

Le vestibule est à la hauteur de l'extérieur, avec son immense verrière donnant accès à la pièce de vie. L'intérieur est comme je l'imaginais : accueillant. Des objets d'art contemporain décorent l'ensemble, cohabitant avec des poutres d'époque. Ted ne me laisse pas m'émerveiller trop longtemps puisqu'il m'escorte dans un couloir. Nous foulons un tapis crème immaculé.

– Je devrais peut-être retirer mes chaussures ? proposé-je, soucieuse de respecter le mobilier.

– Plus tard, susurre-t-il.

Quand il pénètre dans ce que je suppose être sa chambre, j'hésite un moment à le suivre. Suis-je vraiment prête à tout ?

Je ne connais pas Ted. J'ai pu récupérer quelques infos personnelles, les noms et prénoms des membres de sa famille, des renseignements somme toute facilement accessibles grâce au poste de son père. J'admets toutefois que dénicher son adresse a été bien plus compliqué.

J'en dois une bonne à Finn, depuis. Même mon pote, hacker du dark web à ses heures perdues, m'a assuré que la vie du fils chéri du président était cloisonnée. Je ne sais donc rien de plus sur lui que des indications tout à fait basiques.

– Tu as peur ? me sonde-t-il.

– Je devrais ?

Une expression inconnue danse à l'intérieur de ses pupilles pendant qu'il m'étudie silencieusement.

– De moi, non, finit-il par répondre.

Contre toute raison, j'avance droit dans la gueule du loup.

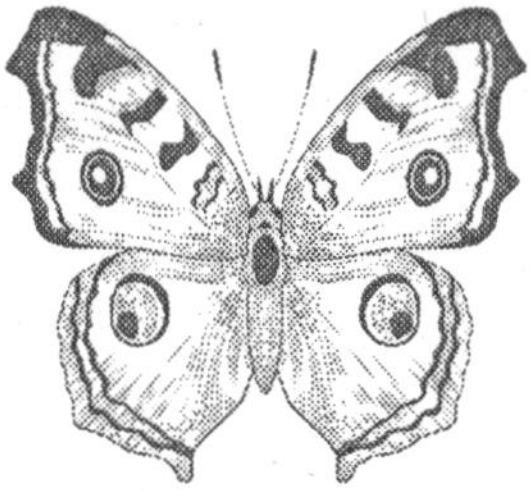

CHAPITRE 23

Lara

Quand la porte se referme derrière moi, un léger frisson d'excitation me parcourt l'échine. Le danger m'a toujours exaltée. Un psychiatre apprécierait sûrement de s'entretenir avec moi. Les âmes perverties m'attirent comme des aimants. D'aussi loin que je me souvienne, j'ai constamment rôdé près des mauvaises fréquentations. Tout l'inverse de ma sœur qui, quant à elle, jouait à merveille son rôle de petite fille modèle.

Moi, j'étais l'enfant différente, un peu trop discrète et bien plus évoluée que mon âge. À huit mois, je marchais ; à 1 an, je comptais jusqu'à dix ; à 4 ans, je savais lire et écrire des textes en cursive, et à 6, j'étais capable de réaliser des multiplications basiques. Si au début, ma mère, au caractère fantasque, s'est réjouie de ma précocité, s'en vantant à qui voulait bien l'entendre, très vite, elle a cessé de s'extasier. En effet, mes centres d'intérêt ne convergeaient vers aucun sujet enfantin. Il était fréquent que je questionne ma mère sur des thèmes métaphysiques complexes qui la laissaient complètement sans voix. Elle me rabrouait en m'envoyant regarder des dessins animés que je trouvais plus puérils et futiles les uns que les autres. Mon comportement atypique devenait déroutant pour mes parents, qui m'ont emmenée voir moult spécialistes. Le verdict est tombé : haut potentiel intellectuel. Mon QI a été estimé à 145, quand la moyenne de la population oscille entre 90 et 110.

Si, sur le papier, le titre sonne bien – « surdoué » ; « précoce » –, au quotidien, c'est différent. Mes colères, déclenchées le plus souvent par des détails, pouvaient être si intenses que mon père finissait par être le seul à pouvoir me maîtriser. Un bruit trop répétitif ou une contrariété dans ma routine réussissaient à causer une augmentation de mon taux de cortisol et d'adrénaline, jusqu'à provoquer une crise d'angoisse. À l'inverse, j'étais capable de demeurer aphasique pendant des heures, plongée dans des casse-tête plus complexes les uns que les autres, refusant de me nourrir ou de dormir. Je n'avais aucun copain à l'école puisque j'étais la gamine bizarre, beaucoup trop en avance sur le programme scolaire ou sur l'intellect collectif de la classe.

Cependant, grâce à mon milieu et à mes proches, je n'étais pas mise au ban. Mon père avait le bras long dans notre ville, si bien que les enfants n'osaient jamais aller trop loin. Vers 6 ans, un petit nouveau a débarqué dans mon établissement, en plein milieu d'année. Je me suis liée d'amitié avec ce garçon qui vivait dans un quartier populaire, bien différent du mien. Mes parents observaient notre rapprochement du coin de l'œil, sans intervenir, à la fois soulagés que je sois finalement capable de lien social et inquiets de l'influence néfaste qu'il pourrait exercer. Jason n'avait eu que la malchance de naître dans une famille craignos. Quel adulte normalement constitué pouvait l'en tenir responsable ? Alors, même s'ils désapprouvaient, ils ne m'empêchaient pas de l'inviter. J'avais, en revanche, l'interdiction d'aller chez lui. Avec le recul, je ne peux que les remercier pour leur bon sens.

En effet, Jason avait une vilaine tendance à jouer avec le feu et à m'entraîner dans son sillage. Au début, c'était assez bon enfant : sonner aux portes puis s'enfuir ; s'introduire dans les maisons abandonnées pour expérimenter l'adrénaline ; chaparder des bonbons dans les supérettes du coin... Jusqu'à ce que les farces deviennent plus dangereuses. À 8 ans, nous avons pénétré dans une résidence habitée pour observer les propriétaires dormir, et j'ai su au plus profond de moi que des limites commençaient à être franchies. La sensation incroyable ressentie ce soir-là était anormale. Je n'avais qu'une envie : récidiver. C'est ce que nous avons fait. Jusqu'au jour où nous nous sommes fait surprendre.

Je peux encore sentir mon cœur battre dans tout mon corps au souvenir de cet homme hurlant, réveillant tous les membres de sa famille. Les lumières s'allumaient pendant que nous tentions de fuir. Le premier coup de feu m'a paru sortir tout droit d'un rêve. Le deuxième, d'un cauchemar. Jason avait été touché en pleine tête. Évidemment, lorsqu'il s'est rendu compte que nous n'étions que des gamins, le cauchemar a changé de camp. Je n'oublierai jamais le visage de ce petit cadavre, figé dans l'effroi.

Après investigation de la police, il s'est avéré que Jason était un garçon bien plus détraqué qu'il n'y semblait. Des dépouilles d'animaux s'empilaient dans son jardin, sans que cela ne perturbe outre mesure ses parents. Mon ami avait également toute une collection de photos de moi, prises pendant mon sommeil. Je suppose que je n'aurais pas dû être étonnée d'avoir été la proie de ses penchants voyeuristes.

Quant à moi, je n'ai été retenue coupable d'aucun chef d'accusation. J'ai pu retourner à ma vie d'enfant, sous la surveillance accrue de mon père que cette affaire a complètement bouleversé. Il a plusieurs fois tenté de me faire dire à quel point je regrettais. Je ne l'ai jamais pensé. Grâce à Jason, j'ai ressenti des sensations inédites, et une part de moi s'est éveillée à son contact. Je n'ai jamais réussi à lui en vouloir totalement. À l'heure actuelle, le jeune garçon a toujours une place particulière dans ma mémoire, bien que je protège ce petit secret depuis sa mort.

Mon père a abandonné l'idée de m'emmener de nouveau consulter, souhaitant à tout prix jeter cette histoire sordide aux oubliettes. Ma mère s'est barrée peu de temps après tout ce grabuge en compagnie de son nouvel amant. Plusieurs fois, je me suis demandé si son départ n'était pas plutôt lié à ma personnalité, qu'elle avait beaucoup de mal à gérer. J'avais conscience qu'elle ne m'appréciait pas énormément. J'étais sa fille, mais nos relations étaient complexes, autant que mon esprit arborescent. Mon père a été le seul à me voir telle que je suis, et à m'aimer inconditionnellement. Si j'ai souffert de l'absence de ma génitrice les premiers mois, la douleur a fini par s'estomper.

– Lara ? Reviens parmi nous, s'amuse Ted.

– Oui, pardon.

– À quoi tu pensais ?

– Que je dois être réellement barge pour te suivre jusque chez toi, alors que tu me harcèles depuis mon arrivée à l'université.

Loin d'être gêné, il s'esclaffe en se vautrant sur son lit. Son tee-shirt remonte et laisse apparaître un liseré de peau garnie de quelques poils aussi bruns que ses cheveux.

– Pourquoi j'ai comme l'impression que ça ne t'a pas tant dérangée que ça ?

Mon visage se ferme.

– Tu ne sais rien de moi, répliqué-je d'une voix blanche.

– C'est vrai. Tu es bien mystérieuse, presque autant que ton principal rival. Mais je jurerais avoir vu de l'excitation dans tes yeux quand nous t'acculions. C'est un état que je sais reconnaître chez les femmes.

Je ne dois pas perdre de vue la raison pour laquelle je souhaite me rapprocher de Ted. Pourtant, à cet instant, seule l'envie de le défigurer m'habite.

– C'est intéressant, ce que tu me dis. Tu es donc habitué à traiter la gent féminine de cette manière ?

– Ce serait mentir que de prétendre le contraire, d'autant que tu connais très bien la réponse.

La bile me brûle l'œsophage.

– Vous savez que l'influence de vos familles ne vous servira pas éternellement ?

– Pourquoi aurions-nous besoin de leur protection, au juste ?

Sa remarque me déconcerte.

– Oh, je ne sais pas, ironisé-je, peut-être parce que vous agressez sexuellement des jeunes femmes ?

– Est-ce que l'un de nous t'a agressée sexuellement ? réplique-t-il en plissant les yeux.

Là, j'éclate de rire.

– Tu es vraiment sérieux ?

Il souffle avant de se frotter le visage avec ses grandes mains.

– Écoute, j'admets qu'avec toi, on a souvent été borderline, mais normalement, les filles finissent par devenir consentantes.

– Comment ça, « devenir consentantes » ? Soit elles le sont, soit elles ne le sont pas ! Si vous les usez jusqu'à la corde pour qu'elles le deviennent, ça reste un viol, craché-je.

Il fait mine de réfléchir à mes propos avant de m'adresser un regard dont je ne perçois pas le sens.

– Si tu le dis. En attendant, tu n'es pas concernée, puisque personne du groupe n'a encore couché avec toi, je me trompe ?

Des flashs du jacuzzi me reviennent en mémoire, et je me demande si Ted n'est pas au courant de toute l'histoire. Cette question sonne comme un test.

– Non, c'est exact, et ce n'est pas prévu au programme.

Mon ton froid a l'air de le faire rire.

– Pour le moment…

J'arque un sourcil moqueur.

– Je pense que tu surestimes grandement tes capacités de séduction, Ted.

Une ombre diabolique traverse son visage pendant qu'il se lève d'un bond de son lit pour s'avancer vers moi. En alerte, je me redresse, prête à répliquer.

– Laisse-moi dix minutes pour te prouver que mon assurance est tout à fait fondée.

– Eh bien, on peut dire que ta loyauté envers Ezrah connaît des limites. Il te suffit d'une soirée arrosée pour tenter de me mettre dans ton lit ? Et ensuite quoi ? Tu croises les doigts très fort pour que je ne balance rien ? Ou alors c'est un autre de vos plans pour me faire chanter ?

Il a l'air surpris.

– Il te menace ?

– Oui, confirmé-je, le visage grave. Figure-toi que si je n'accepte pas de me plier à vos volontés, il me fera définitivement renvoyer.

– Qu'est-ce que tu lui as répondu ?

– Qu'il est hors de question que je lui cède et que je préfère être virée.

Il respire un grand coup, de dépit.

– Alors tu le seras. Il ne plaisante pas, Lara. Si tu tiens à tes études, ne le mets pas au défi, car il n'aura aucun scrupule.

– Donc tu me conseilles d'écarter sagement les cuisses pour obtenir mon diplôme ? La prochaine étape, ce sera quoi ? Sucer le chef de chirurgie de Johns-Hopkins pour intégrer son programme ?

– Si j'avais le poste, ce serait possible, oui, confirme-t-il, un sourire en coin.

– Vous êtes tous plus cons les uns que les autres.

Nous sommes déjà proches physiquement, mais il avance d'un pas de plus dans ma direction, si bien que je peux sentir son souffle contre mon front.

Il est aussi grand qu'Ezrah, je dois lever le menton pour garder le contact visuel. Sa beauté est si parfaite que c'en est presque superficiel. Il lui manque ce quelque chose qui l'aurait rendu hypnotique. Pas comme Ezrah.

Je comprends une chose importante sur mon rival : il veut à tout prix maintenir son joug sur son entourage. Ted me l'a prouvé à plusieurs reprises. Il s'inquiète que son pote nous surprenne ensemble. Encore ce soir, je soupçonne qu'il ait attendu qu'Ezrah quitte les lieux pour me retrouver. La crainte qu'il lui inspire est pathétique, cependant elle m'intéresse.

S'il faut que je démantèle le groupe membre par membre, c'est exactement ce que je ferai. Je suis persuadée que le jour où Ezrah apprendra que son petit Ted l'a trahi, jusqu'à entretenir une relation avec celle qu'il convoitait, son ego en sera blessé. Après avoir séduit Ted, je m'occuperai des autres. J'ai conscience que la carte du charme ne fonctionnera pas avec tous. Tant pis, je peaufinerai mon plan au fur et à mesure, quitte à y travailler pendant plusieurs mois.

Ted est déjà en train de glisser dans le piège que je lui tends, à l'instar d'un enfant qui accepte trop facilement un bonbon offert par une main étrangère.

Il me fait de la peine, malgré tout. J'ai toujours quelques remords à manipuler les gens que je finis par apprécier. Ted a l'air d'être quelqu'un de plutôt touchant, même si je ne le connais qu'en surface. Je vais devoir dépasser mon empathie. Quelques semaines seront nécessaires avant de dévoiler le pot aux roses au leader. Je me languis de contempler son sourire suffisant se dissoudre comme de la chair au contact de l'acide.

Il est temps de passer à la vitesse supérieure. Je me fais plus douce, je veux qu'il s'imagine que je baisse les armes, charmée par son attitude. Et ça fonctionne : son index part à l'assaut de mon visage, et quand ses lèvres se posent sur les miennes, je le laisse faire. Son baiser est tendre et délicat, j'ai presque envie de bâiller. Il est important que je paraisse envoûtée, alors je glisse la main dans son cou et y mets du mien. Très rapidement, Ted intensifie notre contact. Sa langue se faufile dans ma bouche et entame une danse fiévreuse. C'est mieux… Il embrasse bien, je dois le reconnaître. Il a sûrement de l'expérience.

Après une durée raisonnable, je le repousse gentiment.

– Je… Je préfère que nous n'allions pas trop vite, murmuré-je avec une candeur à soulever le cœur.

– Bien sûr, je comprends, me dit-il d'une voix pourtant agacée. Prends mon lit si tu veux, je vais dans une autre chambre.

– C'est bon, Ted, on peut dormir ensemble sans que tu me sautes dessus, non ?

– Ne parions pas là-dessus, dit-il en sortant de la pièce.

CHAPITRE 24

Ezrah

– Où est Ted ? demandé-je à Max par téléphone.

– Aucune idée, mec. Il devait retrouver Kayron, normalement.

– Kayron est avec moi, connard, m'agacé-je. Si tu revois sa tête de fumier, dis-lui de me rappeler fissa.

Je raccroche et récupère le joint que Kayron me file.

– Qu'est-ce qu'il peut bien foutre, putain ?

– Détends-toi, Ez, il doit sûrement baiser une pute ou deux, me répond-il sur ce ton placide qui le caractérise.

– C'est bien ce qui m'inquiète, murmuré-je plus pour moi-même.

J'aime me poser dans le garage de la mère de Kayron. Ce dernier est, de loin, le plus sérieux et le plus mature du groupe, bien qu'il soit le plus jeune du haut de ses 23 ans. Ses penchants pour la drogue douce nous arrangent bien. Il se fournit régulièrement auprès de sa famille de hippies et nous rince comme des rois. Je l'ai rencontré lors d'une fête étudiante qui a eu lieu dans la propriété de son paternel. Ses parents ne sont pas séparés, mais chacun habite dans son propre domaine. Kayron nous a révélé qu'il n'était pas rare que ses géniteurs soient surpris en train de batifoler avec d'autres. Il se marre quand il nous raconte leurs frasques, pourtant, une part de moi se demande s'il est réellement insensible à cette débauche.

Son père a fait fortune dans la création d'un site web dédié aux vidéos de yoga ainsi que tout ce qui touche au « développement personnel ». Cet effet de mode très bobo dont toutes les quinquagénaires – que l'argent de leur époux ne suffit plus à satisfaire – sont friandes.

Sa mère, elle, ne travaille pas et passe le plus clair de son temps à dilapider le fric de son mari pour entretenir le petit jardin secret dissimulé au fond de la propriété. Je ne compte plus le nombre de fois où je l'ai vue déambuler la poitrine à l'air et éclater de rire lorsqu'elle nous apercevait. Ils sont bien sûr au courant de l'orientation sexuelle de leur fils, et cela ne leur pose aucun problème. Souvent, quand je remarque l'œil noir de Kayron pendant les soirées où ses parents s'exhibent, je lui rappelle qu'il est chanceux d'être né dans cette famille. Il est enfant unique, sûrement conçu par erreur dans ce milieu bien trop volage pour lui fournir une éducation correcte.

Kayron est sans conteste celui dont je suis le plus proche. Certainement est-ce dû au fait que nous faisons tous les deux partie de minorités que la société adore stigmatiser. Bien que notre groupe soit particulièrement soudé, il est le seul en qui j'ai un tant soit peu confiance. Je dois toutefois avouer que je n'hésiterais pas à me séparer de lui dans le cas où il ne m'apporterait plus ce que je recherche.

– Alors, ça avance avec Lara ? me questionne-t-il en tirant sur le joint.

– Pas assez vite à mon goût.

Il rit en exhalant la fumée par le nez.

– Je l'aime bien, cette fille, même si elle est flippante, annonce-t-il. J'adore te voir galérer un peu.

– Ça ne durera pas longtemps. Je te parie cent dollars que lundi matin, je recevrai sa visite.

– Pari tenu.

Je souris à mon tour en frappant dans sa main tendue. Quand je pense que j'ai failli la baiser devant Haley, et surtout, sans capote. J'ai totalement perdu le contrôle. Je préférerais me flinguer plutôt que de l'avouer aux gars. Une sorte de frénésie s'est emparée de mon corps. L'attirance qu'elle suscite a été plus forte que mes projets. Jamais je n'aurais pris le risque, habituellement, de me faire surprendre par Haley. Je me demande ce qui m'est passé par la tête, et ça ne me plaît pas du tout.

Agacé, j'inspire de nouveau dans le joint tout en laissant mon crâne retomber sur le dossier. Quelque chose chez cette nana me pousse dans mes retranchements. Ça a commencé le jour où mon regard s'est posé sur elle pour la première fois et qu'elle m'a affronté en arquant l'un de ses sourcils. Depuis, ça monte crescendo. Je n'aurais pas dû la défier dans le jacuzzi. C'était une erreur commise sur un coup de tête, au moment où je l'ai aperçue arriver dans sa putain de robe moulante. Le fait qu'elle m'ait ignoré avec tant de facilité m'a clairement irrité. Il fallait que je titille son attirance pour moi, et la situation m'a particulièrement aidé. C'était presque jouissif d'observer son minois s'empourprer à mesure que l'excitation et l'envie la gagnaient. Elle s'est bien efforcée de les combattre, mais ses cuisses qui se plaquaient l'une contre l'autre et ses muscles tendus prouvaient l'échec de ses tentatives.

Aucune des deux figurantes ne m'intéressait. Lara était mon unique objectif. Très vite, voir ses pupilles se dilater m'a rendu fou. Elle n'est donc pas la seule à s'être perdue dans ses pulsions. Sans le milk-shake qui m'a freiné net dans ma lancée, je la sautais. Je ne dois plus me retrouver en tête à tête avec elle. Dorénavant, je respecterai mes propres règles, et ne l'acculerai que lorsque la bande sera au complet.

– Hey, mais au fait, t'as pas un match demain, toi ? s'interroge soudainement mon pote.

– Si.

– Alors qu'est-ce que tu fous là, à fumer avec moi à cinq heures du mat' ?

– Je n'aurais pas réussi à m'endormir, de toute façon, murmuré-je en inspirant à pleins poumons sur le cône.

– Ah ouais ? Ta soirée a été mouvementée à ce point ?

– Fallait venir, éludé-je. T'aurais trouvé ta came sans aucun problème. Des bites, c'est pas ce qu'il manquait, et elles étaient pratiquement toutes de sortie avec la piscine de Kay.

Kay est un branleur qui adore rôder près de l'université alors même qu'il s'est fait renvoyer des années auparavant. Depuis, il zone et bousille la maison de sa grand-mère, qui n'a pas la malveillance de virer son taré de petit-fils.

CHAPITRE 25

Lara

J'ai dormi d'un sommeil de plomb. Quand Ted me secoue gentiment l'épaule, je sursaute avant de me redresser brutalement.

– Désolé de te réveiller, mais il est déjà quinze heures, et ton portable n'arrête pas de sonner.

– Mon téléphone ? m'enquiers-je. Comment ça se…

Adèle.

– Putain, fait chier, soufflé-je.

Je saute du lit pour attraper l'appareil et la rappeler.

Ma petite sœur répond à la première tonalité.

– Lara ? s'époumone-t-elle. Mon Dieu, mais tu es où ? On s'est fait un sang d'encre avec Tony.

Elle parle si fort que Ted n'a pas besoin de tendre l'oreille pour percevoir l'intégralité de la conversation.

– Pardonne-moi, Adèle, je me suis endormie chez un… (À mon tour, je jette un regard gêné à Ted.)… ami.

Cette fois-ci, il lève le menton d'un air nettement hostile. Je hausse les épaules en mimant une excuse silencieuse.

– Et pourquoi tu ne m'as pas prévenue par SMS que tu ne coucherais pas à la maison ? T'exagères, j'étais à deux doigts d'appeler papa.

Je clos les paupières en baissant la tête. En effet, j'ai échappé au pire. Mon père a été très clair avant de me laisser partir. À la moindre suspicion de rechute, il viendra me chopper sur-le-champ, quitte à interrompre mon cursus.

Je suis quelqu'un de très casanier. À l'adolescence, il n'y avait plus aucune trace de la petite fille qui s'amusait à filer en douce avec son ami en pleine nuit. Rares étaient mes sorties puisque, de toute façon, je n'avais que peu d'amis. Je n'ai plus jamais fait le mur, ni même supplié pour me rendre à une fête branchée. Les mecs ne me fuyaient pas, mais ne cherchaient pas non plus mon contact. Ma froideur apparente couplée aux rumeurs de mon intelligence hors norme suffisait à les désintéresser. Tous, sauf un…

Tout ça pour dire que, s'il apprend que j'ai découché, en plus sans prévenir Adèle, il ne lui faudra pas plus d'une journée pour se retrouver dans mes pattes à me faire passer un véritable interrogatoire.

Je dois absolument conserver ma « relation » avec Ted et le chantage d'Ezrah secrets aux yeux de ma famille.

– Merci de ne pas l'avoir fait, soufflé-je. Je serai rentrée d'ici une demi-heure.

– OK, on t'attend.

À peine ai-je raccroché que Ted enchaîne.

– Qui c'est, Tony ?

– Le copain de ma sœur, pourquoi ? Ne me dis pas que tu es jaloux, le taquiné-je.

Il ne me rend pas mon sourire.

– Il y a un problème ?

– Je te promets de te protéger au maximum, mais s'il te plaît, accepte le marché avec Ezrah. Je n'ai pas du tout envie de… (Il se pince l'arête du nez.) Je n'ai pas envie que tu sois expulsée.

Je réfléchis un instant, perplexe face à l'intérêt croissant que Ted me porte. Je n'imagine pas qu'il puisse s'attacher à moi d'une quelconque façon. Pourquoi tient-il tant à ce que je reste à l'université ?

– Je vais y réfléchir, lui assuré-je.

Il semble se radoucir.

– Tu souhaites que je te ramène jusqu'à ton appart ?

Mes muscles se tendent malgré moi. La bande ne connaît pas mon adresse. Si Ted m'y emmène, il l'aura, et pourrait ensuite la transmettre au reste du groupe. Ce n'est pas envisageable.

– Tu hésites parce que tu t'imagines que je vais donner ton adresse aux gars, n'est-ce pas ?

Je ne le contredis pas.

– Dis-moi l'intérêt que j'aurais à offrir plus de cartouches à Ez pour qu'il te fasse du mal ? m'interroge-t-il en avançant vers moi. Tu ne comprends pas, Lara. Je te veux pour moi seul. Il est hors de question qu'ils t'approchent.

Je me réjouis de la situation. D'ailleurs, je dois me mordre la joue pour ne pas paraître victorieuse. Mais je suis aussi soulagée. Si, en plus d'atteindre Ezrah, une relation avec l'un de ses meilleurs potes peut m'aider à me protéger de lui, c'est vraiment parfait. Un plan plus prometteur que prévu…

– OK, très bien. J'accepte, dans ce cas, dis-je en me mettant sur la pointe des pieds pour poser mes lèvres sur les siennes.

Quand j'entre dans l'appartement, Adèle me zieute du coin de l'œil, assise sur le canapé. Tony, quant à lui, me salue jovialement comme à son habitude.

– C'est qui cet « ami », Lara ?

– Eh bien, on peut dire que tu ne perds pas de temps, blagué-je pour détendre l'atmosphère.

Malheureusement, mon géniteur n'est pas le seul à me surveiller attentivement. Adèle est un chaperon performant.

Pourtant, c'est moi qui lui ai réclamé de m'accompagner jusqu'ici, puisque le nom de notre famille avait été sali et qu'il était hors de question qu'elle subisse les quolibets par ma faute.

Son regard fataliste me prend de court. La situation est délicate. Elle n'est pas loin de craquer et de téléphoner à notre père. Il faut à tout prix que je la tranquillise. Pourquoi ai-je dit « un ami » et non « une amie » ? Quelle idiote !

– Ce n'est pas ce que tu crois, répliqué-je avec un ton un brin trop acerbe, exaspérée de devoir me justifier. (Je me racle la gorge pour modifier le timbre de ma voix.) J'étais à une soirée avec ma coloc, et on a un peu trop bu, donc on est allées chez un pote à elle. Il s'appelle Jared, et si ça peut te rassurer, ce n'est pas du tout mon style d'homme.

– Ce qui me rassurerait, c'est que tu me préviennes quand tu découches.

– Tu n'es pas ma mère ! craché-je finalement, à bout de patience. J'ai 24 ans, donc si j'ai envie de dormir ailleurs et de ne pas en avertir tous les flics de la ville, c'est mon droit.

Ses yeux s'exorbitent de la même manière que si je l'avais giflée. Elle rougit à vue d'œil. Je ne suis plus la seule à être en colère, de toute évidence.

– Tu as 24 ans et, pourtant, tu te comportes comme une gamine, fulmine-t-elle. Tu crois quoi, au juste ? Que tu peux détruire la vie de papa et la mienne puis ensuite reprendre ton chemin comme si de rien n'était ?

Je me fige sous la déflagration que ses propos provoquent en moi. Elle s'en rend compte aussitôt, porte ses mains à ses lèvres.

– Ce n'est pas ce que je voulais dire, Lara. Excuse-moi.

Je n'écoute plus, ne comprends plus. D'un geste automatique, je me dirige vers mon sac, le récupère puis claque la porte d'entrée derrière moi. Je l'entends me héler dans le hall, mais c'est trop tard, je me jette littéralement dans la rue avant de bifurquer dans toutes les avenues que je croise pour semer ma cadette.

Au bout d'une heure de marche, je fais une pause. Je suis encore habillée et coiffée de la veille, je ressemble à s'y méprendre à un épouvantail. Ça n'a pas l'air de déranger les connards attroupés près d'un lampadaire, qui me sifflent en me faisant des signes de la main. Heureusement que nous sommes en plein jour. Je reprends ma route.

Les mots d'Adèle repassent en boucle dans ma mémoire. Elle dit vrai. J'ai bousillé leur existence. Ce n'était pas voulu. Jamais je n'aurais imaginé que mes choix seraient si dévastateurs. On pourrait croire que j'ai appris de mes erreurs, pourtant…

J'arrive près d'un parc pour enfants. Je décide d'y entrer et de m'installer sur l'un des bancs. Autour de moi, les gamins s'amusent sous l'œil attentif de leurs parents. Les mères sont vigilantes, certaines discutent, pendant que d'autres tuent le temps en lisant un bouquin entre deux regards. Les petits cris mutins résonnent dans l'air. La vie semble si facile. Mes pupilles se rivent sur une petite fille noire, dont la poussière a blanchi les mollets. En tailleur sur le sol, elle utilise ses doigts pour dessiner des formes devant elle, les sourcils froncés par la concentration. Elle est isolée des autres qui, eux, l'esprit moins artistique, continuent à se défouler. Je projette celle que j'étais à son âge sur son joli minois innocent. Combien de fois ai-je moi-même été dans un coin, à observer le monde défiler sous mes yeux ? Combien d'heures ai-je passées à tenter de décrypter le comportement de mes compagnons de jeu au lieu de les imiter pour profiter de mon enfance ?

Mon père, pensant bien faire, finissait par m'obliger à me décoller du banc pour rejoindre les autres. Alors, j'abdiquais puis grimpais, sans joie, sur l'échelle du toboggan. Je ne me forçais pas à rire ni à sourire. Je répétais l'opération jusqu'à ce que mon père s'avoue vaincu et qu'il m'autorise à revenir d'un signe las de la main.

J'aimais bien les enfants de mon âge. D'ailleurs, je me réjouissais quand l'un d'eux, me prenant en pitié, m'accordait du temps. Néanmoins, très vite, le fossé entre nous se creusait, et je devenais trop étrange pour que la sympathie de mon nouveau copain perdure.

Si mon cerveau ne tournait pas de façon si complexe, est-ce que mon existence se serait déroulée d'une autre manière ? Aurais-je fait des choix différents ? Me serais-je éloignée des démons qui ont jalonné mon chemin et vers lesquels j'ai couru ? Adam aurait-il réussi à avoir une emprise si profonde sur moi ?

Les boucles brunes de mon ancien compagnon se mélangent aux cheveux crépus de la petite fille. En me concentrant suffisamment, je peux presque de nouveau sentir son parfum, le contact de son épaule contre la mienne, le son de sa voix grave me susurrant qu'il m'aime, que je suis la femme de sa vie, que rien ne nous séparera jamais.

Si je ferme les yeux assez fort, pourrai-je invoquer son fantôme ?

CHAPITRE 26

Lara

La nuit est tombée depuis un moment. Le parc s'est vidé, les enfants ont déserté les lieux au fur et à mesure des injonctions de leurs parents. Je devrais avoir froid, je suppose, ou faim. Au choix. Pourtant, perdue dans les méandres de mes pensées, plus rien n'existe. Lorsque mes émotions sont trop intenses, mes besoins physiologiques se mettent en sourdine, comme pour laisser l'espace suffisant à ce cerveau qui me pompe parfois toute mon énergie.

Les reproches de mon entourage sont difficiles à supporter. Je ne peux plus me raisonner, l'accablement me tombe dessus.

Mon téléphone vibre régulièrement depuis des heures. Il est injuste d'ignorer les sollicitations de ma sœur, mais je ne me sens pas prête, bien trop fébrile pour décrocher.

Je ressens vaguement une présence qui approche. Mes paupières battent doucement. Mon environnement est flou, je suis atone. La personne me frôle, je peux dorénavant l'apercevoir dans ma vision périphérique. Quand elle s'installe près de moi, j'inspire une longue goulée d'air que j'expire profondément.

– Tu penses souvent à lui ? me demande Adèle.

Elle m'a retrouvée. J'imagine qu'après plusieurs heures à tenter de me localiser, la zone de recherche s'est réduite.

– Ça m'arrive, oui, confirmé-je.

À son tour de pousser un grand soupir.

– Pourquoi tu ne me parles pas, Lara ? Pourquoi tu t'isoles ?

– Tu ne comprendrais pas. Je sais déjà que c'est inexplicable pour toi qu'Adam puisse encore vivre dans mon esprit malade.

– N'importe quoi ! Non seulement tu n'es pas malade, mais en plus, ce serait l'inverse qui m'inquiéterait sérieusement sur ta santé mentale.

Je hausse les épaules.

– Si tu le dis.

– Lara, je sais que cette histoire nous a… enfin, t'a bouleversée. Mais si c'est allé si loin, c'est justement parce que tu as refusé de te livrer à nous.

– Si j'en avais discuté avec vous, vous m'auriez empêchée de le revoir.

– Évidemment, souffle-t-elle, choquée par ma réflexion. Tu ne crois pas que c'est ce qu'il aurait mieux valu ?

– Sûrement.

Un silence plane pendant quelques secondes, je sens son regard sur moi.

Jamais je n'ai parlé de cette façon de l'incident. Toutefois, là, tout de suite, j'en ai marre de faire semblant. De répéter en boucle que je ne pense plus à Jason, que je déplore notre amitié. Que je ne songe plus à Adam, que je n'aurais jamais dû tomber amoureuse de lui.

Pendant des mois, des années même, j'ai exécuté à la perfection la partition que l'on souhaitait me voir jouer. Ce soir, je suis trop fatiguée. Je m'en voudrai demain. Ma raison est altérée par le labyrinthe truqué que ma psyché a parcouru toute la journée.

– Tu ne… Tu ne regrettes pas ? s'inquiète-t-elle, la voix tremblante.

– Si, Adèle, abdiqué-je finalement, peu encline à me lancer dans un combat de cette taille. Si, je regrette.

J'ai bien peur de ne pas être très convaincante.

Nous restons seules, assises sur ce banc. Aucune de nous deux ne reprend la parole, et après un certain temps, nous nous relevons. Il est l'heure de rentrer.

***

Adèle n'a pas contacté notre père. Cependant, l'ambiance demeure froide, voire électrique. Même Tony, avec son caractère enjoué, n'a pas réussi à atténuer la tension du week-end. Je ne sais pas si j'affabule, mais leurs liens semblent se distendre. Ma cadette paraissait distante, malgré les efforts de son petit ami pour la dérider. Quoi qu'il en soit, j'ai hâte de retourner à la résidence universitaire. Ici, j'étouffe. Camilla ne connaît rien de mon passé. Avec elle, je peux évoquer la bande d'Ezrah sans qu'elle m'examine avec suspicion.

Il est plus de deux heures du mat', et je carbure encore sur mes révisions. Les fiches s'accumulent sur le plan de travail qui sépare la cuisine du salon. Adèle et Tony sont partis se coucher depuis belle lurette. Je tente de rester concentrée, malgré le fait que la menace d'Ezrah me préoccupe. Ted m'a prévenue, son leader n'hésitera pas à la mettre à exécution. Si j'ai réussi à échapper au courroux de mon père sur ma première expulsion, nul doute que je n'aurais pas la même chance pour la deuxième. Je ne dois mon salut qu'à l'un des gars, qui a usé de son pouvoir pour faire changer d'avis le doyen. Je n'aurai pas toujours quelqu'un derrière moi.

Je ne vois qu'une solution : accepter de participer à son jeu, qui m'inquiète autant qu'il m'attire…

***

Le premier cours de la matinée est une horreur. Le manque de sommeil se fait cruellement ressentir. Je m'endors à moitié, d'autant que l'histologie embryologique ne m'aide pas à demeurer alerte.

Quand l'heure se termine, c'est un véritable soulagement. En sortant de la salle, je tombe sur le professeur Sayer, qui nous enseigne l'anatomie, et je me crispe. Je n'ai plus été seule avec elle depuis l'incident de la morgue, soucieuse de quitter ses cours le plus discrètement possible. Elle plante son regard morne sur moi, avant de se diriger dans ma direction. Je sens que la discussion va être houleuse.

– Mademoiselle, c'est un plaisir de vous voir. Je dois dire qu'il a été difficile de vous croiser, ces dernières semaines, commence-t-elle d'un ton acerbe.

Je ne trouve rien à répondre, me contentant de soutenir son regard.

– J'ai eu vent de vos exploits légendaires en salle d'autopsie. (Elle marque un temps d'arrêt pour jauger ma réaction, qui demeure neutre.) Je dois dire que j'ai été fort étonnée de vous retrouver en cours. Une exclusion aurait été plus que méritée. Ma propre réputation a été impactée par votre comportement odieux.

– Je suis sincèrement désolée, tenté-je, consciente de ne rien pouvoir dire d'autre pour ma défense.

– C'est la moindre des choses. Je tiens tout de même à vous informer que désormais, au prochain manquement, même le plus insignifiant, ne serait-ce qu'un papier jeté en dehors d'une poubelle, je vous ferai renvoyer.

Sur ces mots, elle tourne les talons, me laissant expirer l'oxygène qui s'était bloqué dans ma gorge. Je suis plus que jamais sur la sellette. Que je le veuille ou non, j'ai besoin que la bande d'Ezrah soit de mon côté. Si j'hésitais encore, je n'ai, à présent, plus aucun doute. Je dois aller les retrouver ce matin.

Je pars donc à leur recherche, même si un simple message à Ted aurait suffi pour savoir où ils se trouvent. Bizarrement, Ted ne m'a pas demandé mon numéro. Notre génération est assez branchée technologie, et je n'aurais pas imaginé que Ted ne fasse pas partie de ces jeunes adultes drogués aux réseaux sociaux.

Voici dix minutes que je déambule entre les différents parterres de pelouse parfaitement entretenus. L'automne a déversé son lot de pluie, et l'herbe resplendit. Maintenant que nous approchons de l'hiver, les feuilles de chêne cuivrées entament leur décomposition, se raréfiant même à certains endroits.

L'atmosphère devient plus sèche, le vent plus glacé. Le menton enfoui dans mon écharpe, je songe à bientôt m'acheter un manteau plus épais que ma pauvre veste en jean, quand la voix de Mehdi résonne à ma droite. J'aperçois le groupe sur les escaliers du bâtiment principal. Je recule en catastrophe avant qu'ils ne me voient puis me colle contre le mur afin d'écouter leur conversation.

– Tu seras avec elle, ce soir ? questionne Max.

– Avec qui ? réplique Ezrah.

Sa voix grave vibre jusqu'au centre de ma poitrine. Il n'a dit qu'une seule malheureuse parole, pourtant, déjà, mon corps se réveille, aidé par ma mémoire qui relance le film de nos ébats du jacuzzi.

– Avec Haley.

Haley ? Il est de nouveau en couple avec elle ?

– Non.

– Et pour Lara ? intervient Max, faisant bondir mon rythme cardiaque.

– Comment ça, pour Lara ?

– Tu vas lui demander de venir ?

– Non plus. Je ne veux pas d'elle là-bas.

La rage me brûle l'œsophage.

– Je suppose que ce sera chez moi ? les coupe Kayron.

– Faisons plutôt ça chez moi.

Cette déclaration a l'air de faire sensation, puisqu'un moment de blanc m'oblige à tendre l'oreille.

– Chez toi ? Mais… on n'a jamais fait de soirée chez toi.

– Justement, ce sera l'occasion. Je vous attends pour 20 h. Le code de l'ascenseur est 6784. Je le changerai après votre départ.

6784. Je me presse de noter l'information dans mon téléphone. Mon Dieu, il vient de me donner la clef pour accéder à son logement. Je ressens une joie intense. J'effectue quelques pas en arrière puis me hâte de retourner en cours.

Si on excepte le vent qui me lacère le visage, cette journée s'annonce parfaite.

CHAPITRE 27

Lara

Je ne suis pas allée à sa rencontre pour accepter le marché. L'idée de m'infiltrer chez lui me paraît être une meilleure option. Si je déniche de quoi le faire chanter à son tour, je serai libre. C'est un risque à prendre, puisque sa deadline à expirer. Pour le moment, personne ne m'a escortée jusqu'à la sortie de l'établissement.

Aujourd'hui, je n'ai pas de cours en commun avec les gars. Cela me va parfaitement. J'écris un SMS à Camilla pour la prévenir de mon absence.

Lara : Je rentrerai tard ce soir. Ne sois pas surprise si tu entends du bruit dans ton sommeil.

Quelques minutes après, elle me répond.

Camilla : Qu'est-ce que tu mijotes encore ?

Lara : Tu seras la première personne à qui je raconterai tout ;)

Camilla : Ça finira mal, ma jolie Lara. Mais j'ai hâte de tout savoir hahaha.

Lara : Possible, mais pas forcément pour moi.

Dès qu'arrive 17h, je me rue dans ma chambre pour récupérer mon sac et passer l'appel déterminant la suite de mon plan.

Alors que je crois tomber sur la messagerie, Finn décroche in extremis.

– Salut, marmonne-t-il la bouche pleine.

– Je te dérange, peut-être ?

– Non, du tout, je bosse sur le décryptage d'un algorithme de chiffrement.

Je sourcille.

– Ah ! Ça m'a l'air… complexe.

– Hum… Non, pas tant que ça.

– Euh, d'accord, bredouillé-je. Bref, je t'appelle parce que j'aurais besoin de tes services.

– Encore ?

– Je sais, oui. Mais le combat que je mène nécessite plus d'une paire d'as dans sa manche.

Il se marre doucement.

– Combien ça me coûterait de te demander les coordonnées d'un joueur de basket connu ?

Je ne suis pas idiote, il est évident que l'endroit où vit un sportif ne se trouve pas dans l'annuaire ou sur n'importe quel site internet. Mon interlocuteur déglutit à plusieurs reprises. Je suppose qu'il était en train de boire, quand il me répond enfin.

– Ça dépend, me dit-il avec flegme. Tu veux juste son adresse ou un code pour ouvrir un portail ?

Il fait sûrement référence à la clef qu'il m'avait envoyée en express pour me permettre d'entrer dans le véhicule d'Ezrah. L'avantage avec Finn, c'est que sa conscience morale est aussi peu développée que celle d'un mollusque. Un privilège à mes yeux, mais une catastrophe entre des mains plus perverties que les miennes. Je n'imagine pas ce dont serait capable mon rival avec un atout pareil.

– Seulement l'adresse.

– Je te le fais pour 300 dollars.

Mes yeux s'écarquillent.

– Eh ben. On peut dire que tu deviens gourmand, grogné-je.

Il ricane à nouveau.

– Je dirais que c'est le prix d'une paire d'as dans la manche.

– Marché conclu. Je te fais le virement dans la soirée.

– Pas de problème, je te fais confiance. Donne-moi le nom de ta cible.

Il me promet de m'envoyer l'adresse le plus vite possible, et il tient parole : quelques minutes plus tard, je reçois mon précieux renseignement. Ça a l'air d'être un jeu d'enfant pour lui. Je rage de lui devoir une somme pareille pour un service qui lui a pris à peine dix minutes.

Mes sourcils s'arquent quand je découvre l'information. Le quartier de Fell's Point, rien que ça… On ne se prive de rien lorsqu'on est basketteur pro.

Si j'ai bien compris, les autres gars devraient être présents à 20 h. Le problème est de savoir si Ezrah est chez lui en ce moment.

Comme si l'univers m'offrait un signe, nous nous croisons au moment où je prends la direction du parking. Il m'ignore totalement, le regard vissé sur l'horizon. Cette attitude me dérange. Il souffle le chaud et le froid avec maîtrise. C'est une technique de manipulation très performante. Je le sais, et pourtant, ça n'apaise pas la blessure de mon ego.

Je n'ai pas beaucoup de temps, je fonce au pas de course vers ma voiture. Je vais devoir rouler un moment, le campus étant situé assez loin du centre-ville de Baltimore où vit Ezrah.

Je connais son quartier de nom pour l'avoir aperçu régulièrement lors de nos recherches d'appartement avec Adèle. Il n'était toutefois pas dans nos moyens. C'est un très bel endroit, sans conteste. Situé au bord de l'eau, il abrite les bars les plus branchés.

L'entrée de son immeuble est impressionnante. Tout en vitraux, elle contraste avec les pierres brunes apparentes du hall. À l'échelle humaine, l'entrée paraît disproportionnée. Je me gare rapidement dans une ruelle parallèle, légèrement anxieuse.

Les jambes flageolantes, je me dirige vers le bâtiment, consciente d'être sur le point de pénétrer par effraction chez un individu. Quand bien même cet individu est Ezrah, il n'en demeure pas moins que je suis en train de franchir à nouveau la ligne rouge. Je pourrais aller en prison pour cela. Une bouffée de chaleur me donne la nausée. Je m'arrête puis m'adosse contre le mur.

Vaut-il vraiment la peine que je prenne tant de risques ? Suis-je prête à aller aussi loin ?

Si je vois la chose sous un autre angle, lui ne s'est pas gêné pour commettre des actes immoraux et répréhensibles par la loi. Il n'a pas eu peur en m'agressant sexuellement. Pourquoi devrais-je tergiverser ?

Je cherche en moi le courage de stopper les alertes rouges de ma conscience puis avance vers la porte barricadée. Un voisin sort et me salue gentiment, non sans me toiser en douce au moment où je franchis le seuil. L'intérieur est à la hauteur du prestige attendu. Je marche sur une moquette duveteuse tapissant l'intégralité du sol. Plusieurs lustres modernes surplombent l'ensemble.

Je ne m'attarde pas sur les détails, souhaitant éviter d'attirer l'attention.

Une jeune femme radieuse et tirée à quatre épingles est installée derrière le comptoir d'accueil. Elle me regarde approcher sans le moindre dédain. Cela prouve que la règle d'or en matière d'argent est de ne jamais juger un portefeuille à l'allure de son propriétaire.

– Bonjour, commencé-je. Serait-il possible de m'indiquer où se situent les ascenseurs, je dois rejoindre un ami qui m'a communiqué son code d'appartement.

J'ai conscience que ma phrase peut être ambiguë.

– Bien sûr, mais avant, puis-je connaître le nom de votre ami ?

Eh merde. Si je le lui dis, lorsqu'Ezrah se présentera, il y a de fortes chances pour qu'elle lui indique que son « amie » est bien présente et l'attend sagement chez lui.

– Eh bien, bredouillé-je en triturant nerveusement une mèche de mes cheveux, voyez-vous, cet ami est… (Je balaye l'espace d'un coup d'œil latéral avant de m'accoler au comptoir.)… marié.

Ni lui ni moi ne voulons que cette histoire s'ébruite, et il m'a assuré que votre établissement était digne de la plus grande discrétion. Je lui ai fait confiance…

Elle m'examine, tiraillée entre le règlement et la crainte de commettre une erreur de jugement qui pourrait être fatidique à la réputation de la résidence. Comme aucun de ses collègues n'est présent pour l'aider à trancher, je fais mine de reculer.

– Il vaudrait mieux que je m'en aille, chuchoté-je en feignant d'être angoissée à l'idée d'être découverte.

– Non, se précipite-t-elle à répondre. Non, allez-y, bien sûr. Je dois veiller au respect de l'intimité de nos habitants. Vous trouverez les ascenseurs au fond à droite.

Elle m'adresse un petit sourire plus crispé que celui offert lors de mon arrivée. Je ricane en me dirigeant vers l'ascenseur.

À l'intérieur, je fais moins la maligne. Mon cœur martèle ma poitrine avec une telle force que je jurerais l'entendre. Je compose le code de mes doigts glacés et tremblotants. La machine entame aussitôt son ascension vers mon futur crime.

Je suis au bord du malaise. Cette sensation me ramène des années en arrière, à cette période de mon enfance où j'ai franchi la ligne rouge.

Au moment où les portes s'ouvrent puis se referment, j'inspire une grande goulée d'air puis pénètre dans les lieux. S'ils sont surveillés par une caméra, je suis fichue. À première vue, je n'en distingue aucune, alors j'ose m'aventurer un peu plus loin. Toujours aucun système de sécurité en vue. Je souffle de soulagement.

J'ai l'impression de fouler un sanctuaire. L'odeur masculine de son parfum ainsi que les affaires personnelles disséminées un peu partout, parfois même en désordre, me font me dire que cet endroit compte à ses yeux. C'est plus qu'un logement.

Quelques vêtements traînent sur un fauteuil, malgré tout, cela reste propre. La décoration est épurée et délicate, dans les tons beiges, avec quelques notes terracotta. La deuxième chose qui me saisit est la vue singulière qui donne droit sur la ville. On peut y voir l'aquarium national de Baltimore ainsi que son musée d'art. Je suis subjuguée.

Je me force à interrompre ma contemplation. Le temps presse. L'écran de mon téléphone indique 18 h. Il pourrait rentrer à n'importe quel moment, alors il me faut trouver rapidement un élément compromettant.

Je prends la direction d'un long couloir. La première pièce que je découvre est une salle de bains moderne en marbre noir. Je louche sur la douche à l'italienne vitrée, avant de refermer doucement la porte.

J'entre ensuite dans une pièce qui, si j'en juge le dressing complet de sneakers Nike, doit être sa chambre.

Son odeur ici est entêtante, voire… envoûtante. Une chaleur se répand dans mon bassin à la seule vue de son lit aux draps légèrement froissés. Je l'imagine alors allongé au-dessus de moi… Un profond sentiment de honte me submerge. Je secoue la tête puis fonce vers les tiroirs de sa table de chevet.

J'y trouve des montres hors de prix, de grandes feuilles à rouler ainsi que des… capotes. Hormis la taille des feuilles qui m'apprend qu'Ezrah est un fumeur d'herbe, rien n'est alarmant. Si j'utilisais cette preuve face au doyen, j'aurais l'air totalement ridicule. Fumer de la drogue, même si c'est interdit, ne constitue pas un motif de renvoi, surtout si c'est réalisé dans la sphère privée.

Passons à l'armoire jouxtant son dressing où rivalisent toutes les marques américaines de vêtements de sport, d'Adidas jusqu'à Under Armour.

J'effleure du bout des doigts ses vêtements, rangés à la perfection. J'ignore pourquoi cet homme me fait tant d'effet, mais depuis la scène du jacuzzi, mes pensées sont devenues difficilement canalisables et souvent érotiques. Si Haley ne nous avait pas surpris, j'ignore si j'aurais eu la volonté de l'arrêter. Quand son sexe s'est positionné contre ma cuisse, à quelques centimètres de l'endroit propice, ma raison me hurlait de le stopper, mais mon corps, lui…

Il n'y a rien de plus imprudent dans ce contexte que de me jeter droit dans l'antre de la tentation, mais je dois me libérer de son joug par tous les moyens. Je ne peux pas le laisser me faire chanter sans réagir. Je ne sais pas où sont ses limites, si tant est qu'il en ait…

Je ne trouve rien de spécial dans l'armoire, l'abattement m'envahit. Si je ne déniche rien, j'aurai pris tous ces risques pour rien. Au moment où je reconnais avoir été totalement stupide, j'entends la sonnette de l'ascenseur annonçant son ouverture.

CHAPITRE 28

Lara

Army – Besomorph, Arcando, Neoni

Mes cheveux se dressent sur le sommet de mon crâne. Le pic de cortisol dans mon système me provoque des fourmillements qui annoncent un possible valaise vagal.

Je ne peux pas laisser cela arriver. S'il me trouve ici, je suis bonne pour l'exclusion, ou pire…

Ni une ni deux, je pars en quête d'un endroit où me cacher alors que je l'entends arpenter l'appartement. Je me félicite de ne rien avoir touché dans l'entrée et le salon. Là-bas, rien ne trahira ma présence inconvenante. J'ai encore le temps de trouver où me planquer, à moins qu'il vienne directement dans sa chambre.

Oh, mais ce n'est pas vrai ! Il se rapproche. Je n'ai plus le choix, je me faufile dans le seul placard assez grand pour m'accueillir et fais glisser la porte coulissante, juste au moment où Ezrah pénètre dans les lieux. Dans la précipitation, je n'ai pas eu le temps d'observer les vêtements qu'il contenait, mais en les touchant du bout des doigts, il semble que la barre de penderie qui m'empêche de me redresser soit remplie de maillots de basket. Dieu soit loué, de toute évidence, il n'a pas match ce soir, puisqu'il organise une soirée.

Ma vue se trouble. À ce stade, je ne peux plus dire que je suis stressée, non, je suis terrorisée. Un interstice me permet d'observer furtivement ce qui se déroule dans la chambre. Pendant quelques secondes, je ne vois plus Ezrah, pire, je ne l'entends plus. Mon cœur bat si puissamment que je crains l'arrêt cardiaque.

Une oreille humaine est-elle capable de percevoir le débit sanguin déréglé à l'intérieur d'une artère ? Peut-elle discerner les tremblements qui secouent des muscles ankylosés ?

Enfin, il réapparaît en coup de vent. Je laisse échapper un soupir de soulagement. Il ne m'a pas remarquée, n'a même pas regardé dans ma direction. Il marche en tapant un texto.

À qui écrit-il ? Haley ? Je pince les lèvres. Moi, Ezrah ne me courtise pas, il me harcèle. Il n'a d'ailleurs jamais tenté de me faire croire le contraire.

Je l'entends farfouiller dans le dressing collé à ma cachette. Ma position est loin, très loin d'être confortable. Je me concentre de toutes mes forces pour ne pas bouger d'un millimètre. Je prie pour qu'il aille se doucher afin que je puisse essayer de m'éclipser. Quand il prend la direction de la salle de bains, ses vêtements sur l'avant-bras, je retiens une exclamation de joie.

Une musique de rap américain retentit puis, juste après, le bruit familier d'un jet d'eau. Alléluia ! Il se douche. J'attends encore quelques secondes, priant pour qu'il ne fasse pas demi-tour pour venir récupérer quelque chose, puis m'extrais de mon abri de fortune, les jambes flageolantes. Mon état de nervosité frise l'hystérie. Il est urgent que je sorte d'ici.

D'un pas aussi léger que possible, j'approche du couloir. Des gouttes de sueur perlent à la racine de mes cheveux. Je passe la tête dans l'entrebâillement de la porte, et ce que je vois me glace le sang pour la seconde fois en trop peu de temps.

La porte de la salle de bains est grande ouverte. Non seulement elle gêne le passage, mais en plus, il est totalement exclu que je passe devant sans qu'il me remarque.

C'est une catastrophe. Bouche bée, j'observe les lieux, cherchant une solution qui ne vient pas. Pour retourner dans l'entrée, je dois emprunter ce couloir.

Quand le jet d'eau s'interrompt, je n'ai plus qu'à faire marche arrière pour retourner dans ma planque, rageuse, honteuse. Je suis vraiment ridicule. Si le karma existe, il est actuellement penché sur mon cas.

Cette fois, je fais le choix, risqué, de laisser la porte du placard ouverte de quelques centimètres pour avoir une meilleure vue sur la chambre. Cela m'aidera à en savoir plus sur ses activités et à quels moments espérer m'échapper de cette situation bien délicate.

Il réapparaît totalement nu, une serviette autour du cou pour seule lingerie, dégoulinant encore d'eau. Mes yeux s'agrandissent lorsqu'ils descendent vers son entrejambe. Je l'ai déjà aperçu brièvement dans les vestiaires, et pourtant… Il n'est pas compliqué de comprendre pourquoi la nudité ne lui pose pas de souci. Je me demande combien de femmes ont déjà succombé à ses avances et profité de ses… atouts.

Dans d'autres circonstances, je pourrais ressentir un profond désir en admirant cet homme dans le plus simple appareil. Or, à cet instant, la nuque ployée et le cœur en tachycardie, je prie juste pour qu'il aille s'enfermer dans une pièce, loin, très loin de moi.

Je n'ai pas cette chance. Il se met à siffler en rythme avec la musique avant de repartir vers la salle de bains puis d'en revenir une minute plus tard, vêtu d'un caleçon et d'un jean noir, qui permet d'apprécier la courbe de ses cuisses toniques. Il glisse une ceinture dans les passants du pantalon. De longues veines saillantes sillonnent ses avant-bras tatoués dont les muscles roulent pendant qu'il s'active à la boucler. Torse nu, il ferait se damner un ange.

Dans un flash, je m'imagine laisser courir mes doigts sur son épiderme. Dessiner le contour de ses abdos avant d'y passer ma langue. Quel goût peut bien avoir sa peau ? Est-il aussi puissant que son odeur ?

Une bouffée de chaleur m'envahit malgré moi.

Pathétique.

Heureusement, il met fin à ma contemplation en enfilant un tee-shirt orange fluo oversize dont le tissu tombe jusqu'à ses cuisses.

Ezrah se dirige alors dangereusement vers moi. Je recule au maximum, mon crâne entraînant avec lui les maillots et les cintres, produisant un affreux tintement qui manque de me faire défaillir. Mon ennemi ne semble pas l'avoir remarqué puisqu'il attrape un flacon de parfum dont il s'asperge. Je ne peux m'empêcher d'être exaspérée à l'idée qu'il se parfume pour séduire.

D'ailleurs, quelle heure est-il, au juste ? Je déverrouille mon téléphone avec le plus de discrétion possible. 19 h 45. C'est terminé, je n'aurai plus l'occasion de partir. Au moment où les invités arriveront, trop d'individus seront susceptibles de me surprendre. Il serait toujours envisageable de passer pour une convive, mais espérer traverser cet appartement sans croiser un seul gars de la bande est une douce utopie.

Mon sort se scelle définitivement lorsque résonne la musique de l'ascenseur. Bordel de merde. Comment ai-je pu me laisser piéger de la sorte ? Une bouffée d'euphorie mêlée à l'adrénaline qui coule encore dans mes veines m'amène au bord du fou rire. La situation est si pitoyable que je suis obligée d'écraser ma bouche avec la paume de ma main pour ne pas glousser comme une idiote. Mes épaules tressautent d'un ricanement silencieux.

Ezrah quitte la pièce pour aller accueillir les premiers invités, dont je reconnais les voix fanfaronnes : Kayron, Max et Mehdi. Un peu en avance… Ted est-il également présent ?

L'idée me vient de demander à Jared le numéro de Ted afin de lui raconter ma mésaventure. Peut-être m'aiderait-il à m'éclipser? Seulement, je ne lui fais pas confiance. Sa loyauté envers Ezrah n'en est pas au stade où il pourrait la trahir pour moi. Je ne suis pas suffisamment ancrée dans sa vie. Pour ça, peut-être devrais-je commencer par coucher avec lui? Ted aussi m'attire, à sa manière. Peut-être que je pourrais franchir la ligne avec lui... Surtout si cela me permet de gagner la guerre qu'Ezrah a déclarée.

***

Le temps s'étire. Par chance, malgré mes hanches généreuses, je reste suffisamment fine pour m'asseoir dans le meuble. Je n'ai pas osé sortir de ma planque. J'ignore qui pourrait débouler dans la pièce, bien que j'aie entendu Ezrah la fermer à clef peu après que nombre d'invités sont arrivés. Depuis, j'ai ouvert la porte du placard afin de ne pas crever de chaud ou mourir intoxiquée par mon propre CO_2. J'aurai juste à la refermer dès que la serrure tournera. Je suis résignée à devoir attendre qu'il s'endorme pour partir de cette prison, dans laquelle je me suis moi-même jetée. J'ai tout le loisir d'observer les lieux.

Les ricanements féminins qui me parviennent me tapent sur le système. Non seulement parce que je les envie de participer à la fête sans être cloîtrées dans un placard, mais parce qu'en plus, je n'ai pas oublié ses paroles: « Je ne veux pas d'elle là-bas. » Ces mots animent une colère qui se diffuse lentement dans ma poitrine.

Pour m'occuper, par chance, j'ai mon téléphone. Ça fait plus d'une heure que je scrolle mes divers réseaux sociaux. Cependant, je m'ennuie terriblement et, surtout, je suis épuisée par l'ascenseur émotionnel que je viens de vivre.

J'écris à Camilla pour me distraire, toutefois elle ne me répond pas, sûrement occupée avec Melissa. Je souffle en basculant mon crâne contre le bois. Je suis tentée de continuer l'exploration des lieux, alors je sors ma tête pour balayer la chambre du regard.

Portée par mon envie de me dégourdir les muscles, je me redresse puis glisse sur la moquette, lorsque la serrure cliquette. Comme une furie, je fais marche arrière, et referme la porte. Malheureusement, je ne suis pas assez rapide. Ezrah entre dans la pièce, sans remarquer que l'un des placards est étrangement entrebâillé. Pour cause, il encercle la taille d'une jeune femme, laquelle a les jambes nouées autour de ses hanches.

CHAPITRE 29

Lara

Je vais revivre la scène du jacuzzi, version intimiste, à la différence près qu'il ignore avoir une spectatrice. Ma respiration se coupe tandis qu'elle l'embrasse et qu'il verrouille sa porte à clef d'un geste vif, sans même s'interrompre. À ce moment précis, je n'éprouve plus la crainte d'être découverte.

Leurs bouches se mêlent avec sensualité, même si j'ai la satisfaction de ne pas l'entendre gronder comme lorsque c'était moi sa partenaire. Pourtant, nous ne nous sommes pas embrassés la dernière fois. J'en suis plus que satisfaite. À cet instant, notre corps à corps me semble déjà de trop. Cet homme me dégoûte. J'aimerais l'insulter ou le gifler, ou les deux…

Je n'en ferai rien, car bien que mes émotions soient hors de contrôle, ma raison, elle, me rappelle qu'Ezrah est loin de m'appartenir. Ezrah est un maître chanteur, un harceleur à bien des égards, peut-être même un violeur. Il n'est pas un individu qu'il m'est autorisé de désirer.

Ça ne doit pas se passer de cette façon. Après Adam, rien n'aurait dû me détourner du droit chemin. Pourtant, je passe ma vie à explorer les chemins de traverse. Il semblerait que je ne retienne pas les leçons que l'existence m'inflige.

C'est la raison pour laquelle le désir point derrière ce magma de fureur.

La jeune femme gémit bruyamment sous les caresses des mains viriles d'Ezrah puis glisse ses propres doigts sous le tee-shirt de son partenaire. La tension sexuelle est si forte qu'elle m'atteint. Je suis collée contre le fond du meuble, malgré tout, je ne peux me détourner du spectacle interprété devant moi. C'est inconvenant. Je devrais les interrompre et révéler ma présence avant que ça n'aille trop loin. Sûrement n'a-t-elle aucune envie de se faire mater par une inconnue dans un moment si intime. Cependant, c'est le cadet de mes soucis. La bouche close, le regard assassin, je laisse Ezrah dévêtir sa proie du soir sans un remords.

Même si elle n'y est pour rien, une petite partie de moi se réjouit d'avoir le pouvoir de la punir, elle aussi, d'une certaine manière. Elle n'apprendra jamais que je suis ici, alors j'estime ne pas lui faire réellement du tort. Ce n'est pas comme si je comptais utiliser mon téléphone pour la filmer ou la prendre en photo. Ma perversion n'irait jamais jusque-là. Le revenge-porn[3] a détruit des vies au point d'en pousser certains au suicide. Je suis un futur médecin, c'est tout à fait contre mes valeurs. Les images de cette « sextape » ne resteront gravées que dans ma mémoire. Sûrement est-ce déjà trop, à bien des égards.

Toutefois, ces émotions contradictoires m'interrogent. Pourquoi ai-je l'impression de glisser lentement sur la pente savonneuse de la jalousie ?

La musique de la fête continue de résonner dans cette partie de l'appartement, ce qui rend leur action d'autant plus érotique. *Woo* de Rihanna retentit si fort que les notes vibrent

3 Revenge-porn : technique consistant à divulguer un contenu sexuellement explicite sans le consentement de la ou des personnes concernées dans le but d'assouvir un désir de vengeance.

à travers mes os. La belle brune finit – trop rapidement – en sous-vêtements, et j'ai alors tout le loisir de voir Ezrah la parcourir d'un regard glacial. La pauvre frémit quand elle s'en aperçoit et tente de se coller contre son torse encore vêtu.

– À genoux, ordonne-t-il d'un ton doucereux.

Tremblante, elle s'exécute. Leurs profils vont m'offrir un meilleur angle de vue. À croire qu'il le fait exprès… Toujours aussi silencieuse, je me calfeutre du mieux que je peux, en tentant de calmer mes palpitations cardiaques qui n'ont plus rien à voir avec la peur.

Quand elle tâtonne pour retirer sa ceinture, le basketteur ne s'impatiente pas, se contentant de la toiser avec un mépris que je ne lui ai jamais vu.

Un malaise s'installe. Je le devine aux traits de la partenaire d'Ezrah qui s'applique à ne rien laisser transparaître. Raté. On peut déceler sans peine les questions qui traversent son esprit en observant son visage. Elle doit s'imaginer avoir mal agi, et cherche ce qui lui vaut ce revirement de comportement.

Son amant n'a pas l'air d'avoir l'intention de la rassurer. C'est pire au moment où elle abaisse son caleçon et que son sexe durci lui frappe la pommette. Une petite pique me contracte la poitrine lorsque je découvre que cette fois, il est suffisamment excité pour être en érection.

La jeune femme hésite un instant. Ezrah ne lui laisse pas plus de temps pour réfléchir.

– Suce, lui dit-il, toujours de son ton délicat, en totale opposition avec son attitude.

Elle obtempère, encore, et je ne peux m'empêcher de secouer la tête face à ce manque d'amour-propre. Ses jolies lèvres rouge rubis se posent finement sur le gland turgescent pointé devant son visage rosi de gêne ou d'excitation. Elle l'englobe d'un coup de langue généreux avant de river ses pupilles hésitantes dans celles beaucoup plus assurées de mon maître chanteur.

Il abaisse à peine son menton, ce qui donne une impression de pouvoir plutôt malsaine. La frontière entre partenaire et victime se brouille. Troublée, la jeune femme effectue la fellation, associant ses doigts à la danse. Les bruits de succion deviennent si audibles que le picotement dans mon entrejambe s'intensifie. Pour le chasser, je clos les paupières. Seulement, occulter la vision n'empêche pas les sons de pénétrer mes tympans. Mes cuisses se resserrent, automatiquement.

J'abdique, rouvre mes yeux qui plongent aussitôt sur le visage sérieux d'Ezrah, dont la bouche scellée n'exprime rien d'autre que la concentration. Sa main, dorénavant située à l'arrière du cuir chevelu de la belle brune, l'aide à enchaîner les mouvements de va-et-vient à un rythme qui lui correspond.

Au bout d'un moment qui semble durer une éternité, il se retire devant la mine circonspecte de sa partenaire.

– Mets-toi en levrette, face contre terre.

– Euh, oui, d'accord, bredouille-t-elle en se relevant pour prendre la direction du lit qui occupe le milieu de la chambre.

– Non, la coupe-t-il. Pas sur mon lit. Par terre.

Un silence plane, durant lequel les deux protagonistes sont tout aussi figés l'un que l'autre.

– Attends, je ne comprends pas, tu veux vraiment me…

– Soit tu fais ce que je te demande, soit tu vires d'ici, réplique-t-il d'un ton las. C'est aussi simple que ça.

Est-ce mon imagination ou les yeux de la petite brune deviennent-ils humides ? Ezrah doit le voir également puisqu'il prend une expression moins corrosive, presque bienveillante. Le masque du séducteur est de nouveau en place. D'un point de vue extérieur, c'est effrayant.

– Excuse-moi, ma jolie…

Ma jolie… Le même surnom qu'il me donne !

– Je suis légèrement tendu à cause des matchs qui arrivent d'ici quelques semaines. Mais fais-moi confiance…

(Il s'approche et vient caresser sa nuque en y déposant un baiser délicat.)… je te promets de me rattraper.

Ça a l'air de marcher. Le regard de la victime redevient langoureux. Une antilope sous l'emprise d'un guépard. Voilà à quoi je songe. J'aimerais lui hurler de se mettre à courir, de prendre ses jambes à son cou. Néanmoins, comme le ferait un photographe animalier, je ne peux qu'assister à l'inévitable mise à mort.

La petite proie s'installe donc à même la moquette qui risque de lui brûler les genoux. Le fait-il dans ce but ? Sans ménagement, Ezrah s'agenouille derrière elle, avant d'appuyer sur les cervicales de sa partenaire pour l'installer d'emblée dans la position qu'il souhaite.

Au loin, les hurlements de joie du reste du groupe sont de plus en plus audibles.

Depuis mon terrier, j'apprécierais presque de pouvoir voir sans être vue. J'en apprends plus que je l'imaginais sur mon adversaire. Je le savais manipulateur et vicieux, seulement, l'observer à l'œuvre est plutôt enrichissant.

Je ne crois pas si bien dire, car le sadisme d'Ezrah monte d'un cran. Tout en maintenant sa proie contre le sol, il se penche pour atteindre son matelas et y récupérer un coussin qui orne la tête de lit.

Quand il le dépose sur la chevelure brune, je pousse un léger cri de stupeur, heureusement camouflé par le bruit ambiant. Mes yeux s'ouvrent comme des soucoupes.

Bien entendu, la victime se rebelle, cherchant à se libérer de l'objet qui la déshumanise. Avec un râle franchement agacé et une mauvaise volonté manifeste, Ezrah la laisse se redresser.

– Tu fais quoi, là ? s'insurge-t-elle.

– Aucune des filles ne t'a prévenue ? grogne-t-il. Je n'aime pas voir les visages de celles que je baise.

Après un moment de silence, il ajoute d'un ton railleur :

– Sinon, je peux aussi te proposer un sac en papier.

J'observe l'échange, médusée. Je suis satisfaite, il est évident qu'elle va prendre ses cliques et ses claques et le laisser la queue entre les jambes. C'est tout ce qu'il mérite, ce salopard qui traite la gent féminine comme des poupées gonflables.

– Je t'ai promis que tu ne le regretterais pas, insiste-t-il. Seulement, c'est selon mes conditions. Tu es toujours libre de les refuser et de quitter cette pièce.

Une étincelle d'hésitation brille dans les prunelles de la jeune femme. Non… Ne me dites pas qu'elle hésite !

Dans le jacuzzi, m'aurait-il demandé de plonger la tête sous l'eau pour ne pas avoir à se coltiner mon faciès ? J'aurais adoré qu'il le fasse, pour avoir le plaisir de lui répondre…

Je lève les yeux au ciel, à deux doigts de souffler d'exaspération, quand, gentiment, la soumise se réinstalle avant d'agripper le coussin qu'elle écrase elle-même sur sa tête.

Le sourire victorieux d'Ezrah m'arrache une grimace. La question est de savoir s'il est réellement excité par sa partenaire ou si seul le fait de la soumettre le met en liesse.

Je remarque que son érection s'est un peu ramollie, sûrement à cause de la légère rébellion de son joujou. Je commence à réaliser que d'ici quelques secondes, ils vont s'accoupler sous mon nez. Comme pour illustrer mes propos, il se penche à nouveau, cette fois vers le tiroir de sa table de chevet que j'ai fouillé quelques heures auparavant. Il y récupère une capote dont il déchire l'emballage, pendant que j'observe tristement la pauvre fille, dont la position est plus que dévalorisante.

Comment peut-elle payer ce prix dans le seul but de coucher avec un mec, aussi beau ou célèbre soit-il ?

CHAPITRE 30

Lara

Une fois équipé, Ezrah écarte le fessier tendu fièrement devant ses yeux, avant de cracher dessus. Je grimace de plus belle. Je comprends son geste au moment où la salive se dirige vers la fente, dans laquelle il s'enfonce d'un coup de reins puissant.

Un cri de stupeur féminin se fait entendre. J'espère qu'elle ne souffre pas, possédée par cet engin sans aucune forme de douceur.

Je suis vraiment satisfaite d'assister à ce spectacle malsain, car même si mon corps est toujours en surchauffe, je suis totalement écœurée par lui. Une chose est certaine, mon désir à son égard est en train de s'éteindre.

Bien que la pénétration ait été violente, Ezrah a l'air de tenir promesse en créant des roulements de bassin qui deviennent suffisamment plaisants pour que des gémissements concurrencent le volume musical du salon. La malheureuse en oublie même de retenir le coussin qui camoufle son visage, et aussitôt, son partenaire s'interrompt. Elle comprend le message et le replace correctement.

Quand Ezrah reprend ses mouvements, je peux enfin discerner une nuance de plaisir sur ses traits austères. J'ignore pourquoi il se comporte de cette façon. Toujours est-il que, paupières closes, il la pénètre comme si sa vie en dépendait.

Quelques instants auparavant, je pensais être vaccinée contre son aura magnétique, pourtant, l'admirer en plein acte me remplit de diverses sensations contradictoires qui chamboulent mes certitudes. Si tous ces sentiments alambiqués me rendent nauséeuse, la luxure et le désir viennent, eux, réchauffer mon corps anesthésié.

Les mains de mon détracteur saisissent la chair tendre du postérieur qu'il laboure sans vergogne, avant de glisser sur le côté pour atteindre un point sensible du sexe féminin qui, chez moi, se met à pulser dangereusement.

Je l'imite et clos les yeux cette fois, pour tenter de me représenter ses paumes courir sur ma peau, se faufiler entre mes cuisses, remonter jusqu'à l'endroit crucial. S'il le faisait à ce moment précis, il verrait à quel point le simple fait d'y songer me rend fébrile. Son index glisserait dans mon intimité, sans que je le retienne. Je n'ai pas besoin de beaucoup d'effort pour imaginer ses doigts en moi. Je laisse mes sensations se mêler à ma mémoire, qui n'a pas omis un seul détail. Ma respiration s'intensifie, mon sang bout dans mes veines. Un puissant courant naît dans le creux de mon dos pour plonger directement vers mon bas-ventre. Les gémissements de la fille semblent devenir les miens, je ne contrôle plus rien et, alors qu'un cri de jouissance éclate, je suis incapable de dire à laquelle de nous deux il appartient.

Morte de honte, je rouvre les paupières, persuadée d'avoir été démasquée. Heureusement, même si je comprends au corps ramolli de la jeune femme que je n'ai pas été la seule à avoir été emportée par le plaisir, Ezrah reste concentré sur ce qu'il termine. Ses coups de reins vigoureux le font ruisseler de transpiration. Il est divinement beau, encore plus en plein acte coïtal.

Mon cœur loupe un battement quand je crois le voir jeter un œil dans ma direction avant de jouir dans un râle sourd. Ses phalanges blanchissent sur les hanches de la fille.

Pantelante, j'essuie la sueur qui coule de mon front. C'est à mourir de chaud, là-dedans. Vivement qu'ils déguerpissent d'ici. Je n'en peux plus. Je serais prête à me jeter par la fenêtre tant je rêve de m'échapper de cet endroit suffocant.

À mon plus grand soulagement, Ezrah se redresse dans la seconde après avoir éjaculé.

– Rhabille-toi et sors de là.

L'orgasme qui a déferlé chez sa partenaire la laisse tremblante. Le souffle court, elle met quelques secondes à réagir, avant d'obéir. Ezrah ne la presse pas mais lui jette un regard désabusé qui prouve son impatience.

— C'était réellement… super.

Il arque un sourcil.

— Ah bon ? Vraiment ?

Prise de court, ne sachant que répondre, la petite brune se contente de l'observer en battant des cils, les lèvres entrouvertes comme pour amorcer une phrase qui ne vient pas.

— Retournons au salon, tranche-t-il.

Au moment où il déverrouille et que les deux s'éclipsent, je pousse un long soupir en plongeant mon visage entre mes mains.

— Il va me rendre folle, chuchoté-je.

Je n'en peux plus, je m'extirpe de ma planque, étire mes muscles endoloris et m'empresse d'ouvrir la fenêtre. Le vent frais, surtout à cette hauteur, est un pur bonheur. J'inspire à grandes goulées en admirant les lumières de la ville qui rivalisent avec celles de la Voie lactée. La pollution lumineuse m'empêche de bien en discerner le voile, néanmoins, cette vision a toujours des effets apaisants sur mes méninges en ébullition.

Cette fois, ce n'est pas ma cervelle qui perd le contrôle. C'est une tout autre partie de mon anatomie. Une partie trop souvent en sommeil depuis Adam.

Lui aussi savait m'éveiller. Je l'aimais. Il est le premier homme que j'ai chéri de cette manière, bien qu'il ne l'ait jamais mérité.

J'ai rencontré ce beau brun ténébreux lors de ma dernière année de lycée. À l'inverse de Jason, lui a débarqué dès la rentrée scolaire, attirant l'intérêt de tous. Son assurance paraissait hors du commun. Il est sorti de sa décapotable comme un pur cliché de film pour ados, attirant l'attention des jeunes filles, puis il a traversé le parking et grimpé les marches qui menaient au bahut. Il les a toutes ignorées, moi comprise. Je me suis battue pour attirer son attention. Si j'avais su…

Ce n'est pas pour rien que j'ai flashé sur lui. Ce presque-coup de foudre n'avait rien d'anodin. Malheureusement pour moi, lorsque je l'ai compris, il était trop tard pour mon salut. Cette histoire maudite aurait pu tourner plus mal encore. Si je n'avais pas agi comme je l'ai fait, ce serait peut-être moi qui aurais défrayé la chronique…

Je sursaute lorsque le silence soudain me fait prendre conscience que la musique s'est arrêtée. Mon téléphone m'apprend qu'il est presque minuit. Les heures ont traîné avant d'accélérer subitement. L'issue est toute proche. Je n'ai qu'à attendre qu'il se couche et s'endorme. Je retourne dans le placard plus légère.

Je suis beaucoup moins enthousiaste au bout d'une heure d'attente et de solitude. Les bruits de la soirée sont devenus moins assourdissants, jusqu'à disparaître totalement, et depuis quelques minutes, l'eau coule. J'en déduis que tout le monde est parti et qu'il se douche à nouveau. De tout mon cœur, je prie pour qu'il soit seul. Je ne suis pas sûre d'avoir l'estomac assez accroché pour revivre un épisode de baise visuelle. Mon pied bat la mesure de l'impatience qui me gagne. J'en ai vraiment ras-le-bol et suis à deux doigts de craquer, quitte à me faire surprendre. Toutefois, ma persévérance est récompensée lorsqu'il apparaît dans la pièce, vêtu d'un nouveau caleçon. Je soupire de soulagement quand il s'installe sur son lit, son téléphone à la main.

Tic, tac, tic, tac. J'espère qu'il s'endormira vite. Seulement, il reste planté là, à regarder des putains de vidéos sur son portable.

Au bout d'un moment, il finit par reposer son iPhone et placer ses deux avant-bras à l'arrière de son crâne, avant de… planter son regard pile à l'endroit où je suis censée être dissimulée.

Une chute de tension me fait tourner la tête. Ses yeux se plantent dans les miens. Comment est-ce possible ? Un horrible sentiment de honte dépasse la peur qui me prend en tenaille.

— Alors, Lara, tu as passé une bonne soirée ? Rassure-moi, le temps n'était pas trop long ? me questionne-t-il, narquois, un léger sourire au coin de la bouche.

Le sol s'effondre sous mes fesses endolories. S'il existe un monde parallèle, je supplie tous leurs dieux (ou leurs démons) de m'y expédier sur-le-champ.

CHAPITRE 31

Lara

The Devin in I – Nikki Idol

Seul le bruit de mon souffle sporadique me parvient. Complètement tétanisée, j'ignore l'attitude à adopter.

– Sors de là, m'ordonne-t-il d'un ton sans appel.

J'obéis comme un automate, le visage sûrement plus rouge qu'une tomate mûre. J'ai passé une soirée entière dans ce trou à rat, pourtant, j'y retournerais sans problème si cela pouvait m'éviter ce qui va suivre.

Son petit rictus suffisant me rend dingue. Quand je suis debout face à lui, son regard glisse le long de mon corps, sans une once de pitié. Mon cœur ne décélère pas. Je le toise à mon tour, avec défi, bien qu'il ait toutes les cartes en main. S'il le souhaite, il peut appeler les flics.

Dans ce cas, je perdrais tout. Ma réputation, mon école, mon avenir, ma famille… *pour la deuxième fois*…

– Comment as-tu su ? demandé-je d'une voix blanche.

Son sourire s'étend. Il sait depuis le début.

– Parce que j'ai attiré mon petit poisson jusqu'au bout de la ligne et qu'il a gobé tout rond l'asticot.

Le vertige me gagne à nouveau. Je suis affaiblie par ces montagnes russes émotionnelles. Je perds mes repères, j'en perds ma force. Ses manipulations incessantes me rendent littéralement stupide. Je suis censée posséder une intelligence hors norme, pourtant, il m'utilise comme un vulgaire pantin.

Insensible à mon silence et ma vulnérabilité évidente, il insiste.

– J'avoue que je n'étais pas persuadé de t'avoir, cette fois-ci. Déjà, il m'a fallu attendre que tu te décides à venir me voir pour accepter ma… proposition. Lorsque je t'ai vue sortir du bâtiment en cherchant autour de toi, comme un chiot après son maître, j'ai su que tu venais pour moi.

Je me tends dangereusement à cette comparaison. Mon poing resserré tremble d'impatience de heurter cette bouche insolente.

– Malgré tout, reprend-il, balancer le code de sécurité de mon appartement alors que n'importe qui aurait pu m'entendre était un risque. J'imaginais que tu verrais le coup fourré. Finalement, j'en déduis que tu ne me connais juste pas assez. Ensuite, je n'ai plus eu qu'à attendre que tu prennes ton courage à deux mains et que tu déboules ici pour tenter, je suppose, de trouver des éléments compromettants sur moi ? À moins que ce soit pour me piquer du fric ? Tout compte fait, moi non plus je ne te connais pas tant que ça.

D'un mouvement, il se redresse.

– Pourtant, continue-t-il, j'adorerais que ce soit le cas. Ce qui est génial, c'est que tu as marché droit vers le piège sans même hésiter. C'était un tel jeu d'enfant qu'il m'a fallu pimenter tout ça.

Quand il bondit hors de son lit, je recule instinctivement. Bon sang, Lara, tu sais te battre, pourquoi te transformes-tu en statue à son contact ? *Parce que le spectre d'Adam me brouille l'esprit.*

Comme durant mon enfance, le danger me met en transe. Alors que mon dos cogne contre le bois du dressing, une brûlure familière vient alimenter mon système sanguin. Ses yeux émeraude me fixent avec une intensité peu commune.

– Est-ce que ça t'a plu, ma jolie ?

Mon estomac se contracte en entendant ce surnom qu'il donne à toutes ses victimes.

– Ne m'appelle pas comme ça, craché-je.

– Comment ? Ma jolie ? ricane-t-il. Pourquoi ? Ça te rappelle de mauvais souvenirs ?

Mes sourcils se froncent, a-t-il fait exprès de l'appeler ainsi ? Était-il conscient que cela me m'agacerait ? Je cille au moment où je réalise que tout est calculé, tout est programmé pour que je suive docilement le chemin qu'il a prévu. Il est temps que je prenne la clef des champs.

– Je vais te dire un truc, Ezrah, peut-être qu'effectivement, tu m'as eue. J'ai sans doute été trop naïve ou stupide. Seulement, je ne sais pas ce que tu t'imagines, mais tu es loin de me faire le moindre effet. J'ai assisté à ta petite baise pathétique avec le plus grand désintérêt.

Mes paroles l'atteignent. Ses sourcils s'arquent pendant qu'il hoche légèrement la tête.

– Avec le plus grand désintérêt, dis-tu ? Je me demande bien ce que ça donne quand tu es « intéressée », alors. (Il mime des guillemets.) Parce qu'avoir un orgasme sans même être touchée, ça promet pour l'avenir, lorsque les choses sérieuses commenceront entre nous.

Parfois, les mots sont trop faibles pour exprimer ce que l'on ressent. Par exemple, la honte, la gêne, l'humiliation ou que sais-je encore. Aucun de ces mots ne peut témoigner de la sensation qui dresse mes poils et l'intégralité de mes cheveux.

Il faut que je m'échappe d'ici au plus vite.

Sans répondre, je fais un pas sur le côté pour l'esquiver afin de prendre la direction de la sortie. Sa main m'effleure le poignet. Toutefois, je m'y attendais, alors je me dégage avant même qu'il ait pu y refermer les doigts. Ce signal active mon système d'alerte. Je me mets à courir, aussi vite qu'il m'est possible de le faire. J'ouvre la porte en trombe, Ezrah sur les talons.

Je n'ai pas atteint le milieu du couloir quand une grande paume brûlante vient s'écraser contre ma trachée. La pression me fait reculer de force pour atterrir violemment contre un torse nu.

– Tu vas où comme ça ? gronde-t-il près de mon oreille.

Sa voix grave résonne dans mon dos. La vibration descend jusqu'à mon bas-ventre.

– Ta bouche dit tout le contraire de ton corps, ma pauvre Lara. Ça doit être terrible de se faire trahir ainsi par son enveloppe charnelle.

Je cherche à fuir, lui envoie même un coup de crâne qui l'atteint avec force au niveau des pectoraux.

– Tu n'imagines pas à quel point j'aime quand tu résistes, gronde-t-il en enlaçant ma taille pour me soulever du sol.

– Laisse-moi partir, rugis-je.

– Oh non ! Certainement pas aussi facilement.

Sans le moindre effort, il nous ramène brusquement jusqu'à sa chambre. J'agrippe les montants de la porte pour ne pas entrer. D'un coup de reins, il me force à lâcher prise.

– Puisque je suis sans cesse obligé de te menacer, je vais recommencer. Si tu cherches de nouveau à partir sans mon consentement, j'appelle les flics.

Ses mots font mouche, cependant, je dois à tout prix garder la face.

– Tu n'as aucune preuve, le provoqué-je. Personne ne m'a vue entrer ici. La réceptionniste n'a aucune idée de qui je venais rencontrer, je ne lui ai jamais donné ton nom.

– Ah oui, j'oubliais que tu t'es présentée comme la maîtresse d'un homme marié, raille-t-il. Intéressant, comme choix de couverture…

– Va te faire foutre.

– Avec plaisir. En attendant, voici quelques photos qui risquent de te plaire.

En se penchant, il récupère son téléphone sur son meuble de chevet, avant de farfouiller dedans puis de me le tendre.

Je peux m'y admirer du hall de l'immeuble jusqu'à l'ascenseur, puis au penthouse d'Ezrah. Une bouffée de chaleur m'envahit lorsqu'on me découvre les deux mains dans le tiroir de mon rival pour en sortir un paquet de préservatifs.

– Celle-ci est ma préférée, se moque-t-il.

Je me pince les lèvres en lui rendant son portable.

– Qu'est-ce que tu veux de plus ?

– Eh bien, vois-tu, Lara, je n'étais pas persuadé que tu accepterais mon marché juste pour une place à l'université. Tout du moins, j'ai dans l'idée que tu aurais tôt ou tard résisté à mes demandes. Tu as du mal à te séparer de ta dignité, enfin, hormis ces derniers temps, je veux dire. (Il m'adresse un immense sourire lourd de sous-entendus que je fais le choix d'ignorer.) À présent, voici ma nouvelle proposition : ta dignité contre ton avenir en médecine ainsi que ta liberté. Je pense que cette fois, la balance penche de mon côté.

Je dois avouer qu'il excelle dans l'art de la manipulation. Ça ne m'étonne plus tant que ça qu'il ait réussi à lobotomiser tous ses tordus de copains pour l'accompagner dans ses penchants. Ted commence légèrement à se détacher de lui, même si mon rival l'ignore. Je suis ravie d'avoir cet atout dans ma manche. D'ailleurs, j'aimerais lui balancer tout ce que m'a dit son pote. Je me retiens, il est trop tôt. Hormis un baiser et quelques confidences, il n'y a rien à exploiter de bien sérieux.

Je veux qu'il le découvre en apothéose. Le stratagème que j'ai imaginé demande un peu de temps et de patience. Je frapperai fort, en improvisant avec le comportement de

Ted. Quand l'un des piliers de son royaume s'effondrera, je me demande comment tiendra le reste de sa structure.

– Tu es très fort en monologue, tu devrais penser à t'applaudir toi-même. Mais tu n'as pas répondu à ma question. Alors, je la répète : qu'attends-tu de moi ?

L'espace d'une seconde, il me contemple avec un léger sourire qui remonte jusqu'à ses yeux. Ses pupilles s'illuminent pendant un instant.

– Je suis ravi de t'avoir trouvée, souffle-t-il. Tu m'amuses beaucoup.

– Pour ça, tu n'avais qu'à engager un bouffon. Se servir des autres comme tu le fais est criminel, je te rappelle. Tu menaces de me foutre en taule si je ne te cède pas. Que crois-tu qu'un juge en dirait ?

– Du mal, sûrement. La question est la suivante : veux-tu porter plainte contre moi ? Veux-tu te lancer dans une bataille juridique que je gagnerais, sans l'ombre d'un doute ?

– Tu m'as l'air bien sûr de toi, craché-je, de plus en plus excédée par son assurance.

– Être Noir dans un pays où la ségrégation est seulement cachée sous le tapis, menaçant de ressurgir à tout moment, m'a obligé à me montrer très prudent. Il m'a fallu travailler deux fois plus dans tous les domaines pour espérer atteindre ne serait-ce que la moitié des acquis des Blancs. Hormis dans le sport, c'est vrai. Tu sais ce qu'on dit, non ? Les Noirs sont forcément performants dans ce domaine. De véritables graines de champion. Si on se cantonne à divertir les foules, ça calme le reste, si on décide de sortir du cadre, alors là…

– Quel est le rapport ? le coupé-je.

– J'y viens, petite impatiente, susurre-t-il en s'approchant de moi sans que je recule.

Il est temps que je prenne ma place, dans ce duel.

– Il y a quelque chose que tu dois savoir à propos de moi : je n'agis jamais par hasard, et tous ceux qui gravitent autour de moi jouent un rôle dans mon ascension sociale.

Je ne serai pas la dernière roue du carrosse parce que du sang afro-américain coule dans mes veines. Je m'en suis fait la promesse. S'élever dans un monde de requins demande d'être le plus féroce.

– Je suis certaine que tes amis seraient ravis de le savoir.

Il hausse les épaules.

– Ne les prends pas pour plus idiots qu'ils ne le sont. Personne n'est dupe, sauf peut-être Haley, mais bon, elle…

Quoi, elle ? J'aurais aimé qu'il aille plus loin.

– Enfin, Ted et Max appartiennent à des familles très puissantes, qui m'assurent une protection quasi totale si je ne dépasse pas trop les limites. J'ai dû le leur promettre contre mon gré… Je suppose que certains sacrifices sont nécessaires pour atteindre le sommet.

Ted, hein ? Je retiens de justesse le faible sourire qui menace de naître sur mes lèvres.

Attends de voir ce que je te réserve avec l'aide de ton petit soldat.

– Ce que tu essaies de me dire, c'est que si je porte plainte contre toi, Papa Ted ou Papa Max se précipitera pour étouffer l'affaire, c'est bien cela ? Il n'y a pas à dire, vous êtes vraiment de grands garçons, me marré-je.

– C'est exactement ce que je dis, oui. Je n'ai aucune honte d'utiliser le pouvoir d'autrui avant d'être en mesure d'user pleinement du mien dans le futur. Pour le moment, je ne m'en sers qu'à bon escient et sur ceux qui m'appartiennent.

Je me tends face à son regard sadique.

– Dans tes rêves, soufflé-je.

CHAPITRE 32

Ezrah

L'avoir attrapée dans mes filets a été encore plus jouissif que prévu. Ma petite séance de baise aurait été bien moins sympathique sans le poids de son regard. Le but était d'intensifier son malaise. Bien évidemment, cela a aussi activé ma perversion.

Très vite, Cindy ou Sandy n'a plus eu aucun intérêt à mes yeux. J'ai rajouté un peu de piment en testant les limites de son amour-propre pour espérer avoir une gaule correcte, toutefois je ne cessais d'imaginer une blonde au tempérament de feu à sa place. Bien heureusement pour moi, ladite blonde se trouvait dans mon dressing, à quelques centimètres de nous.

J'admets que la tentation a été grande de la sortir de son trou bien avant, comme lorsque je me douchais et que je l'ai entendue s'approcher du couloir, et encore plus quand j'étais en action. L'entendre jouir m'a offert l'un de mes plus beaux orgasmes de ces derniers mois… Il est urgent qu'elle cède à mon marché afin que nous puissions nous défouler sur elle, ou plutôt en elle.

À cet instant précis, ses yeux me défient avec un aplomb sans faille. Quel plaisir de l'avoir vue rougir après l'humiliation de s'être fait pincer et d'avoir été manipulée plus facilement qu'un enfant naïf. Pourtant, plus aucune once de gêne ne demeure sur ce visage qui m'obsède depuis qu'il est entré dans mon existence. Ses lèvres pleines se crispent dans une attitude rebelle. J'y laisse traîner le regard un peu trop longtemps, les imaginant parfaitement autour de ma…

Un frisson court le long de mon échine.

– Suce-moi, lui intimé-je.

L'ordre est sorti de nulle part, sans que je le prémédite. J'en suis aussi surpris qu'elle. Un silence de plomb me répond avant qu'elle n'éclate de rire.

Même si ce n'était pas prévu, il est hors de question que je fasse marche arrière maintenant que j'ai posé une exigence. Il est temps qu'elle comprenne que je suis aux commandes de sa vie. Elle m'appartient, qu'elle le veuille ou non.

– Sinon quoi ? me défie-t-elle.

Je penche le visage sur le côté.

– Ne me dis pas que tu souhaites que je l'énonce à haute voix.

– Oh si, justement ! insiste-t-elle en avançant d'un pas, menaçante.

Je me retiens de sourire.

– Tu veux que je plie sous la contrainte ? continue-t-elle. Alors, j'exige que tu l'explicites. Dis-le : Lara, suce-moi, sinon je te dénonce aux flics.

– Lara, suce-moi, sinon je te dénonce aux flics.

Elle se rembrunit aussitôt. Ses prunelles furieuses s'assombrissent, et nous sommes si proches l'un de l'autre que sa poitrine touche presque mon torse.

Quand ses mains baissent férocement le caleçon qui préservait mon intimité déjà bien échauffée, je ne me retiens plus de rire devant son air ténébreux.

– Ne te réjouis pas trop vite, feule-t-elle. Mes dents ne sont pas encore à proximité de ta queue.

Je hausse un sourcil.

– Tu n'es pas en mesure de me menacer, lui rappelé-je. N'oublie pas les enjeux. Je te conseille vivement de me satisfaire si tu veux pouvoir sortir d'ici sans menottes aux poignets.

Ma gaule devient si turgescente que c'en est douloureux. Je ne peux plus attendre, j'en rêve depuis tellement de semaines. J'appose ma paume contre son épaule avant d'exercer une pression suffisamment forte pour lui intimer de se mettre à genoux. Lorsqu'elle le fait à contrecœur, les traits furieux, la vision que j'ai d'elle menace de me faire éjaculer. Je ne me souviens pas de la dernière fois où j'ai eu autant envie d'une femme. D'ordinaire, me jouer d'elles est ce que je préfère. Les façonner, les modeler, les utiliser puis les abandonner à leur sort me satisfait bien plus que dix minutes d'un coït mécanique. Or, là, tout de suite…

– Ne me fais pas attendre trop longtemps, murmuré-je en lui caressant la joue.

Elle me repousse d'un geste sec du bras, avec sa hargne habituelle, tout en toisant d'un air dégoûté le pénis tendu face à elle.

Quand sa langue s'y appose enfin, je laisse retomber mon crâne en arrière.

Putain, que c'est bon…

CHAPITRE 33

Lara

L'envie de le mordre est si violente que j'ai bien du mal à me concentrer sur ma tâche. Je saisis, à la contraction régulière de ses abdos, que je me débrouille comme il faut. Je me fous qu'il prenne du plaisir, tout ce que je veux, c'est en finir au plus vite.

Je n'en reviens pas d'être à genoux avec le pénis d'Ezrah Milton en bouche.

Ma langue glisse sur sa virilité trop volumineuse, qu'une autre a sucée juste avant moi. Au moment où ma main vient s'enrouler autour de son membre, il émet un feulement. Je me fais violence pour ignorer le fait que sa peau est douce et si incandescente. Je le hais, c'est la seule chose dont je dois me souvenir.

Alors, comment puis-je expliquer que mon propre sexe palpite douloureusement ? Comment expliquer que cette agression sexuelle ne me provoque pas la réaction appropriée ? Mon désir se ravive avec une bestialité qui m'inquiète.

Peu à peu, ma mâchoire se décrispe, ma hargne se délite, contre tout bon sens. Mes fondations se désagrègent sans aucun espoir de reconstruction. Je sens à peine ses deux mains puissantes agripper ma chevelure pour m'imposer un nouveau rythme. En revanche, je perçois parfaitement le fourmillement de mon corps qui crépite d'impatience.

Je prends un malin plaisir à jouer avec sa frustration. D'une certaine manière, j'en profite pour prendre ma revanche.

Je m'éloigne et il baisse le visage pour me regarder. Sans le quitter des yeux, je laisse la pointe de ma langue ressurgir pour titiller son gland, que j'engloutis ensuite avec une sensualité exacerbée par ma propre libido qui se déchaîne entre mes cuisses.

– Arrête ça ! rugit-il.

– Quoi ? demandé-je d'un ton innocent.

Il ne répond rien, mais son visage sérieux, déformé par l'extase, est suffisamment éloquent. Il se retient de jouir. Sans le laisser reprendre les rênes, j'aplatis ma langue au maximum puis l'accueille presque entièrement.

Je m'y attendais, mais ma punition est terrible. Un grognement comme je n'en ai jamais entendu perce mes tympans pendant qu'un liquide épais et gluant se déverse dans ma gorge. La poigne d'Ezrah contre mon crâne se fait plus puissante que jamais, m'empêchant de reculer. Je suis forcée d'avaler sous peine de m'étouffer. La substance m'écœure.

Mes poings frappent ses cuisses avec vigueur pour qu'il me libère, car je suis incapable de respirer. Il obtempère à regret, presque… ailleurs. Les yeux clos, il me laisse m'écarter de lui.

Lorsqu'il les rouvre, les démons qui y dansent me filent des frissons.

– Je peux partir, maintenant ? craché-je.

Il a l'air d'y réfléchir, avant de me répondre.

– Non.

Abasourdie, je me relève.

– Comment ça, « non » ? Ce n'était qu'une question rhétorique. Tu as eu ce que tu voulais, alors que tu le veuilles ou pas, je me casse d'ici.

– Tu es libre de tes choix, tu l'as toujours été. Pars, si tu es prête à en assumer les conséquences. Ce n'est peut-être pas si terrible d'aller en prison avant de devenir caissière dans une station essence, finalement.

Nous nous toisons aussi froidement l'un que l'autre.

– C'est quoi, ton putain de problème ? Je viens de te donner exactement ce que tu voulais.

– Qui a dit que c'était la seule chose que j'attendais de toi ce soir ?

Je lève ma main pour le gifler de toutes mes forces. Il pare mon attaque sans difficulté. Puis, il m'agrippe l'avant-bras afin de le tourner pour m'envoyer valdinguer sur son lit.

En une seconde, il est au-dessus de moi, m'écrasant sous son poids.

– Empêche-moi de faire une connerie, grogne-t-il à mon oreille.

Il enfouit son visage dans mon décolleté. Je tente de le repousser avec véhémence en lâchant des cris désespérés, mais je suis obligée de me taire quand sa bouche pulpeuse se place sur la mienne.

Je suis si surprise que j'en lâche un gémissement complètement inapproprié. Mon cerveau carbure à mille à l'heure. Pourquoi serait-ce une connerie de coucher avec moi ? Ce n'est pas ce qu'il veut depuis le début ? Sa langue force le barrage de mes lèvres, avant de prendre possession de la mienne. Je tente de le mordre, mais il esquive à merveille mes attaques en ondulant son bassin contre le mien.

Comme il est nu, je n'ai aucune peine à sentir son membre ferme contre mon jean.

Le baiser qu'il m'oblige à lui donner me met dans tous mes états. Un méli-mélo de sensations pulvérise une à une les barrières de mon âme. Je n'imaginais pas qu'il était possible de vivre une expérience si pleine de contradictions. Mon corps s'embrase sous l'effet de sa bouche qui me harcèle, alors qu'une rage sans nom décuple mes forces. Malheureusement, je suis impuissante face à cette montagne de muscles qui m'entrave.

Il m'agrippe la cuisse pour l'écarter sauvagement, sans interrompre notre ballet que j'ai de plus en plus envie de rejoindre volontairement. Enfin, il met fin à notre contact.

– Si tu savais ce que j'ai envie de te faire.

Sa voix grave est métamorphosée. Ses pulsions sont sur le point de lui faire perdre le contrôle. Pourtant, alors qu'il presse mon entrejambe de coups de reins réguliers, il s'interrompt. Sa grande main frotte son visage, comme s'il essayait de reprendre la maîtrise de lui-même. C'est incompréhensible. Le plus dur à digérer est de me sentir à la fois soulagée qu'il arrête, mais aussi terriblement déçue. Je me maudis d'être si réceptive à son magnétisme.

– Tu peux partir, lâche-t-il d'un ton placide, totalement inattendu.

Mes lèvres gonflées par l'assaut d'Ezrah s'entrouvrent sans savoir quoi articuler.

– Va-t'en avant que je ne puisse plus faire marche arrière, insiste-t-il.

Pour me laisser l'opportunité d'obéir, il se soulève puis s'avachit sur le dos à mes côtés.

Mes méninges carburent à mille à l'heure pour tenter de comprendre son soudain changement de comportement.

– De quelle connerie tu parlais ? Ça a un rapport avec les gars, n'est-ce pas ?

Le coup d'œil mauvais qu'il m'adresse furtivement m'offre un début de réponse. Oui, ça a un rapport. D'un coup, je me remémore la morgue et les paroles qu'il m'avait soufflées : « Tu as aussi attisé l'intérêt de mes petits compagnons, et ils seraient furieux que je les empêche de goûter une part du gâteau. »

La voici, la raison. Il ne peut pas se permettre de coucher avec moi, puisque cela signifierait trahir la bande. Je jubile.

Je suppose qu'il a déjà enfreint son propre règlement en m'ordonnant de lui faire une fellation sans que ses copains puissent participer. Coucher avec moi serait le détail qui pourrait faire voler en éclats leur groupe. Si je me débrouille pour que Ted l'apprenne, alors j'aurai l'assurance de donner un coup de pied dans la fourmilière.

Finalement, cette soirée pourrait s'avérer plus utile que je l'imaginais.

CHAPITRE 34

Lara

Je me redresse délicatement, avant de m'asseoir sur mes talons.

– Qu'est-ce que tu…

Sans le laisser terminer, j'agrippe mon haut noir moulant pour le retirer et l'expédie au sol.

– Ne joue pas à ce jeu-là avec moi, tu vas perdre, m'avertit-il.

Tandis qu'il me toise, je me redresse pour déboutonner mon jean.

– Tu penses que tu peux m'allumer et ensuite me jeter dehors ?

Il hausse les sourcils.

– Pour quelqu'un qui défend le consentement… ironise-t-il.

– Tu as raison, je retourne vos propres arguments contre vous. (J'abaisse mon pantalon jusqu'à mes cuisses, laissant apparaître mon string rouge en soie.) Ose me répéter que tu veux que je parte.

Mes longues mèches blondes retombent sur ma poitrine emprisonnée dans un soutien-gorge dépareillé. Cela ne semble pas gêner Ezrah, si j'en crois ses traits qui se contractent à nouveau et son pénis qui tressaute. Je suis maintenant capable de reconnaître lorsque le désir s'empare de lui.

Il me contemple, si menaçant que j'hésite à poursuivre. Le loup va m'avaler toute crue si je persiste. Je fais le choix de le défier. Je le surplombe, désormais. Mes cheveux titillent la peau de ses épaules, et la pointe de mon nez n'est qu'à quelques millimètres du sien. Puis je pose ma bouche sur la sienne, lui offrant un baiser chaste auquel il ne répond pas.

D'un mouvement de jambes, je finis de me débarrasser de mon jean puis m'installe à califourchon sur l'érection de mon rival qui frotte contre mon clitoris. Malgré le tissu qui nous sépare, je peux sentir combien il est chaud et dur. Des milliers de décharges s'attaquent à mon épiderme avant de repartir vers mon centre névralgique. Je soupire bruyamment sous cette sensation inédite mais exquise.

Les tendons de son cou ressortent lorsque je me mets à remuer les hanches en cercle. Le surplomber ajoute à mon plaisir. Je me mordille les lèvres, cherchant à étouffer mes gémissements.

Incapable de lutter plus longtemps, je me penche et l'embrasse à pleine bouche, en laissant mes doigts glisser sur les côtés de son crâne rasé puis jusqu'à ses cheveux frisés. Je sais que c'est de plus en plus difficile pour lui de résister et je m'étonne même qu'il ne m'ait tout bonnement pas virée de chez lui pour éviter cette situation.

Il répond à mon baiser, écrasant mains et avant-bras contre mon dos.

– Tu n'as aucune idée de ce que tu es en train de faire, Lara, m'alerte-t-il. C'est ta dernière chance de faire marche arrière. Tu devrais écouter la voix de ta raison qui te crie de t'éloigner de moi.

Je m'interromps un instant, les paupières mi-closes par le désir qui brûle mes synapses, et qui doit avoir ruiné la soie rouge protégeant toujours mon intimité.

Ezrah fait glisser ses paumes vers mon fessier, puis plus bas encore, et je laisse échapper un grommellement de béatitude. Sa main parcourt ma fente qui débouche sur un point particulièrement sensible. J'ai le réflexe de me cambrer pour lui bloquer le passage. Bien entendu, ça ne l'arrête pas. Par bonheur, il continue son exploration jusqu'à l'entrée de mon sexe palpitant. Je tremble comme une feuille lorsqu'il écarte mon string pour le titiller.

– Tu es tellement trempée, murmure-t-il.

Son index s'enfonce en effet facilement. Mon bassin bouge en rythme avec les mouvements d'Ezrah sans que je m'en rende compte. Pourtant, très vite, j'en veux plus. Beaucoup plus.

La deuxième paume de mon partenaire s'enroule autour de ma nuque pour me forcer à replonger vers ses lèvres.

Nos respirations se mélangent, nos torses s'épousent à la perfection, nos sueurs se mêlent. L'ambiance devient suffocante. Malgré tout, cette fois, rien au monde ne pourrait m'arrêter. Pas même Haley et son milk-shake.

– Suis-je à la hauteur de ta copine de tout à l'heure ? demandé-je avec une pointe d'aigreur que je ne parviens pas à camoufler.

– Si j'ai réussi à jouir avec elle, c'est uniquement parce que tu étais dans la pièce.

Cette déclaration trouve directement le chemin jusqu'à mon entrejambe. Ces mots me galvanisent tant que je perds l'usage de la parole au moment où un terrible orgasme fait exploser un million d'étoiles devant mes yeux fermés. Le plaisir est si puissant qu'il se confond sans problème à la souffrance. Pendant un instant, je crois que mon cœur va lâcher, tant l'intensité de ce moment me dépasse.

Au loin, je le sens remuer sous moi avant d'entendre le bruit caractéristique d'un emballage de préservatif qu'on défait. Je reprends mes esprits, mais l'ocytocine qui coule dans mes veines me pousse à l'action. La sensation de vide qui me hante depuis que ses doigts m'ont quittée est trop violente, alors que sa verge se trouve presque collée à mon antre.

Poussée par un désir sauvage, je remue mon bassin pour y trouver ce que je cherche. Le corps d'Ezrah se contracte intégralement lorsque nous nous rendons compte qu'il m'a pénétrée sans protection. La pression qu'il exerce me fait fourmiller d'une étrange manière.

La capote en main, il m'observe avec férocité.

– As-tu vraiment envie de créer un monstre ?

Pour seule réponse, je l'embrasse.

Il s'enfonce, puis se fige. Mon souffle se coupe dans ma gorge. J'espérais si fort qu'il ne s'en apercevrait pas. Ses yeux perçants me sondent.

– Tu es vierge.

Ce n'est même pas une interrogation, juste une constatation. Je décide de garder le silence, souhaitant préserver un minimum de secrets.

– Comment c'est possible ? me questionne-t-il, les sourcils froncés.

L'irritation se peint sur ses traits.

– C'est quand tu veux, répliqué-je d'une voix que je ne reconnais pas, bouleversée par le désir.

Il n'est plus envisageable qu'il recule, je ne le permettrai pas. Il est hors de question que je quitte cette pièce sans avoir couché avec lui. J'ai trouvé une faille à exploiter afin de poursuivre la destruction de sa petite bande d'amis. Une des choses les plus précieuses de son existence. Je ne veux pas qu'elle m'échappe, pas si près du but.

J'enroule mes avant-bras autour de sa nuque afin de lui offrir le baiser le plus langoureux qu'il m'ait été donné de partager. Avant qu'il ne recule, j'en profite pour appuyer mes mollets contre son fessier, l'incitant à approfondir la fusion de nos deux corps.

J'admets qu'il n'avait pas tort concernant les paradoxes de mon comportement sur le consentement.

Son hésitation est de courte durée.

– Putain, jure-t-il à mi-voix, avant de s'enfoncer en moi dans une poussée de bassin, brisant la dernière barrière qui nous empêchait de nous lier.

Son feulement se couple au mien, alors que je savoure pleinement cette sensation que j'ai imaginée, fantasmée, idéalisée pendant des années. On m'avait assuré que la première fois serait désagréable et qu'il fallait du temps avant de prendre du plaisir. Pourtant, chaque être, chaque corps, chaque réaction est unique d'un individu à l'autre. Moi, je ne souffre pas. Bien au contraire.

– Tu es tellement serrée, gronde-t-il. Je ne vais jamais pouvoir me retenir.

Les coups de reins qui se voulaient calculés prennent soudain une autre tournure. Ses paumes viennent m'agripper les cuisses pour les remonter plus haut sur ses flancs et ainsi obtenir un angle différent.

Dans cette nouvelle position, je le sens d'une manière qui me coupe le souffle. Mes ongles lacèrent son dos musclé pendant que ses poings emprisonnent ma chevelure. Ses lèvres fondent sur chaque parcelle de peau pour la dévorer, me faisant violemment frissonner. Cela devient même insoutenable lorsque sa bouche brûlante dévie vers ma poitrine et englobe mon mamelon durci. Sa langue le titille, je suis au bord de la folie.

Ses grognements de plaisir n'en finissent plus de résonner, couplés à mes propres gémissements. Même si cet acte érotique a un but bien précis, je l'oublie totalement, perdue dans un océan de bien-être que je partage avec mon partenaire.

Je devrais le haïr, pourtant, à cet instant, je ne ressens rien, seulement une profonde communion. Bien sûr, ce n'est pas réciproque, mais est-ce réellement important ? J'aurai au moins la satisfaction d'avoir cédé ma virginité dans une plénitude parfaite.

Cette même virginité pour laquelle un homme est mort…

Mon dos se cambre quand il s'attaque à l'autre sein, continuant à les malmener avec expertise. Il manie mon plaisir comme un chef d'orchestre le ferait avec ses musiciens.

Quand nos regards incandescents se rencontrent, un spasme me fait m'arc-bouter.

Mon ventre gronde. Un magma bouillonnant prend vie dans mes entrailles, s'attaquant à toutes mes terminaisons nerveuses. Une impression d'urgence m'oblige à resserrer mes mollets contre ses reins.

Je vais jouir.

– S'il te plaît, Ezrah, imploré-je, pressée qu'il me libère de cette exquise tourmente.

Je peux quasiment entendre l'air crépiter alors qu'il se fige entre mes jambes, provoquant la plus grande frustration que j'aie jamais ressentie.

– Ne m'appelle plus jamais comme ça, siffle-t-il.

Ted m'avait en effet avertie. J'ai complètement omis son conseil. Je lui adresse un sourire en coin.

– Sinon quoi, Ezrah ?

Je fais rouler les syllabes du dernier mot.

Il utilise les mèches de cheveux qu'il a en main pour me tirer vers l'arrière. Je hoquette de douleur. Son regard est devenu fou en une fraction de seconde. Puis il reprend ses coups de reins. Cette fois, en y mettant tant de brutalité que la tête de lit frappe contre le mur.

Mon corps pantelant n'a plus d'autre solution que de subir l'assaut bestial de son bourreau. Cependant, le feu reprend du terrain.

Mes yeux se révulsent au moment où l'orgasme fait exploser mon âme. Mon cerveau se court-circuite. Jamais je n'aurais imaginé vivre un jour un tel épisode de dissociation. À ce moment, je prends conscience de ma vulnérabilité, car cet homme vient de s'emparer totalement de mon être.

J'ai juste le temps de revenir à moi pour l'entendre

murmurer quelque chose qu'il m'est impossible de saisir, tant mes oreilles bourdonnent du choc physique et émotionnel que je viens de recevoir.

Sa poigne devient plus féroce, me forçant à rouvrir les paupières. S'ensuivent de frénétiques allers-retours d'Ezrah, puis trois longues poussées couplées à un grondement profond. J'en frémis.

Sa jouissance semble avoir égalé la mienne puisqu'il reste prostré contre moi pendant quelques instants, avant de se décaler paresseusement. Chacun tente de recouvrer sa respiration en silence, les yeux rivés au plafond.

Je n'attends rien de lui, encore moins qu'il m'apporte une affection post-coïtale dont je n'ai aucunement besoin. Malgré tout, je tombe de haut lorsqu'il reprend la parole.

–Je vais me laver. (Il se rassied sur le bord du lit en me tournant le dos.) Sois partie quand j'aurai fini et… (Il souffle profondément en se relevant.)… n'oublie pas de prendre une pilule du lendemain.

Sans me lancer un regard, il s'éclipse, puis je l'entends fermer la porte de sa salle de bains.

CHAPITRE 35
Ezrah

Quand je termine de me doucher, pour la troisième putain de fois, je suis partagé entre le souhait qu'elle ait obéi à mon injonction et l'envie qu'elle l'ait bravée. Comme je m'en doutais, la chambre est déserte. Il ne subsiste plus que l'odeur de son parfum et de notre corps-à-corps.

Je m'affale dans le canapé disposé pas loin de ma baie vitrée, qui m'offre la vision d'un ciel obscur, presque privé d'étoile.

Quelques fenêtres laissent fuser leur lumière. Les gens vivent. Il y aura toujours quelqu'un, quelque part, pour tenir lieu de gardien. Que font-ils à ce moment précis ? Dans le lot des âmes veilleuses, qui sont ceux qui pratiquent l'activité la plus controversée de toutes ? Qui se laisse aller à ses bas instincts, sans mesurer les répercussions que cela peut avoir ?

Les yeux dans le vague, j'observe cette ville qui ne dort jamais totalement. Dans l'idéal, il me faudrait un joint. Non, dans l'idéal, il faudrait que je pionce, sauf que je sais d'avance que cela sera impossible.

Lara, pour une raison complètement obscure, était vierge. Première fausse note. Je l'ai dépucelée. Deuxième fausse note. J'ai pris un pied de malade. Troisième fausse note.

Ted m'avait bien informé que le type avec qui elle se trouvait au match n'était que le mec de sa sœur cadette, Adèle. Toutefois, comment se peut-il qu'une femme telle qu'elle n'ait jamais trouvé un partenaire sexuel ? Je refuse de croire qu'elle souhaitait se préserver, sinon elle n'aurait pas écarté les jambes devant moi comme une vulgaire traînée. Ce dont je raffole habituellement.

J'ai su au moment où elle m'a sucé que j'allais la baiser dans la foulée, malgré toute ma bonne volonté. Son sort était scellé avant même qu'elle ne décide de m'allumer. S'ils l'apprennent, la pilule va être dure à avaler pour les gars, mais j'éviterai ça, quitte à leur cacher.

Je repasse en boucle le moment où ma queue s'est glissée dans sa putain de chatte, sans aucune protection, pour la première fois de ma vie. *Je l'ai baisée sans capote.* Cette phrase passe et repasse inlassablement dans ma tête. Comment ai-je pu être aussi con, bordel ?

Je sais ce qui m'a fait disjoncter. Le fait qu'elle soit vierge a considérablement augmenté mon excitation. Quoi de plus satisfaisant que de déposséder une femme de cette partie si intime d'elle-même ? Si je voulais m'infiltrer au plus profond de son âme, je ne m'y serais pas mieux pris. Lara n'est pas la première que je dépucelle, néanmoins, je le sais, d'habitude à l'avance.

Cette fois, c'était… différent.

Non, il me faut vraiment un joint.

Je me redresse puis fonce vers mes feuilles à rouler et, enfin, vers ma planque pour en extirper le sachet de résine.

Le sexe, à mes yeux, n'est jamais une fin en soi. Seulement un moyen d'obtenir ce que je souhaite. J'y prends du plaisir, mais il n'est jamais sans arrière-pensée. Vu que je m'ennuie très vite, je dois obligatoirement pousser le vice au maximum si je veux espérer jouir convenablement. Bien souvent, mes idées sont plus saugrenues les unes que les autres, comme tout à l'heure avec… comment s'appelait-elle, déjà ? Bref, celle à qui j'ai assuré que je refusais de voir le visage de mes partenaires. Si elle m'avait vu plus tard, observer le faciès de Lara dans les moindres détails, attendant le point culminant de sa jouissance pour ne pas perdre une miette de sa volupté…

Voilà la raison de ce joint. Il doit m'aider à oublier que j'ai couché avec Lara dans mon lit, chose qui n'est jamais arrivée – pas même avec Haley –, et de surcroît, en missionnaire.

Bordel, la dernière fois que j'ai pratiqué un missionnaire, je devais avoir 15 piges.

Je tire sur mon joint pour l'allumer, enchaînant les taffes.

Mais le plus problématique, c'est qu'entendre mon nom complet entre ses lèvres tentatrices a déclenché ma jouissance, sans que je le voie venir. Son air de défi, couplé à la manière dont elle a articulé les syllabes que j'exècre le plus au monde, a agi tel un venin aux propriétés aphrodisiaques. Une rage comme j'en avais rarement ressenti a précédé une excitation inédite. Et j'ai joui.

L'heure n'est pas aux interrogations. Ce petit écart de conduite sera sans conséquences, je m'en fais la promesse.

D'ailleurs, si je dois retenir une chose positive de cette soirée, c'est que j'ai maintenant la certitude que ma jolie proie est prête pour la seconde partie de l'aventure.

CHAPITRE 36

Lara

Je marche jusqu'à ma voiture le cœur léger. J'ai enfin trouvé la faille pour pénétrer l'organisme de mon hôte et ainsi pouvoir commencer mon travail de sabotage. J'ai hâte de revoir Ted. D'ailleurs, je suis à deux doigts de l'appeler pour tout lui déballer. Encore faudrait-il que j'aie son numéro. Je note dans un coin de mon esprit de le lui demander.

Je suis peut-être trop enthousiaste. Il ne faut pas sous-estimer Ezrah, il arrivera sans aucun doute à retomber sur ses pattes, c'est pourquoi je ne dois pas me précipiter. Pour le moment, j'accumule les atouts.

Ma virginité n'a pas manqué de surprendre Ezrah. Je n'en attendais pas moins. Il m'a demandé comment c'était possible, je l'ignore moi-même. Je n'ai jamais cherché à la préserver, bien au contraire. La lui céder n'a rien de romantique. Il s'agit seulement de pragmatisme. Si j'exclus le désir foudroyant qui m'a happée, j'y ai également vu une possibilité de déconcentrer le chef de bande, jusqu'à lui faire commettre une faute qu'il devra assumer devant ses sujets.

Il est quatre heures passées ; or j'ai cours demain matin dès 8 h. La journée risque d'être très longue, donc je ne peux pas me permettre d'être trop épuisée. Les examens de fin de semestre approchent, et c'est une université exigeante. Mes résultats doivent être irréprochables si je veux espérer regagner la confiance des professeurs qui m'ont quasi tous à l'œil depuis l'incident.

Alors que je roule vers le campus, mes pensées dérivent vers mon père, à qui je n'ai pas donné de nouvelles depuis mon arrivée. Plusieurs fois, j'ai constaté ses appels manqués, trop préoccupée pour le recontacter. S'il savait ce que sa cinglée de gamine fabrique, nul doute qu'il serait anéanti. Je n'ose pas le recontacter, par crainte de devoir lui mentir.

La culpabilité m'assaille, même si j'ai beaucoup de mal à regretter les événements qui ont bouleversé mon existence ces dernières semaines. Ça faisait des années que je ne m'étais pas sentie aussi… vivante. J'ai conscience que mon attitude défie toute logique, pourtant, je ne reviendrais en arrière pour rien au monde.

Quand j'entre dans notre chambre, Camilla dort à poings fermés. Je crains de ne pas réussir à en faire de même. Mais à peine ma tête se pose sur l'oreiller que je sombre dans un sommeil peuplé de spectres de mon passé.

***

La saison des examens est, pour tout étudiant, une période chargée en stress, angoisse et insomnie. Pas pour moi. Je suis galvanisée par les examens. Mon cerveau en ébullition s'accomplit dans la complexité. J'ai enchaîné les quinze derniers jours entre révisions et cours. Comme toujours lorsque je suis dans cet état de frénésie, j'oublie fréquemment de me nourrir ou de dormir. Camilla s'est évertuée à m'alerter, ou à tenter de me sortir de force de la chambre, en vain.

Cependant, il m'a été nécessaire de m'extirper de mon travail pour côtoyer Ted. Nous nous rapprochons lentement, pour son plus grand plaisir. Et le mien. Je suis à la recherche du moment opportun pour tout déballer à Ezrah et aux gars.

Par bonheur, ce dernier n'insiste pas pour me mettre dans son lit. Peut-être cède-t-il aux avances des nanas qui lui rôdent autour lorsque je m'éloigne ? Je l'observe dans le seul but d'en découvrir plus sur lui.

J'aimerais en dire autant d'un autre individu. Seulement, quand je croise Ezrah accompagné de Haley, mon estomac se serre. J'ignore si j'affabule, mais dès que je suis dans sa ligne de mire, j'ai comme l'impression qu'il prend un malin plaisir à devenir tendre avec la jeune femme, qui m'adresse des coups d'œil courroucés.

Je fais profil bas avec elle. Je n'ose imaginer ce dont j'aurais été capable si j'avais surpris mon mec avec une fille. Je la trouve même plutôt raisonnable. Est-elle au courant du nombre de tromperies dont elle est victime ? Je l'ignore. Elle paraît si amoureuse que je ne serais pas étonnée qu'elle sache mais décide de fermer les yeux. Il faut dire qu'ils sont en tout point assortis. Haley est très belle. Ses cheveux crépus, qu'elle lâche au naturel, retombent joliment sur ses épaules fines. Sa grande taille ne l'empêche aucunement de porter des paires de talons toutes plus sensationnelles les unes que les autres.

Ses longues jambes noires feraient pâlir d'envie les mannequins de Victoria's Secret. Il n'y a pas à dire, Ezrah peut être fier de l'avoir à son bras. Je deviens de plus en plus curieuse à son sujet, et cela m'inquiète. Je ne dois pas m'immiscer dans sa vie, puisque je le ferais pour de mauvaises raisons. De plus, si je commence, impossible de dire où je m'arrêterai. Serais-je prête à les séparer dans le seul but de récupérer l'attention d'Ezrah pour moi seule ? Cette idée est totalement folle, car même sans Haley, il resterait un nombre incalculable de femmes à évincer.

Je ne ferai jamais le poids contre toutes les filles de l'université ainsi que ses groupies.

Si je passe mes journées et une grande partie de mes nuits plongée dans l'univers parallèle qu'est la médecine, dès que je reviens sur terre, mes pensées dérivent vers cet homme qui m'a fait découvrir le sens du mot plaisir. Je ne peux plus oublier son corps contre le mien, la sensation de ses mains sur mon épiderme et celle de son sexe plongé au plus profond de moi.

Dès que ces pensées indécentes se manifestent, une bouffée de chaleur me coupe le souffle. Si son but était d'acquérir une sorte d'emprise sur moi, je lui accorde la victoire. À plusieurs reprises, j'ai dû me faire violence pour me retenir d'aller le supplier de me prendre sauvagement dans les chiottes. Cette sensation de manque est atroce. Heureusement, les week-ends me permettent de couper et m'éloigner de cette tension sexuelle.

Ted demande en général à me voir sur ces périodes, mais je dois consacrer le peu de temps qu'il me reste, en dehors des révisions, à consoler Adèle, qui a quitté Tony il y a peu. Selon ses dires, elle ne se sentait plus amoureuse et s'ennuyait un peu dans cette vie de couple.

Si elle n'avait pas été obligée de me suivre, elle vivrait encore chez notre père, et Tony dans son propre domicile. Cette cohabitation forcée a finalement eu raison de leur relation.

Le maigre avantage que je tire de cette situation est d'avoir récupéré une place dans le lit, ce qui m'évite de dormir dans le canapé.

– Lara, c'est papa au tél, beugle ma sœur, me faisant sursauter sur ma fiche d'équations différentielles.

– Adèle, grogné-je en tendant le bras, je t'ai dit de ne pas crier. L'appartement fait quarante mètres carrés, crois-moi, j'entendrais une mouche s'écraser au sol.

Elle m'adresse une grimace et s'éclipse en traînant la patte.

– Allô ?

– Bonjour, ma fille. On peut dire qu'il a été difficile de te joindre, ces derniers temps.

– Je suis désolée, soufflé-je, penaude. Les évaluations sont dans deux jours, je n'ai pas une seconde à moi.

– Je sais, ma chérie. Ta sœur m'a expliqué que tu bossais énormément sur tes révisions, mais vous me manquez, et le téléphone est la seule façon que nous ayons de garder des liens.

Oh non ! S'il continue sur cette voie, je vais craquer et fondre en larmes.

– Je te promets de t'appeler plus souvent, je m'excuse.

– Ne t'excuse pas. Tu vis ta vie, c'est normal.

– Comment ça se passe… là-bas ? éludé-je.

Nous parlons très rarement de l'incident. Mon père a sacrifié en partie sa réputation en demandant de l'aide à ses relations afin de me sortir de ce pétrin. Dans un sens, il a eu raison d'étouffer l'affaire Jason Gan, sinon, je n'ose imaginer la tournure qu'aurait prise cette histoire. Deux garçons dans ma vie, deux morts… Si nous pensions avoir vécu l'enfer après la mort de Jason, je pense au contraire que nous n'étions que dans le purgatoire.

– La vie reprend son cours, tranche-t-il d'une voix beaucoup moins chaleureuse.

Je décide de changer de conversation.

– Adèle t'a dit que nous avions pris nos billets pour les fêtes ? On arrivera à l'aéroport le 21 décembre.

– Oui, confirme-t-il. Je viendrai vous chercher. Dis à ta sœur que je l'embrasse, j'ai un rendez-vous. À plus tard, Lara.

Plus de surnom affectueux.

L'ombre d'Adam est définitivement la plus dangereuse de toutes.

CHAPITRE 37

Lara

Le vibreur de mon téléphone m'extirpe d'un sommeil que j'ai mis du temps à trouver. Le numéro à l'écran m'est inconnu. Les yeux encore mi-clos, je le déverrouille, guidée par ma curiosité. Un grognement agacé de ma cadette m'informe que je n'ai pas été la seule à être perturbée par le bruit.

Toutefois, je saute presque sur mes jambes lorsque je découvre le message.

> N'oublie pas que tu me dois quelques services si tu veux que je continue à être conciliant avec toi. Rejoins-moi samedi à cette adresse. Ez.

Je reçois un second texto contenant des coordonnées que je ne connais pas. Mon corps entier se met à trembler d'exultation. La honte m'accable. Heureusement que je suis l'unique habitante de mon esprit et que personne d'autre que moi n'est en mesure de jauger la faible estime que je me porte.

Malgré tout, j'écris à Camilla pour lui demander si l'endroit lui est familier. J'aurai son retour demain, sachant qu'il est cinq heures et quart du matin. En revanche, le fait qu'Ezrah, lui, soit réveillé, m'interroge.

Je reste quelques minutes à fixer l'écran comme s'il allait finir par afficher la réponse parfaite à adresser à mon maître chanteur.

Je dois me rendre à l'évidence, je meurs d'envie de le rejoindre, pas besoin de menace pour ça.

Coucher avec Ezrah a laissé des traces indélébiles.

Voyant que mon téléphone reste silencieux, j'en déduis qu'il n'attend pas de confirmation de ma part.

Il n'a pas choisi son jour au hasard. Samedi, nous serons enfin débarrassés des examens. S'il m'a laissé du répit, ce qui m'a plus troublée qu'autre chose, c'était dans le seul but de me laisser finir mes partiels. J'ai comme l'impression qu'une fois cette étape franchie, j'aurai beaucoup moins l'occasion d'être tranquille. À cette idée, mon cœur accélère, et un sourire macabre illumine mes traits.

***

Camilla est la première à venir me rejoindre quand je quitte l'amphithéâtre. Je suis éreintée. L'effort de concentration m'a bousillé l'esprit.

– Alors, ç'a été ? s'inquiète-t-elle en me rattrapant.

– Je te retourne la question, réponds-je en lui adressant un petit sourire malicieux.

Elle grommelle avant de souffler de dépit. Je présume que non. Heureusement, elle change vite de conversation en trottinant à mes côtés. J'admire sa joie de vivre. Elle me raconte à présent les déboires de Melissa, j'en suis ravie. À l'instar de ma sœur, j'adore quand Cam me raconte les derniers potins.

Après pratiquement trois mois, elle est ma seule amie dans cette ville. Nous passons également du temps avec Jared, qui m'amuse beaucoup. Ce geek aux cheveux longs, ne peut s'empêcher de fourrer son nez dans toutes les histoires les plus sordides du campus. Grâce à lui, nous savons quel professeur trompe son conjoint ou encore quel étudiant falsifie ses notes.

J'apprécie sa compagnie autant que celle de ma coloc. Il nous arrive de retrouver d'autres étudiants à la fin des cours, mais mon enfance a laissé des cicatrices dans mes relations avec autrui, si bien que je rencontre quelques difficultés à m'ouvrir ou faire confiance.

Entourée d'un groupe, je préfère me mettre en retrait pour observer et analyser les conversations desquelles je me soustrais. Il m'est possible de tirer des conclusions – justes, la plupart du temps –, à partir du moindre détail. C'est assez agaçant pour ceux qui en sont la cible, bien que j'aie appris avec le temps à garder ma langue dans ma poche.

– Je te remercie de m'écouter, ironise-t-elle en claquant les doigts devant mes yeux.

– J'ai tout entendu, la conforté-je. Melissa t'a proposé d'aller au Mango Club ce soir, et toi, tu n'es pas emballée parce que son ex, Judith, sera là et que tu te demandes si tu vas réussir à gérer ta jalousie maladive.

J'arque un sourcil conquérant pour la narguer alors qu'elle m'observe en fronçant les siens, éberluée.

– T'es chiante quand tu fais ta Lara.

J'éclate de rire.

– Ah ! Désolée, je n'ai pas d'autres personnages à mon arc.

– Ça te dérangerait de venir avec moi ? demande-t-elle brusquement.

– C'est pour ça que tu me racontes tout ça, n'est-ce pas ? Espèce de sale « maniganceuse ».

Elle semble outrée.

– Oh ! Arrête, tu me la fais pas, à moi, insisté-je. Je suis sûre que la moitié de l'histoire que tu me répètes est fausse et que tu cherches juste à m'obliger à sortir de notre chambre.

– Bon, c'est vrai, avoue-t-elle, vaincue, en reprenant son attitude normale. Bientôt, il y aura l'empreinte de ton fessier incrustée dans la chaise du bureau.

Sacrée comédienne en plus d'être cynique…

– Toutefois, reprend-elle, l'ex, c'est véridique. J'ai grossi les traits pour te faire pitié, seulement, c'est relou de me retrouver dans une soirée avec cette connasse.

– À ce point ?

– Oui, à ce point. Cette fouine a tenté à plus d'une reprise de nous séparer, Melissa et moi. La voir là-bas ce soir me rend réellement nerveuse.

Le ton de sa voix me certifie que cette fois, elle ne ment pas.

– C'est bon, abdiqué-je en levant les yeux au ciel. Je t'accompagnerai et je serai à tes côtés si tu dois en venir aux mains.

Je rigole en prenant mon téléphone pour proposer à Adèle de nous rejoindre à la fête. Je pense que ça lui fera le plus grand bien, et finalement, à moi aussi. Cette sortie me permettra peut-être de chasser Ezrah de mes pensées. Je ne parviens pas à oublier qu'il m'attend demain.

Telles deux fouines, nous avons farfouillé sur le web pour trouver des indications sur le lieu où il m'a « convoquée », sans succès. Grâce à Google Street View, nous sommes parvenues à observer la sublime maison correspondant aux coordonnées, mais nous ignorons toujours à qui elle appartient. Je suis malgré tout rassurée que ce ne soit pas une zone malfamée.

J'aurais pu demander à Finn de m'aider, seulement, je suis persuadée qu'il continuera à gonfler ses prix à chacun de mes appels. Je préfère n'utiliser cette option qu'en cas d'extrême nécessité.

Adèle ne répond pas à mes coups de téléphone, je lui écris donc un texto.

Lara : Coucou ma puce, j'espère que tu vas bien et que tu ne te goinfres pas trop de glace à la vanille ? Le diabète ne résoudra aucun de tes soucis ;) Bref, pour fêter la fin des exams, ma coloc me propose d'aller au Mango Club, une boîte de la ville. Ça te dit de m'accompagner ? Je te préviens, si tu dis non, j'appelle papa pour lui dire que tu es en dépression et que tu as besoin urgemment qu'il vienne nous voir.

Elle ne met pas plus de cinq minutes à me répondre.

Adèle : Tu ne ferais pas ça, n'est-ce pas ?

Lara : Tu veux prendre le risque ?

Adèle : C'est bon, OK. Pour quelle heure je dois être prête ?

Lara : 22 h :D

Je ne suis pas peu fière d'avoir réussi à convaincre ma cadette. Quant à moi, je suis de moins en moins à l'aise en société, surtout quand le lieu en question nécessite d'être collés les uns aux autres. Malgré tout, j'ai besoin de décompresser de ces derniers mois riches en tensions, et puis je suis curieuse de retrouver l'ambiance festive des boîtes de nuit. J'y allais pas mal durant mon adolescence. Lorsque j'ai appris qu'Adam y passait ses samedis soir, c'est devenu ma nouvelle lubie. À peine majeure, il m'a fallu brouiller les pistes en accentuant le maquillage ou en multipliant les jupes trop courtes, accompagnées de talons hauts.

Avec le recul, les videurs ne devaient pas être dupes. Toutefois, rares ont été les fois où j'ai été recalée. J'y allais seule. La solitude a fini par devenir mon unique alliée. Je l'ai chérie le jour où elle m'a permis de m'approcher d'Adam

Scott. En effet, après maints essais, il m'a remarquée, moi ou le petit jeu auquel je jouais plus ou moins discrètement.

Comme je venais chaque semaine, j'ai fini par représenter une proie intéressante pour lui. En revanche, il était toujours accompagné de deux de ses potes. Je me souviens encore de la frénésie de mon cœur lorsque nos regards se sont accrochés et qu'il s'est levé en me fixant. Je me rappelle mes membres tremblotants et mon souffle désaccordé. Autant d'effets que me provoque à présent un autre individu, tout aussi sadique…

Ses premiers mots ont été : « Si tu n'avais plus qu'une heure à vivre, comment l'utiliserais-tu ? » À l'époque, j'avais trouvé cette approche si atypique qu'elle m'avait rendue encore plus accro. J'étais sûrement trop jeune, bien trop naïve pour y déceler un message subliminal.

***

Lara : Je suis en bas.

Adèle déboule peu de temps après, son corps menu glissé dans un jean pattes d'éléphant taille haute associé à un crop top jaune moutarde à col bateau. Ses cheveux attachés en un chignon haut mettent en valeur son cou gracieux, et ses Converses à plateforme rehaussent son mètre soixante-dix de quelques centimètres. Encore une fois, je vais avoir l'air d'une patate à côté d'elle, malgré ma minijupe évasée en simili cuir et mon haut noir. C'est l'une de mes tenues les plus sexy, malgré tout, je n'arrive pas à la cheville d'Adèle.

Je ne me trouve pas moche, je sais que j'ai des atouts qui font de moi une jolie fille. En revanche, je n'ai rien de l'allure de mannequin de ma sœur. Je l'enviais étant jeune. Adèle, elle, n'avait aucun souci pour se faire des amis et enchaîner les amoureux, quand moi je me réjouissais pendant des jours si on m'invitait à un simple goûter d'anniversaire (ce qui n'est pas arrivé souvent).

Le départ de notre mère l'a beaucoup affectée, et elle s'est rapprochée de moi pour trouver un réconfort que notre père peinait à lui offrir. Je l'ai couvée autant que j'ai pu, cherchant à combler le trou béant que l'absence de notre mère avait laissé dans notre famille. Cette période a été très difficile. Non seulement venait-elle de nous abandonner – ce qui m'a empêchée de dormir pendant des mois, puisque mon cerveau ultra rationnel a tenté par tous les moyens de résoudre cette équation insoluble –, mais en plus, la tristesse d'Adèle me pesait comme une enclume.

Lorsque nous avons un peu remonté la pente, le quotidien a repris son cours, me laissant plus cabossée encore qu'auparavant. Mon isolement s'est intensifié. Si même ma propre mère pouvait décider de me fuir, quel autre individu au monde pourrait bien vouloir de moi ? Mon père et ma sœur ne comptaient pas. Dans mon esprit, eux m'aimaient par obligation.

Cependant, ma légère jalousie envers Adèle n'a jamais entaché notre relation, puisque pour ma cadette, nos différences n'étaient en rien une compétition. Bien au contraire. Elle détestait me voir seule ou dans ma chambre tandis qu'elle se rendait à des soirées.

Quelquefois, elle décidait d'annuler ses plans à la dernière minute, m'assurant que ses amis n'étaient plus disponibles. Ce n'était que des mensonges. Je la laissais penser que j'y croyais et lui permettais de me rejoindre dans mon lit afin de mater *Vampire Diaries* pour la dixième fois en mangeant des marshmallows.

Était-ce de l'amour ou de la pitié ? Sans doute un peu des deux. Toujours est-il qu'à l'heure actuelle, nous sommes particulièrement soudées.

Nous approchons de la file d'attente lorsque nous retrouvons Cam suivie de Melissa. La jeune femme aux cheveux auburn se démarque par ses immenses yeux bleu polaire. Ses pommettes, parsemées de taches de rousseur, lui confèrent une drôle d'allure enfantine qui contraste avec sa grande taille. Je ne l'avais encore jamais rencontrée en personne, mais son large sourire pourvu de fossettes, identiques à celles d'un homme que je souhaite oublier, lui donne l'air très sympathique.

– Enchantée, Lara, s'annonce-t-elle. Je suis Melissa. J'ai beaucoup entendu parler de toi.

Je serre la main qu'elle me tend, sous le regard étonné d'Adèle qui doit trouver ce geste un poil guindé pour de jeunes adultes.

– Moi de même, réponds-je chaleureusement. Voici Adèle, ma sœur fraîchement séparée qui a besoin de trouver n'importe quel individu susceptible de la dérider.

Les deux femmes se marrent, à l'inverse de ma cadette qui se rembrunit.

– Si on pouvait en trouver un pour Lara par la même occasion, contre-attaque-t-elle. Il serait temps qu'elle découvre le loup.

Mes joues s'empourprent pendant que je lui lance un regard outré. Elle hausse les épaules pour seule repartie, un petit sourire en coin, l'air de dire : « Tu l'as cherché. »

Camilla m'inspecte avec un peu trop d'insistance, la tête penchée sur le côté.

– Tu es vierge, Lara ?

Alors… plus tout à fait.

Je me contente d'acquiescer devant Adèle.

– Mais, insiste-t-elle, je me souviens que tu m'avais raconté qu'aucun homme n'avait réussi à te donner d'orgasme.

Ma sœur toussote, amusée.

– Eh bien, de toute évidence, c'était vrai, me justifié-je.

Alors qu'elle me lance une grimace, j'ajoute :

– Je m'excuse d'avoir travesti la vérité. Tu peux comprendre que je n'avais pas envie de partager un détail aussi intime dès notre première rencontre. Je ne voulais pas te paraître… étrange.

Cet aveu a l'air d'activer son empathie. Elle entrouvre les lèvres, sûrement pour me rassurer.

– C'est à nous ! intervient Melissa, la coupant dans son élan.

Nous nous engouffrons dans le vestibule, quand je sens la main de mon amie presser la mienne.

CHAPITRE 38

Lara

La température étouffante de l'établissement se mêle aux effluves d'alcool que les clients dégagent, peu soucieux de leur état d'ébriété. Notre quatuor se faufile tant bien que mal jusqu'au bar où nous commandons le cocktail du soir : un Sex on the beach.

– Alors, prête à trouver un beau mâle ? hurle Camilla pour tenter de couvrir Drake et son tube *One Dance.*

– Ton objectif de la soirée va être de me dépuceler ? me marré-je.

– Tu veux que je m'en occupe personnellement ? me taquine-t-elle avant que Melissa ne lui lance un coup de coude dans le flanc.

– Laisse-la tranquille, intervient-elle. Elle n'a pas besoin d'une lesbienne en chaleur. Moi, en revanche, je suis tout à fait dispo.

Nous rions en récupérant nos verres de la main du barman, dont l'œillade glisse de ma poitrine à celle d'Adèle, avant de se planter dans mes prunelles agacées. Peu ému par mon aura glaciale, il m'adresse un clin d'œil suivi d'un sourire taquin.

Je l'ignore et m'extirpe du comptoir pour suivre les filles. Mes cheveux, qui retombent contre la peau de mes reins découverts par mon haut volontairement trop court, commencent à me tenir chaud. Il est bien entendu impossible de trouver une place assise. Nous jouons des coudes, percutées à plusieurs reprises par des corps fiévreux. Cela doit être contagieux, car mes hanches se mettent à remuer au rythme des notes, tandis que je rejoins le seul petit coin inoccupé des banquettes.

En levant les yeux vers le plafond, je remarque qu'à l'étage, une sorte de mezzanine surplombe une partie de la boîte. Là-bas se trouve une zone dégagée d'où certains privilégiés peuvent profiter de l'endroit sans la cohue qui va avec. D'ailleurs, un serveur fait s'écarter la foule grâce à son plateau contenant un magnum de champagne entouré d'artifices qui projettent leurs étincelles, suscitant l'intérêt de toute la boîte pendant quelques secondes. Des cris saluent le spectacle éphémère, pendant que le jeune serveur grimpe les escaliers. De là où je me situe, il m'est impossible de discerner les clients qui s'y trouvent, alors qu'eux doivent avoir une vue plongeante sur le bas peuple.

– À cinq cents balles la bouteille, tu m'étonnes qu'ils en fassent des caisses pour la servir, ironise Camilla.

– J'ai comme dans l'idée que c'est justement pour attirer tous les regards que des branleurs sont prêts à dépenser une telle somme pour du jus de raisin pourri, enchéris-je en détournant mon attention de la scène.

– Je ne pensais pas qu'Ezrah avait besoin de ça pour qu'on le remarque.

J'avale ma gorgée de travers, ce qui a le malheur de faire remonter le liquide alcoolisé jusque dans mon nez, endroit où aucun produit inflammable ne devrait se trouver. Je toussote en grimaçant, pendant que Melissa me tapote dans le dos.

– Tu le connais ? s'étonne Adèle, interloquée par ma réaction.

– Ah ! ça, pour le connaître… glousse Camilla. Je crois qu'on a trouvé celui qui pourrait remédier à sa situation… (Elle cherche son mot.)… sexuelle.

Je tousse un peu plus fort, sous les ricanements des deux filles. Ma sœur, elle, est beaucoup moins amusée.

– C'est qui ?

– Arrête, Adèle. Juste un joueur de basket. Tout le monde le connaît.

– Ah ! Mais c'est le fameux Ezrah Milton dont Tony nous a parlé toute la soirée au match ?

Elle a l'air rassurée.

– C'est ça, confirmé-je en lançant un signe à Camilla assez significatif pour qu'elle mime une fermeture Éclair sur ses lèvres.

– Et pourquoi il te fixe de cette façon avec toute sa bande ?

Je cherche des yeux la source de ce courant électrique qui m'a traversée au moment où j'ai appris sa présence dans la boîte.

Quand j'accroche ses yeux émeraude, mon sang se liquéfie ou, à l'inverse, s'épaissit, je ne saurais dire. Tout ce que je ressens, ce sont les milliers de fourmillements qui fusent vers mon muscle cardiaque pour le faire battre déraisonnablement. Ces derniers sont devenus bien trop familiers.

J'aperçois très rapidement Ted qui me jette un regard si polaire que je fronce les sourcils d'incompréhension. Il lance un coup d'œil à son acolyte pour me faire comprendre qu'il n'est pas en position d'être plus chaleureux. J'ai comme l'impression que je ne perds rien pour attendre. J'ignore ce que j'ai pu faire de mal et surtout pourquoi je me sens chagrinée qu'il ait quelque chose à me reprocher.

Je décide de couper court à ce contact visuel qui pourrait alarmer deux personnes devant qui je tiens à garder le secret. Pour donner le change, j'entraîne Adèle avec moi sur la piste de danse afin de me libérer de cette tension qui brûle ma peau à mesure que le regard du basketteur se pose sur moi. Je me sens épiée comme une souris dans un labyrinthe créé par un scientifique fou. Mes réactions sont jaugées, analysées, décryptées. Vais-je, à mon tour, terminer les tripes à l'air ?

Onduler contre ma sœur ne m'aide pas à oublier la présence de celui que je rêve de rejoindre. Si seulement Ted pouvait être cet individu… tout serait tellement plus simple.

Je sais que je représente bien plus qu'un trophée pour Ted. Pour moi, il n'est qu'un moyen d'atteindre mon but. Malgré tout, je m'attache petit à petit à cette sensation d'être enfin importante aux yeux d'un homme de mon âge, pour les bonnes raisons.

L'attachement est un phénomène étrange qui m'a joué des tours plus d'une fois ; or, si je n'apprécie pas Ted comme lui commence à le faire, j'ai envie de le garder près de moi. J'ignore si c'est par pur égoïsme ou parce qu'il commence à gagner mon affection. Toujours est-il qu'il me serait difficile de laisser échapper une personne qui m'accorde enfin de l'importance.

De temps à autre, je lance quelques coups d'œil en direction du groupe. Chaque fois, au moins l'un d'eux est en train de m'observer. Sauf cette fois-ci. Là, tout de suite, l'attention générale de la bande est rivée sur le troupeau de nanas qui s'est téléporté jusqu'à eux. Une colère sourde me bouscule, pendant que mes mouvements ralentissent.

Adèle, perturbée par mon changement de rythme, braque à son tour le regard vers le point que je fixe.

– Il se passe quelque chose avec ce type, affirme-t-elle.

– Non ! réponds-je en écartant la foule de mes coudes pour partir en direction de l'escalier barré d'une cordelette qu'un vigile surveille comme la prunelle de ses yeux.

– Lara, me hèle ma cadette. Reviens, on ne peut pas accéder à cette partie.

Je ne l'écoute pas, guidée par une force qui me dépasse. Je sens à peine la main d'Adèle effleurer mon bras que je me retrouve face au mec de la sécurité.

– Pourrais-je passer, s'il vous plaît ?

– Vous devez rejoindre quelqu'un ?

– Oui, Ezrah Milton.

Le vigile me toise avec un amusement teinté de pitié.

– Oui, oui, bien sûr. Allez, va jouer plus loin.

La colère que je ressens menace de me faire agir stupidement.

– Désolée, monsieur, intervient ma sœur. Elle voulait juste un autographe, on s'en va.

Alors que je continue de fusiller ce connard du regard, Adèle m'agrippe le poignet pour m'attirer hors de son champ de vision. Je m'y oppose. Statufiée, Adèle est obligée d'insister.

– Je veux voir Ezrah, répliqué-je d'une voix blanche.

Mon ton assuré efface le sourire de ce crétin. Avec la pénombre, je ne peux pas l'affirmer mais je suis presque certaine qu'il rougit de rage. Ça tombe bien, comme ça, nous sommes à égalité.

– Écoute, ma mignonne, tu es la dixième à venir trémousser ton p'tit cul ici pour tenter de monter à l'étage. M. Milton a expressément demandé que personne ne le rejoigne, donc tu remballes tes atouts et tu vas te faire tringler par quelqu'un d'autre.

Mes yeux s'arrondissent, pendant que la jointure de mes poings blanchit. Je m'apprête à ouvrir la bouche, quand Adèle me devance.

– Reparle à ma sœur de cette façon et je peux te dire que celui que moi, je vais m'empresser d'aller « tringler », ce sera ton patron. Je suis sûre que tu peux facilement deviner ce que j'irai lui quémander sur l'oreiller.

Il éclate de rire au moment où un homme d'âge mûr, plutôt élégant, se pointe devant nous.

– Un problème, Gary ?

CHAPITRE 39

Lara

Bloodline – Natalie Jane

Nos trois visages bifurquent vers l'intrus dont nous soupçonnons l'identité. Avec l'air soucieux de celui qui contrôle les lieux, l'homme avance dans notre direction, en écartant le vigile d'une main sur l'épaule. Le regard dudit Gary glisse furtivement vers Adèle quand il répond.

– Non, non, tout va bien, patron. Ces jeunes femmes souhaitaient monter, et je leur ai dit que…

– Vous êtes le gérant de cet endroit ? le coupe ma sœur en tendant vers le quinquagénaire une main parfaitement manucurée accompagnée d'un sourire séducteur.

Le piège se referme très vite sur la proie d'Adèle. Ses yeux s'étrécissent, alors qu'une petite mimique ravie flotte au coin de ses lèvres.

– En effet, charmante demoiselle, et vous êtes ?

– Je ne donne jamais mon nom à un inconnu, glousse-t-elle sous le regard paniqué de Gary.

– J'allais justement monter voir M. Milton pour lui demander s'il acceptait que ces jeunes femmes viennent le rencontrer, intervient le vigile de mauvaise grâce.

Adèle jauge son adversaire, la mine satisfaite. Inconscient du combat que son salarié était en train de livrer, le gérant l'ignore pour se concentrer sur ma sœur. Malheureusement pour lui, rien de ce qu'il s'imagine n'a une chance de se produire.

Tandis que le vigile écarte la cordelette, je regarde de nouveau vers la bande. Ezrah m'examine à travers un nuage de fumée opaque qu'il crée en tirant sur un joint, au vu et au su de tous. Ce n'est pas illégal, ça ? Nous nous affrontons du regard pendant quelques secondes alors qu'une jolie brune rit avec Max et Mehdi juste à ses côtés. Finalement, il ne vaut pas la peine que je me déplace.

Qu'allais-je lui dire, dans tous les cas ? Que j'exigeais, pour je ne sais quelle raison, que toutes ces poufiasses virent de là ? Qu'il devait me regarder comme le fait son meilleur pote ? Ou pire, j'allais le supplier de me prendre en levrette sur la banquette ?

Cette petite incartade avec le videur a eu le mérite de me calmer. Maintenant que je suis plus raisonnable, une autre idée germe dans mon esprit. Cela va me causer de nouveaux problèmes, mais je les gérerai en temps voulu.

Je lui décoche mon plus beau sourire, avant de pivoter et de retourner vers la piste de danse, attrapant au passage ma sœur occupée à discuter avec le patron.

– Hey, mais arrête, râle-t-elle alors que les rôles se sont inversés et que je suis à présent celle qui la ramène de force. Il allait nous offrir une bouteille.

Je la toise.

– Depuis quand tu aimes boire ? me moqué-je.

– Depuis que j'ai une peine de cœur à épancher.

– Il te manque ?

Elle a l'air abattue.

– Oui, mais pas autant que je l'aurais cru, confesse-t-elle. Si je dois être totalement honnête, je pense que ça faisait un moment que ça n'allait plus entre nous et que je refusais de me l'avouer…

Je la contemple avec compassion en frottant le bas de son dos d'un geste réconfortant. Je suis contente pour ma sœur, si cette rupture met en évidence le fait que son chemin avec Tony n'était finalement pas le bon.

– Tu dois me comprendre, je suppose…

Cette référence aussi flagrante à Adam, soufflée sans une once de colère ou de malaise, me coupe les jambes. Je braque mon visage dans sa direction.

– Désolée, Lara, ce n'est pas ce que je voulais dire.

– Non, t'en fais pas. Ça me fait du bien que tu commences enfin à parler de lui sans me faire la morale. C'est un épisode douloureux de ma vie mais c'est du passé.

Elle aimerait répondre, seulement, elle n'en a pas le temps, car Ted arrive soudainement et glisse un bras sur son épaule pour la coller contre son torse musculeux. La scène est si improbable que ma pauvre cadette ne peut que tordre le cou pour l'observer, les yeux exorbités.

Quand elle cherche à se libérer de ce malotru qu'elle ne connaît pas, j'interviens.

– Ted ! Lâche-la, exigé-je froidement.

– Qu'est-ce que tu fais ici ? contre-t-il en ignorant les regards outrés d'Adèle.

– Comment ça, qu'est-ce que je fais ici ? Je m'amuse avec des copines. Quel est le problème ?

Il consent enfin à relâcher sa prisonnière, qu'il ignore totalement. Quand je le surprends à regarder en direction de l'étage, je comprends qu'il fait semblant de s'intéresser à ma sœur afin d'avoir un alibi quant à sa présence près de moi.

– Bonjour ! ironise l'intéressée en se collant à moi. J'aurais bien aimé que tu te présentes avant de m'agripper comme une sangsue.

Finalement, le beau brun baisse les yeux sur ma sœur. Quand ses sourcils se froncent un instant, un petit picotement d'agacement me monte au nez.

– Ted, voici Adèle, Adèle, voici Ted, maugréé-je, plus excédée que je l'aurais souhaité. Présentations faites, tu peux repartir d'où tu viens.

– Comment connais-tu Lara ? insiste-t-elle.

Mon sang se glace alors que je lance une menace silencieuse à mon « petit copain ». Cela a juste le mérite de le faire esquisser un sourire en coin.

– On s'est connus en cours, et disons qu'elle m'aide pas mal en anatomie.

Je papillonne des cils alors que mes joues s'embrasent aussi rapidement qu'une montée de lave.

– Intéressant, marmonne Adèle en pivotant dans ma direction.

– Je... Ce n'est pas tout à fait...

– En tout cas, tu es vraiment très charmante... Adèle, c'est bien ça ? m'interrompt Ted.

Cela fait deux fois en une minute que les deux me coupent la parole pour continuer leur conversation. Ce rejet me plaît de moins en moins. Ted se comporte d'une drôle de manière en draguant ouvertement ma sœur devant moi, sans que j'en comprenne la raison.

Toujours est-il que leur comportement m'agace. Le seul avantage est que j'occulte un instant le fait qu'Ezrah soit actuellement en train de gérer un groupe de pouffes à l'étage.

Ce n'est pas raisonnable, mais mon léger complexe d'infériorité envers Adèle ne me permet pas de l'être. Adam adorait jouer avec cette corde sensible, afin de m'entraîner dans les profondeurs de sa perfidie. Alors, maintenant que je me sens exclue de leur duo, une folle envie de me le réapproprier menace de me rendre irrationnelle.

D'un mouvement de tête, je repère celui qui m'occupera l'esprit en me permettant par la même occasion de réaccaparer l'attention des deux personnes qui jouent un rôle important dans cette partie d'échecs.

Il n'est pas difficile de me faire remarquer par le jeune homme accoudé au bar avec deux autres garçons. Ses cheveux châtain clair et son allure séductrice me font penser à Max. Il donne l'air de s'intéresser aux blagues que ses amis lui racontent, mais je distingue les coups d'œil furtifs qu'il jette à droite, à gauche, inquiet de savoir si des nanas s'intéressent à leur groupe. Cela m'amuse. Quand il s'aperçoit que je l'observe, il tique de surprise, trop heureux d'avoir un poisson frétillant au bout de l'hameçon. Je lui adresse un petit sourire lourd de sous-entendus, le faisant décoller illico de son tabouret haut.

Il m'approche d'une manière qu'il veut féline, laissant ses acolytes stupéfaits. Ils me remarquent à leur tour et se jettent un regard entendu avant de pouffer de rire.

Ce soir, nous serons deux à jouer pour épater notre galerie. J'ai hâte de savoir lequel va atteindre sa cible en premier.

– Salut, toi, glisse-t-il une fois suffisamment proche de moi.

Je ne peux m'empêcher de jeter un regard à l'étage. Ce que j'y vois me met particulièrement en rogne. Ezrah, souriant, les yeux braqués dans ceux d'une des pétasses, n'a aucun intérêt pour moi. Quant à Ted, même schéma. Ce dernier s'amuse à empêcher Adèle de boire dans son verre en le tenant en hauteur. Ma cadette s'esclaffe en faisant des bonds de quadrille dans l'espoir d'atteindre son cocktail.

Je retiens un soupir d'agacement agrémenté d'une pointe d'ego mal placé. Je n'ai aucun droit sur Ted, d'autant que je le manipule pour parvenir à mes fins. Pourtant, c'est extrêmement frustrant de le voir draguer ma sœur alors que nous sommes censés être « en flirt », quand bien même secrètement.

Je reviens au jeune homme qui va peut-être me permettre de m'évader.

– Comment t'appelles-tu ? le questionné-je sur un ton que j'espère le plus convivial possible.

– Lucas, et toi ?

Je lui souris, énigmatique, avant de le prendre par la main pour l'emmener vers la piste de danse.

– Quelle importance ? murmuré-je pour moi-même.

Il n'insiste pas, se contentant de placer ses paumes moites sur ma taille dénudée. Cette sensation me rebute. Excepté pour Adam et Ezrah, les contacts physiques ne me procurent aucune sensation agréable. D'ailleurs, seul le basketteur est parvenu à me faire vivre une expérience presque mystique tant elle m'a transportée dans un typhon de plaisir. Rien qu'à cette pensée, un tiraillement me force à prendre une grande inspiration.

Ce geste échappe à mon partenaire, qui continue de danser près de moi. Étrangement, je le trouve plutôt timide. Son regard fuyant peine à se poser sur moi plus de quelques secondes. Son attitude assurée s'est délitée au fur et à mesure qu'il s'est éloigné de ses amis. Je lève les yeux au ciel.

Je vais devoir passer la seconde pour que les choses évoluent un peu.

Tentant le tout pour le tout, je croise les bras sur sa nuque puis pose ma bouche sur sa mâchoire, qui se contracte aussi sec. L'instant d'après, il détourne son visage pour plaquer ses lèvres sur les miennes. Je réprime un mouvement de recul : j'ai enfin matière à agacer Ted et Ezrah.

Je romps le contact après une durée raisonnable et lui adresse un nouveau sourire mielleux, faussement timorée.

– Tu embrasses super bien, me complimente-t-il.

– Merci, réponds-je sans lui retourner l'éloge.

Agacée, je scrute l'étage, cherchant à savoir si mon attitude provocatrice récolte ses fruits.

J'y découvre un Ezrah dont l'attention est toujours rivée sur ses poules. Je n'ai pas le temps d'endiguer la vague de rage et de déception qui se déverse dans mes entrailles. Il n'en a manifestement rien à foutre. Pourquoi cela m'agace tant de découvrir que je ne vaux pas plus qu'une autre, malgré les derniers événements ?

Je décide de couper court à ma piètre tentative puis m'éloigne de la piste, en m'arrachant des bras de mon partenaire.

– Hey ! Attends ! lance-t-il.

Je l'ignore puis me dirige vers le seul endroit où la cohue se disperse : la terrasse.

CHAPITRE 40

Lara

L'air glacial me saisit violemment, et mes paumes viennent étreindre mes bras nus. Je comprends pourquoi cette terrasse est désertée par les clients. Seuls quelques fêtards s'y sont aventurés afin de s'offrir une clope bien méritée après toute cette énergie déployée à faire semblant de s'amuser. Mon cynisme se développe lorsque je suis de très mauvaise humeur. Ted m'a lâchement négligée pour les beaux yeux de ma sœur, et Ezrah, lui, a carrément oublié mon existence. En plus de ça, j'ai agi comme une adolescente vexée. J'ai honte de mon comportement. Utiliser quelqu'un pour tenter de rendre jaloux des mecs dont je me fiche est d'un ridicule sans nom.

Seulement, les images de cette fameuse nuit avec Ezrah me harcèlent.

– À quoi tu jouais ? m'interpelle une voix grave et menaçante.

Je sursaute en me retournant puis découvre Ted, les bras croisés sur la poitrine. Son faciès, qu'il veut neutre, prouve pourtant qu'une colère sourde est tapie sous la surface.

– De quoi tu parles ? répliqué-je froidement.

– De toi en train de rouler des pelles à un type sur la piste de danse.

Je me sentais honteuse il y a quelques secondes, ce n'est plus le cas lorsque ces mots sortent de sa bouche.

– Ah ! Tu m'as vue ? Pardonne-moi, je pensais que tu serais trop occupé à tenter de te taper ma sœur pour y prêter attention.

Sa mâchoire tressaille un instant, signe que j'ai visé dans le mille. J'ignore si je suis satisfaite de retourner la situation contre lui ou si je suis d'autant plus vexée d'avoir vu juste.

– De quoi ? N'importe quoi, je n'essayais pas de…

– C'est bon, le coupé-je. Je m'en fous. On n'a jamais signé de contrat d'exclusivité, de toute manière.

– Justement ! Il est temps qu'on le fasse, car si je revois l'ombre d'un mec s'approcher de toi, je te jure que je le bute. C'était quoi, ton putain de plan, au juste ? Me faire péter un plomb devant tout le monde ? Je t'ai déjà prévenue que si Ezrah apprend que nous avons une… « relation », je risque de tout perdre, et toi, tu t'amuses à attiser ma jalousie sous son nez ?

Je le regarde, à moitié adoucie, consciente d'être la plus hypocrite de nous deux. Le fait qu'il n'ait aucune idée de ce qui se trame entre Ezrah et moi me procure un sentiment mitigé, semblable à de la culpabilité.

Certes, certaines des actions de Ted sont méprisables, toutefois, pour moi qui apprends à le connaître, je peux témoigner de son fond plus humain. Il a tout pour rendre n'importe quelle femme dingue de lui. Il serait peut-être temps que je m'intéresse réellement à lui. Ma vendetta contre Ezrah semble tout à coup bien pâle face à la relation que je pourrais vivre avec Ted si j'acceptais de m'ouvrir sincèrement à lui.

Je ne suis pas en mesure de lui répondre puisque déboule le fameux Lucas. Ted se retourne, et dès lors qu'il aperçoit l'intrus, sa respiration devient bruyante.

– Ah ! Tu es là ! lance Lucas tout en jetant un coup d'œil inquiet à Ted.

– Dégage, grogne le beau brun.

Le sol manque de s'ouvrir sous mes pieds lorsque la porte claque de nouveau et qu'apparaît Ezrah en compagnie de tout le clan.

Il observe rapidement la scène tout en s'approchant de Ted et moi.

– Un problème ?

Lucas, dont le teint a blêmi, bombe le torse, peu enclin à se faire humilier de la sorte.

– Aucun. Je veux juste discuter avec elle.

Je regarde en spectatrice la scène qui se joue devant moi. Incapable d'articuler un mot ou de bouger un membre, je sens la catastrophe arriver.

– Ça ne va pas être possible, ça, le contredit Ezrah.

Je meurs d'envie d'intervenir pour clore cette conversation en beauté en leur disant d'aller se faire foutre avant de retourner à l'intérieur avec Lucas.

Plus courageux que je ne l'aurais imaginé, mon partenaire de la soirée toise l'armoire de muscles qui se tient devant lui.

– Je crois qu'elle est assez grande pour décider elle-même, crache-t-il en se rapprochant d'un pas.

Ezrah l'imite, ainsi que Ted, pendant que des « houuuu » hilares résonnent dans le public créé par la petite représentation que nous jouons. L'ambiance devient électrique.

Le discret sourire en coin d'Ezrah s'étend, alors que son interlocuteur blêmit davantage.

– Crois-moi, commence Ezrah, tu n'as pas envie que les choses s'enveniment.

Lucas garde le silence puis finit par reculer d'un pas.

– Ce que je te propose, reprend-il, c'est de retourner gentiment à l'intérieur et d'oublier l'existence de ta partenaire de ce soir. Comme ça, tout le monde sera content, et en bonus, tu gardes tes deux genoux.

Je ne suis pas la seule à prendre ce numéro très au sérieux. Plus aucun ricanement ne résonne, même si le cortège d'Ezrah a l'air de savourer le moment. Au bout d'un temps interminable, Lucas abdique, recule sans lâcher son rival du regard puis s'éclipse. Des clameurs l'escortent, qui intensifient son humiliation. Je ne sais plus où me mettre. Discrètement, je m'écarte pour tenter de les esquiver.

— Ne bouge pas, siffle Ezrah avant de se tourner vers moi. Vous faisiez quoi, tous les deux ici ?

Son regard acerbe glisse de moi à Ted. Aucun de nous ne répond. Notre silence est éloquent.

– J'espère pour vous que je n'aurai rien à découvrir.

Après un dernier coup d'œil lourd de menaces, Ezrah nous laisse afin de prendre la suite de Lucas. Le reste du groupe maintient son attention dans notre direction.

– Eh merde, marmonne Ted, je t'avais prévenue, putain.

Puis lui aussi décide de m'abandonner.

Après quelques minutes à reprendre mes esprits, je reçois un appel de Camilla.

– T'es où ? Ça fait une demi-heure qu'on te cherche. Ta sœur est bourrée, il faut qu'on rentre.

– J'arrive, je suis sur le rooftop. Laisse-moi trente secondes. Elle va bien ?

Je ne perds pas de temps et me presse de les rejoindre.

– Oui, si on occulte le fait qu'elle a allumé la moitié des mecs de la salle en se trémoussant sur le bar.

J'esquisse un sourire étonné. Il y en a au moins une qui se sera amusée.

– OK, bon, attendez-moi sur le parking.

– Fais vite.

Mais alors que je raccroche en me faufilant dans les couloirs étriqués qui mènent à l'escalier, un bras robuste m'encercle le bas-ventre pour me tirer vers un recoin sombre.

J'aimerais hurler, mais une poigne l'anticipe et m'obstrue la bouche. Je me débats comme une forcenée, mais l'étreinte est trop puissante.

– Qu'est-ce qui se passe, ma jolie ?

Des lèvres se posent sous mon oreille, et je réprime à grand-peine les frissons que ce geste, effectué par cet homme en particulier, me provoque. C'est plus difficile lorsque sa langue vient caresser ma carotide. Son souffle brûlant se mêle à la danse, et aussitôt après, c'est un gémissement que je retiens.

Son bassin se presse contre le mien alors qu'il m'accule contre le mur voisin.

Mes paupières se ferment quand ses baisers glissent jusqu'à ma clavicule.

– Tu préférais peut-être que ce soit le type de tout à l'heure. Ou mieux, encore : Ted ?

Il retire sa main afin de me permettre de lui répondre sans desserrer sa prise contre ma taille.

– Je pourrais en dire autant de toi avec tes groupies. Elles ne t'ont pas satisfait ?

Quand, l'une de ses mains libres, s'aventure sur ma cuisse nue, je me tends.

– Pour le moment, tu es la seule à pouvoir le faire.

– Dommage, je suis prise, comme tu as pu le constater.

Je fais mouche. Je le sens à sa poigne qui agrippe plus fermement ma peau qu'il caressait l'instant d'avant.

– Qu'est-ce qu'il y a entre Ted et toi ?

– Pourquoi tu ne lui demandes pas directement ? En tant que larbin attitré, je supposais qu'il te devait loyauté et sincérité.

Je ris, malgré le fait qu'il puisse m'écraser en moins de temps qu'il n'en faut pour le dire. Mon téléphone ne fait que vibrer, ce qui ne lui échappe pas.

– Si j'apprends qu'il se passe quelque chose entre vous deux, je te donne ma parole que vous le regretterez.

Alors qu'il relâche sa pression, me laissant lui faire face, il ajoute :

– J'ai hâte d'être demain soir.

Je n'ai aucun mouvement de recul lorsque son visage s'approche du mien. Il s'arrête à quelques millimètres de mes lèvres. Je déteste qu'il s'imagine pouvoir jouer avec mon corps à l'instar d'un marionnettiste avec un pantin. Sans qu'il s'y attende, je le bouscule violemment jusqu'à ce qu'il bute contre le mur opposé et, sur la pointe des pieds, l'embrasse sans aucune douceur.

En réponse, ses mains m'agrippent les cuisses pour me soulever comme si je ne pesais pas plus lourd qu'un sac de plumes, puis il place son entrejambe contre la mienne. Ma jupe me remonte jusqu'à l'aine. Si quelqu'un nous surprend, il aura une vue plongeante sur mon fessier. Pourtant, je ne pense qu'à ces lèvres qui me dévorent, qu'à cette langue qui entame un ballet avec la mienne.

Je ne retiens plus mes gémissements, ce qui le rend encore plus brutal. Les rôles s'inversent. À son tour, il me plaque contre la pierre, et je hoquette de douleur, avant qu'il ne plonge son visage dans mon décolleté. Je ne suis retenue dans cette position que par la force de ses bras, qui d'ailleurs se resserrent désagréablement contre mes cuisses.

Notre baiser est agressif. Chacun de nous souhaite remporter une victoire sur l'autre. D'instinct, le bassin de mon partenaire vient onduler contre le mien, au début avec retenue, puis de plus en plus frénétiquement. Nous sommes dans une mauvaise posture, prêts à déraper au moindre instant.

Notre étreinte farouche me plonge dans une transe aliénante. Mes doigts se précipitent vers l'entrejambe tendu d'Ezrah, qui rugit au moment où je plonge droit dans son caleçon. Son sexe bandé est bouillant.

– Lara ?

Dans un sursaut, je retire ma paume en tournant le visage en direction de la voix féminine qui m'interpelle. Ezrah se contente de grogner en m'écrasant un peu plus contre le mur, sans cesser de dévorer la peau de mon décolleté.

Dieu merci, il s'agit seulement de Camilla. Ma gêne augmente d'un cran quand je la vois baisser le regard sur la main du basketteur en train de peloter mes fesses totalement à nues.

Je tapote le biceps d'Ezrah à de multiples reprises pour l'inciter à me lâcher, en vain.

– Bon, Ez, tu la déglingueras à un autre moment, on l'attend pour la ramener chez elle avec sa frangine ivre morte.

– Je la ramènerai, gronde-t-il sans même la regarder. Dégage de là.

– Non, lâche-moi, Ezrah, répliqué-je, hors d'haleine. Je dois m'occuper de ma petite sœur.

Il obtempère brutalement en sifflant une insulte, si bien que je manque de retomber directement sur le postérieur.

– Ne m'appelle plus jamais comme ça, crache-t-il, l'air mauvais.

Au moment où je m'échappe, de nouveau, il m'emprisonne.

– N'oublie pas. Demain soir, sans faute !

Mon poignet est libéré à peine achève-t-il sa phrase. Dans un dernier regard, j'acquiesce et suis Camilla à la hâte.

Nous nous frayons un chemin dans la foule, jouant souvent des coudes pour ne pas nous faire écraser par d'autres fêtards.

Une fois dehors, loin du brouhaha ambiant mais surtout loin de lui, je prends conscience d'avoir failli coucher avec lui, quasiment en public. Si ma sœur l'apprend, je suis persuadée que mon père sera très vite au courant également. J'ose espérer qu'elle lui épargnera les détails…

– Eh bien, vous avez une drôle de façon de vous faire la guerre, toi et Ez, ricane Cam pendant que nous marchons jusqu'à sa voiture.

– Tu ne devrais pas te fier à ce que tu vois.

– Je dirais que ta langue dans sa bouche et ta main dans son caleçon étaient pourtant éloquentes.

Je masque un sourire gêné.

– C'est compliqué, avoué-je.

– Fais juste attention à toi, ce gars est le roi des enflures. Et puis il a une nana depuis des années.

Oh mon Dieu, Haley ! C'est vrai…

– C'était un dérapage.

Si elle savait que non seulement ce n'en était pas un, ou du moins pas le premier, et qu'en plus il m'a dépucelée… J'admets ne jamais avoir trop songé à sa copine. J'ai presque oublié qu'elle faisait partie de sa vie. J'ignore où se situe le niveau de jalousie de Haley, puisque de toute évidence, Ezrah ne se cache pas d'avoir des aventures. Encore ce soir, il se trouvait en public avec un groupe de nanas aimanté à lui. Malgré tout, je suppose que coucher avec son mec doit être une barrière à ne pas franchir… Cela dit, je ne culpabilise qu'à moitié, parce que ce rapprochement n'est dû qu'à Ezrah. C'est lui qui m'a prise pour cible. J'ai juste accepté de jouer…

Lorsque je songe à ce qui m'attend demain, je me sens plus fébrile que je ne le voudrais. Je devrais me confier à Camilla qu'elle avertisse la police si les choses tournent mal, car je sens que cette petite sauterie n'aura rien de convivial.

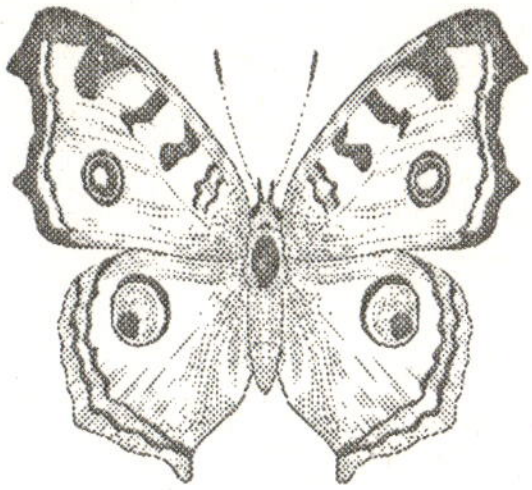

CHAPITRE 41

Lara

Une demi-heure. C'est le temps qu'il m'a fallu pour remonter Adèle jusqu'au seuil de l'appartement puis dans notre lit. Je suis en nage.

Le parfum d'Ezrah collé à ma peau m'assaille par intermittence. Quand je plonge sous l'eau chaude, les particules odorantes m'obligent à repenser à notre corps-à-corps tumultueux. Il m'est de plus en plus difficile de résister à l'attraction qui nous lie, alors même que la haine qu'il éveille en moi ne faiblit pas. Ce contraste entre le feu et la glace met mes méninges à rude épreuve.

J'aimerais comprendre la psychologie obscure de cet homme qui ne cesse de dévoiler des facettes de sa personnalité plus complexes les unes que les autres. Premièrement, aime-t-il Haley ? Je n'en ai pas l'impression. Pas seulement parce qu'il la trompe à tout va. Non, il y a autre chose. Je ne peux nier que lorsqu'il est avec elle, on pourrait jurer qu'il en est fou. Son attitude a tout du petit copain parfait. Pourtant, quelque chose cloche, j'en ai eu un aperçu quand elle nous a surpris dans le jacuzzi.

Le masque est tombé. Il s'est comporté avec elle comme jamais il ne l'avait fait en public. Cependant, quelques jours après, ils s'affichaient de nouveau plus proches que jamais. Quelle femme sur terre trouve son mec occupé à doigter une autre et lui pardonne aussitôt ?

Ces questions qui resteront sans doute sans réponses me plongent dans une profonde perplexité. Une fois ma crinière blonde démêlée, je file sous la couverture qui abrite déjà le corps enivré de ma sœur, et le sommeil me cueille dans la foulée.

Se faire réveiller par des bruits de régurgitation doit faire partie du top cinq des situations les moins agréables qui soient. J'émerge de force, soucieuse de l'état d'Adèle.

– Ça va ? demandé-je en frappant doucement contre la porte de la salle de bains.

– À merveille, maugrée-t-elle. Vomir est une de mes activités favorites.

Je rigole doucement en retournant vers le lit.

– J'aurais dû te prévenir que l'alcool est mauvais pour la santé, mais je pensais qu'à 22 ans, cette leçon était acquise.

– Ta gueule, réplique-t-elle avant de repartir pour une salve de sons répugnants.

J'hésite toujours entre rire ou me boucher les oreilles, quand mon téléphone se met à vibrer. Je ne reçois que peu de textos, hormis ceux d'Adèle et Camilla. L'idée qu'Ezrah ait récidivé met l'intégralité de mes sens en alerte.

Je récupère le mobile puis ouvre la notification de mes doigts crispés.

Ezrah : Tic-tac, tic-tac.
À ce soir.

J'ai enregistré son numéro depuis la dernière fois, j'ai donc su l'expéditeur avant même de lire sa prose menaçante.

Je cache mon portable sous la couette lorsqu'Adèle revient dans la pièce.

– Ça va ? demande-t-elle. T'es toute blanche.

– C'est moi que tu trouves blanche ? répliqué-je en priant pour paraître naturelle. Tu devrais te regarder dans un miroir.

Elle balaye l'air de son bras en reprenant la direction du lit.

– J'admets que j'ai un peu abusé hier soir, mais je venais d'apprendre que Tony était reparti à Columbia et se tapait Cindy. Tu te souviens de cette connasse qui était censée être l'une de mes amies ?

J'arque les sourcils. Cette info me divertit suffisamment pour zapper l'intimidation d'Ezrah.

– Oui, je me souviens, confirmé-je. Elle n'était pas supposée être en couple ?

– Si ! Et je vais m'empresser d'aller rajouter son ex sur Insta.

Je ricane.

– Une vengeance drôlement originale.

– Parfois, Lara, les bonnes vieilles méthodes sont les plus efficaces. D'ailleurs, en parlant de jalousie, j'ai eu l'impression que tu n'étais pas franchement ravie que je m'entende bien avec Ted. Pourquoi ?

La gêne m'envahit. L'histoire d'Adam a achevé de créer un fossé entre Adèle et moi. La mort d'un homme de 22 ans a été décisive sur le jugement de mes proches concernant ma santé mentale. À leurs yeux, je me suis emmurée dans ce rôle de jeune prodige incapable de socialisation. Aucun n'a été apte à voir au-delà. Je n'ai rien d'un génie, quand bien même mon QI est en effet plus élevé que la moyenne. J'ai certes des facultés intellectuelles, mais beaucoup de lacunes par ailleurs. Les situations catastrophiques dans lesquelles je me suis retrouvée ne sont pas le fruit de mon atypie. Seulement de mon envie d'être intégrée, comprise et aimée par les autres. L'abandon de ma mère est à mes yeux bien plus responsable de ma recherche d'adrénaline que mon haut potentiel.

Cependant, j'ai ma part de responsabilité. Je ne me suis jamais battue, n'ai jamais voulu m'expliquer sur ce qui s'était passé. J'ai laissé mon père me dicter les sujets à éviter, les comportements dangereux et les activités interdites. Ma culpabilité étant immense à la mort d'Adam, je n'ai pas moufté quand il a demandé à ma sœur de me surveiller comme le lait sur le feu, ou encore, quand il m'a interdit d'avoir de nouveau une relation sentimentale. Pire, j'ai obéi en craignant leurs réactions.

Il faut vraiment que cela cesse. Je suis une adulte. Qui a commis quelques erreurs, certes, mais une adulte malgré tout.

– Ted et moi entretenons une liaison, balancé-je brusquement.

Le silence qui plane après cette révélation me fait presque jubiler. Tant mieux si ça la choque. Je les emmerde, tout compte fait. C'est ma vie, mes choix, mes décisions. Le temps des faux-semblants est terminé.

Après un léger soupir, je sens le matelas s'affaler sous son poids.

– Je m'en doutais, déclare-t-elle finalement. Écoute, Lara, je suis désolée si papa et moi paraissons envahissants. Je sais qu'il refuse que tu aies de nouveau quelqu'un, mais… je veux que tu saches que je n'ai jamais été de son avis à ce sujet. Moi, je suis seulement inquiète pour toi.

Je la pensais rangée du côté de mon paternel, tous deux unis en bloc face à la « menace Lara ».

– Tu n'es pas d'accord avec lui, pourtant tu passes ton temps à me fliquer dès qu'il s'agit de mecs, comme si j'étais devenue une espèce de serial killer. Je ne sais pas ce que vous croyez, mais je ne vais pas buter tous les gars qui osent m'approcher.

– Arrête de dire que tu l'as tué… Personne n'a jamais pensé ça.

Je ne peux m'empêcher de rire jaune.

– Si peu de personnes, en effet, que notre père s'est précipité pour dénicher un appart à proximité de Johns-Hopkins et que tu as été obligée de me suivre pour t'éviter le harcèlement.

Elle pince les lèvres, gênée. Elle sait que j'ai raison. La folie qui a découlé de la mort d'Adam a été telle que nous avons dû nous terrer pendant de longs mois. S'ils connaissaient réellement, tous ces cons, le monstre dont ils tentent de venger la mémoire…

– Je veux dire que nous, papa et moi, ne t'avons jamais crue coupable. Ce n'est pas pour rien que tu as été acquittée.

Ses mots se frayent un chemin à travers la carapace que je me suis forgée pour éviter de souffrir du rejet. Le fait que l'intégralité de ma ville sorte les fourches m'a presque indifférée. Cependant, lire la déception dans les yeux de mon père et la frayeur dans ceux de ma sœur m'a occasionné une vive douleur. Le sujet n'a plus jamais été abordé par la suite. Nous avons repris le cours de notre vie, ignorant les quolibets et le vandalisme dont nous étions victimes.

Les larmes me montent aux yeux.

– Vous ne m'avez pas crue coupable ? Explique-moi, dans ce cas, pourquoi vous vous êtes efforcés de me traiter comme la cinglée de la famille ?

Ses sourcils s'arquent de la même manière que si je venais de l'insulter.

– On ne t'a jamais traitée comme ça, je…

– Est-ce que tu te rends compte que je viens de recevoir un texto d'un homme et que mon premier réflexe a été de planquer le téléphone sous la couette, par peur de ta réaction ? Comment crois-tu que j'en sois arrivée là ? Papa et toi êtes sans cesse en train de m'épier, de me fliquer, de contrôler les moindres paramètres de ma vie. Heureusement que mes études se déroulent bien, sinon je ne serais pas étonnée d'avoir un chaperon en amphi pour vérifier que je prends correctement mes notes.

Je m'étonne de recevoir une goutte sur mon avant-bras. Je porte les doigts à mes joues et découvre que des larmes y coulent. Je ne m'étais pas aperçue que les vannes s'étaient ouvertes. D'un geste rageur, je les essuie alors qu'Adèle me regarde avec une expression peinée.

– Je n'avais pas conscience de tout ça, bredouille-t-elle. Je m'excuse, Lara, j'en parlerai avec papa.

– Non. C'est moi qui le ferai. Pour le moment, j'ai juste besoin d'air. Finalement, le fait qu'on ait déménagé de chez lui me fait le plus grand bien.

– Parce que tu as rencontré Ted ?

Bon, OK, je veux m'émanciper. Cependant, lâcher la bombe Ezrah maintenant serait un peu précipité.

– Entre autres.

Le petit sourire qu'elle m'adresse se veut taquin, même si son visage est toujours voilé d'inquiétude.

– Je suis ravie pour toi s'il te rend heureuse.

Je prends sur moi pour soutenir son regard, légèrement honteuse. Ce n'est pas Ted le responsable de mon changement de comportement ou, plus exactement, de mon émancipation. Ezrah ne me rend pas « heureuse », loin de là. Non, il me rend vivante, et je préfère mille fois cette sensation au bonheur. Il a initié des jeux qui m'ont redonné le goût du risque, l'envie de combattre. Même s'ils ont été souvent beaucoup trop poussés, je ne peux nier avoir pris bien plus de plaisir que je ne l'aurais dû. L'adrénaline a toujours été une drogue puissante pour moi, et Ezrah est malheureusement mon dealer favori du moment.

Adèle a raison de rester méfiante, car d'ici quelques heures, je retourne dans l'antre du diable, plus pressée qu'inquiète de découvrir le poison que Lucifer m'a concocté.

CHAPITRE 42

Lara

Sweet Dreams - Besomorph

Samedi soir, 19 h, le glas a sonné.

Lorsque je m'installe derrière le volant, j'ai un moment d'arrêt. Que suis-je en train de faire ? Vais-je vraiment me jeter dans la gueule du loup en pleine conscience ? Je croise mon regard dans le rétroviseur et songe qu'une fois de plus, je suis incapable d'écouter la voix de la raison.

J'indique l'adresse sur mon GPS et démarre le moteur. Si seulement je pouvais avoir une bouteille d'alcool fort sous la main, j'en prendrais bien deux grosses goulées. Adèle ne m'a posé aucune question concernant mon absence ce soir, je n'ai rien précisé non plus. Je me suis douchée, préparée et suis partie. J'ai soif de liberté, d'indépendance. En un sens, je peux remercier la bande pour ce cadeau.

Lorsque j'arrive devant la demeure, je m'interroge. Il s'agit d'une propriété de style contemporain, totalement raccord avec les bâtisses voisines. La maison possède plusieurs niveaux surplombés d'un toit plat.

Ezrah est peut-être une star émergente du basket-ball, mais est-il en mesure de posséder un tel bien en plus de son penthouse en plein centre-ville ? Il est plus probable que cette demeure appartienne à la famille d'un des gars, qui sont tous pleins aux as. Je peux d'office rayer Ted, dont je connais la maison, de la liste des suspects.

J'avance vers le portail d'un pas déterminé, et alors que je me demande si je dois tout simplement sonner à l'interphone, le passage s'ouvre de lui-même, me permettant d'accéder à l'allée bordée de spots lumineux. Je gare ma voiture qui fait tache dans ce décor digne d'un film hollywoodien. De près, la résidence semble plus immense encore. Les talons de mes bottines claquent sur le parvis dans un silence angoissant, m'insufflant paradoxalement le courage de poursuivre.

Je marque un arrêt quand je m'aperçois que tous les éclairages intérieurs sont éteints. Étrange. C'est au moment où je suis suffisamment proche de l'entrée que je remarque le post-it collé sur la porte.

Les sourcils froncés, je m'approche afin de lire ce qui y est écrit

La porte est ouverte.
Ta première mission est de trouver le sous-sol.

Des frissons me parcourent l'échine. Je suis encore libre de mes mouvements, je n'ai qu'un demi-tour à faire et je repars d'où je viens. Il est évident que je n'en ferai rien, bien trop stimulée pour prendre mes jambes à mon cou. J'entre enfin. Les couleurs qui décorent le vestibule sont flamboyantes. Des tableaux plus déjantés les uns que les autres rejoignent des créations à la symbolique… particulière. Des corps figés dans la pierre sont représentés nus, dans des positions plus que suggestives. Le plafond est quant à lui recouvert d'une couche de peintures multicolores, comme si quelqu'un s'était amusé à jeter plusieurs pots en l'air. Cette vision m'arrache un léger sourire. J'imagine les propriétaires aussi saugrenus que délurés. Le reste de la maison ne déroge pas à la règle. Le mobilier est à lui seul une œuvre d'art, tout droit sorti d'un musée loufoque.

Je continue d'observer ce décor insolite qui jongle entre luxe et folie, déconcentrée de mon objectif initial. Il est étrange de fouler seule ces lieux inconnus, dans un but encore mystérieux. Curieusement, je me sens sereine. L'idée que les habitants de cette maison puissent débarquer à n'importe quel moment ne m'inquiète pas autant que ça le devrait. Je remarque vite les caméras placées à chaque recoin. Je me force à les ignorer, en avançant de pièce en pièce, le pas de plus en plus pressé.

Soudain, à mesure que je me rapproche d'un couloir, des vibrations cadencées pulsent sous mes pieds. Je me concentre, les sourcils froncés, en me dirigeant vers la source de ce bruit qui, j'en suis sûre, est destiné à m'appâter. Je me demande si Ezrah souhaite m'effrayer, si lui aussi vibre en ressentant la peur exsuder des pores de ses victimes. Est-il comme Adam ?

Cela ne m'étonnerait pas… D'instinct, j'attire les prédateurs. Mon aura doit correspondre à merveille à la leur. Quoi de mieux qu'une droguée de l'adrénaline pour compléter un potentiel psychopathe ? À la manière de Harley Quinn, je me jette à corps perdu dans les limbes psychédéliques du Joker. Mes pas se rapprochent d'une porte close, dont le bois palpite. Je peux clairement distinguer les notes musicales qui les accompagnent. Du hard métal… Lorsque je l'ouvre d'une main tremblante, le son devient nettement plus percutant, me déclenchant une chair de poule saisissante.

J'emprunte un escalier éclairé par une suspension pour rejoindre le sous-sol. Une odeur d'essence mélangée à un autre effluve, plus amer, me saisit. Je suis assaillie par les voix saturées des chanteurs.

L'ambiance est donnée. Je suis en territoire ennemi. Ma respiration se fait plus profonde, moins placide. Plus je descends, plus la musique devient intolérable.

Au quart tournant, je m'aperçois qu'il n'y a plus d'ampoule au-dessus de moi. Dorénavant, seule la lumière des marches supérieures me permet encore d'avancer. Je cherche un interrupteur mais n'en trouve aucun. Je sors mon téléphone pour activer la lampe-torche.

Ma volonté flanche quelque peu. Tout à coup, mon comportement irresponsable me saute aux yeux. Je suis dans une maison inconnue, sans savoir qui m'attend, et surtout, consentante pour descendre dans une cave dont je ne sais rien. Il faut que je remonte, que je sorte d'ici.

Saisie par un élan d'angoisse, je me retourne d'un bond puis remonte l'escalier en sprintant. Je manque de hurler, persuadée qu'un individu risque de me rattraper par la cheville pour me forcer à redescendre. Mon cœur bat à tout rompre. Mon changement radical d'attitude met mon corps à rude épreuve. Quelques minutes auparavant, j'étais zen, presque réjouie, puis la panique a finalement eu raison de moi. Ezrah a bien joué son coup. Je l'en féliciterai plus tard. Pour le moment, seule l'idée de m'échapper de ce terrier maintient mon cerveau alerte.

En trombe, je reviens sur mes pas et me jette littéralement sur la poignée. Le sol se dérobe sous mes pieds. Cette dernière refuse de céder. La porte est close, et j'ai beau me déchaîner, rien n'y fait. Je suis emprisonnée. Quelqu'un m'a enfermée. Le volume sonore a permis à l'individu de verrouiller l'accès en toute discrétion.

Ma poitrine gonfle de fureur. Je crains tellement d'apercevoir une créature monter les escaliers pour me rejoindre que je manque de m'évanouir. Les minutes passent et je suis encore seule, le dos collé contre la porte, le cœur au bord des lèvres.

Les morceaux de hard métal se suivent et se ressemblent. À plusieurs reprises, je tente de rouvrir la porte, en vain. Je commence sérieusement à me demander ce que me veut Ezrah. Est-ce que cela l'amuse de me laisser me terrer dans mon coin, engluée dans ma terreur ? Il est d'une patience redoutable s'il m'attend en bas.

Mon téléphone se met soudainement à vibrer, ce qui me provoque un violent sursaut. La main tremblante, je le retire de ma poche pour y découvrir la notification. Sans grande surprise, le prénom d'Ezrah s'affiche sur l'écran.

Ezrah : Félicitations, tu as réussi la première épreuve de la soirée.
Descends, tu ne risques rien. Et quand bien même ce serait le cas, je sais que tu adores ça.

J'ignore le lien qui m'unit à Ezrah, celui même que je n'ai jamais ressenti complètement avec Adam. Quelque chose en lui me donne suffisamment confiance pour tolérer, voire apprécier, ses petits jeux tordus.

Il a pris ma virginité, cependant elle n'avait pas une immense valeur à mes yeux. Je ne crois pas que ce soit notre partie de jambes en l'air qui m'ait liée à lui plus qu'à un autre.

En quelques mois, je suis passée de proie à prédatrice. Je sais qu'Ezrah aussi apprécie de devenir la cible de mes attaques.

C'est au moment où je plonge dans l'obscurité du sous-sol que je réalise avoir descendu l'intégralité des marches, l'esprit dirigé vers Ezrah. Plus aucune once de peur ne m'habite alors que j'avance à la lueur de la lampe-torche, toujours assourdie par la musique.

Je m'immobilise lorsque l'obscurité devient totale autour de moi. Je refuse de lui ou de leur faire le plaisir de me vautrer ou de m'ouvrir le front en butant contre un obstacle. J'ai joué, mon pion est déplacé. À son tour, maintenant.

Après quelques secondes, une aura rosée envahit le lieu, dévoilant quelques-uns de ses mystères.

La pièce est plus petite que je l'imaginais, abritant un tas d'encombrants plus ou moins bien rangés. Dans l'espace plus ordonné qui se trouve au fond trônent frigo, télé à écran plat et canapé défoncé sur lequel sont installés deux hommes cagoulés. Ces cagoules, je les reconnais pour les avoir déjà vues.

On dirait que nous sommes revenus à la case départ, non plus dans une maison abandonnée mais dans une cave, de laquelle je n'ai aucun moyen de sortir.

CHAPITRE 43

Lara

Même si les néons m'aident à les discerner, la pièce est sombre. Ils sont deux. Je suppose que l'un n'est autre qu'Ezrah, mais qui est le second ? Une bière à la main, avachis tous les deux, ils se contentent de me fixer en avalant de temps à autre une goulée de leur nectar alcoolisé.

Pour le moment, je suis encore incapable de deviner sous quelle cagoule se cache mon bourreau. Je me doutais qu'ils étaient plusieurs, puisque quelqu'un m'a enfermée de l'extérieur. Cependant, il est évident que ça ne peut être aucun des deux individus qui se trouvent en ces lieux souterrains avec moi.

Ils sont donc au minimum trois.

J'aimerais de nouveau ressentir cette envie de fuir, lorsque mon instinct de survie a pris le dessus. Ces quelques instants où, enfin, j'ai ressemblé à quelqu'un de normalement constitué. J'adorerais retrouver la peur qui m'a envahie tout à l'heure, afin de m'éviter une situation qui pourrait bien devenir catastrophique. Il serait tellement plus simple que je me mette à hurler, à supplier…

Mais sans en être certaine, je crois que je souris. Ma soif d'adrénaline est plus forte que la crainte que cette scène m'inspire. Je suis curieuse de voir jusqu'où ils iront, la nature de leurs projets, comment ils s'en sortiront avec une adversaire telle que moi, quelles sont les limites d'Ezrah, quelles sont les miennes…

J'aimerais toutefois que cette musique atroce qui m'embrouille l'esprit cesse. Ça n'arrivera pas. Je l'ai compris depuis un moment.

Ma posture statique a l'air de les agacer ou de les intriguer. Je le vois aux mains gantées de l'un d'eux qui pianotent sur l'accoudoir du sofa en cuir vert délavé. Sont-elles celles de l'homme qui m'envoûte ?

Comme s'ils ne m'impressionnaient pas le moins du monde, je me mets à observer mon nouvel environnement. Je me déplace, effleurant un vieux juke-box poussiéreux qui n'a pas dû servir depuis les années soixante, avant de chasser la saleté de la pulpe de mes doigts avec un long souffle lascif. Ma démarche est lente et assurée. Après les avoir ignorés un moment, je jette un coup d'œil derrière mon épaule pour leur adresser mon plus beau regard dédaigneux.

Quand l'un des deux se redresse, sûrement en réponse à cette provocation, je me remets d'office face à mes ennemis, prête au combat. Le deuxième se penche en avant pour récupérer un joint sur la table, qu'il glisse entre ses lèvres avant de l'allumer.

Mon potentiel agresseur me rejoint en quelques enjambées. Il est aussi grand qu'Ezrah, mais dans sa petite bande, ils le sont presque tous autant. Je ne peux avoir aucune certitude. Je refuse de reculer d'un pas, alors il m'agrippe par la nuque. Mon torse frappe vigoureusement le sien, mais il n'est pas assez vif pour éviter le coup de pied que je lui balance sans ménagement dans le tibia. Ça ressemble à une technique d'enfant de 5 ans, mais mon père m'a rabâché toute ma vie que les attaques les plus simples se trouvent être les plus efficaces.

Force est de constater qu'il n'avait pas tort. La poigne sur mes cervicales se desserre alors qu'un grognement de douleur s'échappe de sa bouche. Je n'ai aucune volonté de m'échapper. Non seulement ce serait inutile d'essayer, mais de plus, la situation est… intéressante.

Je n'ai toujours pas amorcé un pas en arrière. Le second, exhalant un nuage opaque, se marre, alors que son compère lui jette un regard par-derrière comme pour demander l'autorisation d'aller plus loin.

D'un petit signe du menton, il l'obtient. Il devient évident que l'un des deux commande l'autre. Te voilà, Ezrah.

– Je sais qui tu es, articulé-je.

Il ne peut pas m'entendre à cause du volume sonore, pourtant je suis persuadée qu'il a lu sur mes lèvres. L'intéressé se penche.

Quelques secondes passent pendant qu'il me toise, sans que je puisse lire l'expression de son faciès.

C'est un soulagement lorsqu'il agrippe le rebord de sa cagoule jusqu'à la soulever. Cette dernière est jetée dans un coin, et j'ai enfin la possibilité de discerner ses traits.

Les néons roses illuminent sa peau sombre d'une aura plus mystérieuse que jamais. J'aimerais que la lumière soit plus perçante pour que je puisse mieux lire en lui.

Trop subjuguée par cette vision érotique dont j'ai du mal à me détacher, je ne remarque que trop tard l'attaque fugace de l'inconnu. Mon dos frappe brutalement le sol, et je peste contre moi-même. Je suis et resterai toujours mon plus gros point faible. Ma concentration est aussi instable qu'une plume en pleine tempête. J'aurais, plus que jamais, dû rester sur mes gardes.

Je me débats vivement, cependant je dois me rendre à l'évidence, j'ai perdu l'avantage au moment où mes prunelles se sont rivées sur le diable en personne. J'ai à peine le temps de comprendre ce qui m'arrive que je me retrouve sur le ventre, poignets entravés puis ligotés par une sorte de cordelette qui brûle mon épiderme sensible à chaque mouvement trop vigoureux.

Mes insultes se noient sous Metallica, dont le chanteur, je dois l'avouer, possède un coffre qui dépasse de loin le mien. Je suis soulevée de terre comme une simple poupée. Je suis persuadée qu'il s'agit de Max. Mehdi n'est pas si grand, Kayron est gay, et Ted est quasi rallié à ma cause. Je jure devant Dieu que s'il dépasse les bornes, ce fils de pute, je le dénonce aux flics. Qu'Ezrah joue à des jeux sexuels un peu pervers avec moi est une chose, qu'il en fasse profiter un de ses meilleurs potes en est une autre.

Une fois sur mes pieds, je me retourne brusquement puis crache un mollard droit sur la cagoule de Max. Ce dernier a un léger mouvement de recul. Mon crachat s'accroche au tissu avant que ce connard ne le nettoie à l'aide de son avant-bras couvert d'un tee-shirt noir moulant.

Si on exclut la peur, quelle est cette émotion qui fait battre mon cœur aussi violemment ?

Sans ménagement, je suis entraînée vers une poutre verticale qui soutient la structure. Je cherche par tous les moyens à blesser Max, en vain. Ça ne lui prend que quelques secondes pour accrocher mes mains à un crochet placé en hauteur. Ma position est plus qu'humiliante. Je me retrouve suspendue comme une vulgaire bête d'abattage. Mes pieds touchent à peine le sol, créant une tension douloureuse dans mes épaules.

Je rentre dans une rage folle, n'étant plus en mesure de me défendre, hormis grâce à mes jambes. Sans appui, je ne peux pas prendre suffisamment d'élan et de force pour arriver à effectuer une frappe correcte.

Le seul avantage est que d'ici, j'ai une vue plongeante sur le visage fermé d'Ezrah. Je l'insulte de toutes mes forces en espérant qu'il comprenne chaque mot qui sort de ma bouche. Si tel est le cas, il n'a pas l'air ébranlé par mes injures. Les yeux légèrement plissés, il se contente de me détailler. Maintenant qu'il n'a plus sa cagoule, je peux mieux discerner les mouvements de ses iris qui glissent sur mon corps. Dieu merci, je m'étais habillée sobrement. Ma veste en jean remonte jusqu'à mes côtes, mais mon débardeur blanc reste loyalement en place.

Soudainement, je m'aperçois que Max a disparu. Je tourne la tête dans tous les sens possibles, malgré ma position inconfortable, sans parvenir à le repérer.

D'un coup, le volume de la musique baisse drastiquement. Mes tympans sifflent pendant quelques secondes supplémentaires, mais je peux enfin me faire entendre.

– Alors, c'est ça ton kif, finalement ? Regarder tes potes malmener des nanas dans une cave sordide ? T'es encore plus fêlé que je le pensais.

Après un long silence, il finit par répondre.

– Malmener non, baiser oui.

CHAPITRE 44

Lara

Mon sang quitte mes veines alors que je tente de ne pas réagir à cette lourde menace. Il va laisser Max me violer sous son nez ? En parlant du loup, le voici qui réapparaît, prenant la direction de son pote à qui il tend une deuxième bière.

Ezrah la décapsule plus vite que son ombre avant d'en vider la moitié. Je tuerais pour boire à mon tour. Non seulement ma gorge est sèche, mais en plus, comme je le soupçonnais en prenant la route, de l'alcool n'aurait pas été de trop pour m'aider à supporter ce qui m'attend.

Il doit lire dans mes pensées puisqu'il se lève et marche lentement jusqu'à moi. Lorsqu'il est assez près pour que l'odeur de son parfum me parvienne, une nuée de frissons assaille mes membres sans que je puisse les contrôler. Si seulement le froid pouvait les justifier… Mais cette cave est tout à fait isolée de la froideur hivernale, car je meurs de chaud. Je le vois jeter un coup d'œil à mes avant-bras et je rougis aussitôt, de honte, tandis que le coin de sa lèvre s'étire.

Juste après, son regard plein d'un désir sauvage se plante dans le mien, tout en s'approchant impitoyablement.

Nos corps sont bientôt collés, et l'air devient irrespirable. Mes paupières papillonnent trop vite, trop fort, alors que je soutiens son œillade intense. Comme bien souvent, je suis incapable de deviner le fond de ses pensées. J'aimerais me faufiler dans son esprit pour comprendre les rouages néfastes qui l'animent.

Pas le temps d'approfondir mes réflexions, sa paume se faufile jusqu'à ma mâchoire qu'il caresse sensuellement, déclenchant un raz-de-marée de sensations outrageuses dans mon bas-ventre. Je suis presque sûre d'avoir basculé mon bassin contre le sien. Ses doigts pressent un peu plus fermement ma peau fine. J'ai la certitude de ne pas le laisser indifférent.

De sa seconde main, Ezrah m'incline le visage vers l'arrière en tirant doucement sur mon cuir chevelu puis pose la bouteille glacée sur mes lèvres entrouvertes. Le liquide ambré et délicatement amer se déverse aussitôt dans ma bouche, jusqu'à ce qu'il glisse au fond de ma gorge et que je doive… avaler. Je n'hésite pas à me laisser porter par la sensualité de ce moment.

La bière coule aussi le long de mes joues, dévalant mon menton pour venir s'échouer dans mon décolleté discret. Le liquide glacé contraste avec ma peau brûlante. Mes cuisses se contractent l'une contre l'autre. Je suis proche de la combustion instantanée. Mes mains retenues prisonnières deviennent plus moites à mesure que les secondes défilent. Je ne sens plus la douleur, seulement l'excitation qui gagne mes synapses.

Les pupilles d'Ezrah, quant à elles, se dilatent à mesure que je continue de déglutir pour avaler au rythme qu'il impose. Ses doigts se contractent plus fort sur ma chevelure, faisant ployer davantage ma nuque. Ma dernière gorgée achève ce petit manège qui menace de me faire perdre les pédales.

– Merci pour le rafraîchissement, glissé-je d'une voix plus rauque qu'à l'accoutumée.

Ses traits sont crispés, malgré le subtil sourire en coin qu'il m'adresse en guise de réponse.

– Toutefois, reprends-je, je commence légèrement à m'ennuyer.

Cette fois-ci, il hausse les sourcils.

– T'ennuyer, ah bon ?

Je hoche la tête en le narguant.

– Et là, est-ce que tu t'ennuies ?

Il pose ses lèvres à la commissure des miennes. Mon corps réagit aussitôt en se cambrant contre lui. Je pousse un gémissement puis croise le regard de Max, dont j'avais presque omis la présence. Ce dernier se terre dans un angle de la pièce, près du juke-box. Un néon, posé non loin de lui, me permet de discerner sa silhouette aux bras croisés sur la poitrine.

Je me fais violence pour ne pas clore les paupières lorsque la bouche d'Ezrah glisse le long de mon menton, précisément où la bière a tracé son sillon. La langue de mon tourmenteur descend ensuite jusqu'à mon décolleté alors que ses mains viennent m'agripper les hanches. Je continue d'observer Max pour ne pas le perdre de vue une seconde fois. Il ne bouge pas d'un millimètre, se contentant de fixer notre duo parti dans un spectacle des plus inconvenants. Je ne saurais dire pourquoi, mais le fait d'être ainsi observée intensifie la sensation de la bouche d'Ezrah sur mon épiderme. L'air se raréfie, je suffoque. Il m'en faut plus, mais prisonnière des cordages, je n'ai aucune possibilité de le réclamer. Me reste la parole. Seulement, il est hors de question que je me rabaisse à le supplier.

Mes principes s'effritent lorsqu'Ezrah fond sur mon téton tendu derrière deux barrières de tissu. Mon soutien-gorge et mon haut auraient dû atténuer la sensation ; ce n'est pas le cas. Mes membres se contractent pendant que je retiens le cri de plaisir qui me traverse le corps de part en part. Je rejette le crâne en arrière, oubliant Max. Mes cheveux lâchés viennent frapper la chute de mes reins, déjà mise à rude épreuve par les paumes pressantes d'Ezrah.

D'un coup, ce dernier me relâche, et mon poids retombe douloureusement sur mes poignets. Une seconde plus tard, mon débardeur est déchiré sans aucun ménagement. Je hoquette de surprise en détaillant avec stupeur mon soutif désormais apparent.

– Qu'est-ce que tu fais ? m'énervé-je en relevant les yeux sur lui.

Il ne me rend pas mon regard, concentré sur mes seins.

– Tu t'ennuies toujours ? me demande-t-il finalement en caressant le haut de ma poitrine découverte.

Des tressaillements répondent à cette question rhétorique. Je ne prends pas la peine de m'humilier en contestant.

– C'est bien ce qu'il me semblait, confirme-t-il en hochant la tête.

– Va te faire foutre.

Il rit avant d'opérer un demi-tour et, d'un signe de la tête, permet à Max d'avancer. Je crois halluciner. Je m'agite dans tous les sens pendant qu'Ezrah retourne s'asseoir dans ce putain de canapé à la con.

– Ne m'approche pas, sifflé-je, aussi menaçante que je le peux.

Bien sûr, Max ne ralentit même pas. Je me débats tant et si bien que les cordages menacent de me brûler la peau pour de bon. Je m'en fous complètement. Perchée sur la pointe des pieds, je tente de me balancer avec le plus de vigueur possible pour essayer de me décrocher. Néanmoins, je manque cruellement de temps, puisqu'en quelques enjambées, il est déjà sur moi.

– Je te préviens, Max, si tu vas plus loin, je te dénonce aux flics à peine sortie d'ici.

En entendant son prénom, il se fige et se retourne vers le maître des lieux. C'est tellement pathétique que je manque de ricaner.

Ezrah se marre en rivant ses pupilles dans celles de son complice.

– Dans ce cas, on va faire en sorte que tu n'en sortes jamais. Qu'en penses-tu, ma chérie ?

Cette phrase, prononcée par les lèvres qui viennent à l'instant de se poser contre ma peau, me donne la nausée. Je me mords les joues avec force. Le goût métallique du sang me renvoie à des souvenirs d'une ancienne vie. L'histoire se répète, apparemment…

Peut-être est-il temps que cette sinistre affaire joue enfin en ma faveur.

Je me fige, trouvant une posture plus assurée qui ne manque pas de faire à nouveau hésiter Max. Il ressent le changement d'ambiance et s'apprête à parer ma prochaine attaque. Désolée pour toi, mon chéri, aucune technique d'autodéfense n'est efficace pour contrer la puissance d'une révélation.

– La dernière personne qui a tenté de me violer est morte, annoncé-je sèchement. Voulez-vous savoir de quelle manière ?

Alors qu'Ezrah était occupé à rouler un deuxième joint sur la table basse, il s'immobilise avant de redresser légèrement le menton dans ma direction, les sourcils arqués pour témoigner son intérêt.

Max, quant à lui, me toise froidement en se tenant à bonne distance.

– Je l'ai tué, annoncé-je en souriant à pleines dents.

Un silence pesant suit mon aveu. Tous deux gardent leur attention vissée sur moi. Parfait.

Ezrah, toujours accoudé, ne peut retenir un sourire dangereux, quand bien même je souhaitais provoquer l'effet inverse. Je ne suis pas étonnée. Il n'est pas le genre d'individu à prendre peur ou à fuir devant une nana un peu plus cinglée que les autres. J'ai comme dans l'idée que cela peut même l'exciter plus encore. Celui que j'essaie d'effrayer n'est autre que son fils de pute de pote.

– Dis-nous en plus, susurre-t-il en laissant sa langue parcourir sensuellement la feuille. Maintenant que tu as aiguisé notre intérêt.

– Adam Fill est décédé le 4 mars 2018, après avoir reçu un coup de bouteille derrière le crâne, déclaré-je jovialement. J'ai frappé tellement fort que sa boîte crânienne s'est craquelée comme une coquille. Je vous laisse vous faire le film de ce qui en est sorti. Pour vous donner un indice, la métaphore avec l'œuf est parfaite. Je me souviens encore très bien de l'odeur de son sang qui s'étalait à la vitesse de la lumière sur le carrelage de sa salle de bains.

Je viens d'énoncer les faits d'une voix froide, sans sentiments, pour la première fois depuis des années. Je dois jouer le rôle de la jeune femme atterrée par son geste depuis si longtemps que c'est devenu une habitude. Je culpabilise, c'est vrai, mais certainement pas pour ce meurtre. Les seuls regrets qui m'assaillent concernent les répercussions que ce geste a eues sur ma famille. Pour eux, je fais semblant d'être incapable d'évoquer ce « drame » sans m'effondrer. J'ai tellement parfait ma comédie que, souvent, je me convaincs moi-même. Parfois, j'en oublie que je me moque qu'il soit mort ce soir-là.

Si cela m'importe peu, c'est que c'était tout bonnement mérité. Mon sens de la justice est très développé. Je ne pouvais pas le laisser gagner. Pas cette fois-ci. Il m'a rendu la vie impossible en me faisant tomber amoureuse de lui. Sa toxicité était telle que j'ai mis un temps fou à me sortir de son emprise. Seule. N'en déplaise à Adèle qui s'imagine m'avoir aidée d'une quelconque façon après sa mort. Elle est persuadée que le visage de ce connard me hante encore. Elle est convaincue que ce prénom terrible provoque en moi un raz-de-marée de douleur incontrôlable. À cette idée, je souris de nouveau.

Oui, Adam est toujours dans mes pensées, c'est une certitude. J'y pense chaque jour que Dieu fait. Mais pour des raisons diamétralement opposées à celles que l'on attend de moi. Ce meurtre m'a donné une force insoupçonnée qui m'a littéralement transformée. Je suis devenue plus sûre de moi, plus sûre de mes capacités et, surtout, j'ai appris à me connaître. Grâce au décès d'Adam, j'ai fini par aimer chaque facette borderline de ma personnalité. De la plus sensible à la plus asociale. Je peux à la fois pleurer pour un de mes patients en phase terminale et me réjouir de la mort d'un pervers.

Adam m'a trompée, frappée, humiliée peu de temps après le début de notre relation. À l'inverse d'Ezrah qui m'a montré ses travers les plus sombres depuis notre rencontre, avec l'autre, je suis tombée droit dans le piège du prince charmant. Oh oui ! Ce jeune homme était adulé des femmes… si elles avaient su quel monstre se cachait sous cette surface parfaite. Très vite, sa jalousie maladive est apparue. Si, au début, je l'ai prise pour un hommage (quelqu'un était suffisamment amoureux de moi pour devenir fou de passion), j'ai compris à quel point rien de tout cela n'était romantique. Je n'étais rien de plus qu'un objet. Ses compliments se sont transformés en critiques, ses preuves d'affection en coups et blessures.

CHAPITRE 45

Lara

J'étais si heureuse. Après mes tentatives douteuses d'approche en boîte de nuit, qui ont fini par payer, nous avons multiplié les rendez-vous. Je suis devenue le centre de son univers, lui, le mien.

Je me souviens encore du premier soir où ses lèvres se sont posées sur les miennes contractées par l'angoisse. Il a été d'une douceur exquise, déclenchant les rouages d'une sexualité qui ne demandait qu'à s'épanouir. Il a été des plus respectueux, jamais trop insistant. J'ai compris bien plus tard que tout cela n'était qu'une ruse pour créer une sensation de manque. Le serpent s'est lentement enroulé autour de mon cou de rongeur naïf.

Chaque matin, je me réveillais, exaltée à l'idée de le retrouver au lycée. Dès le lendemain de notre premier baiser, il s'est assuré que tous les étudiants découvrent notre liaison. J'en avais le cœur gonflé de fierté. Les mâchoires de mes rivales touchaient le sol, pendant que les gars, eux, m'observaient d'un œil nouveau. Je n'ai pas tardé à devenir aussi populaire que lui, ce qui me laissait de marbre, tant il était mon seul ancrage. Notre couple n'a pas empêché ses groupies de tenter leur chance, et lui profitait de cette attraction pour alimenter le feu de ma jalousie.

Là encore, tout n'était que manipulation.

Je ne saurai jamais s'il m'a sincèrement aimée ou si je n'étais que son joujou de prédilection du moment. Ce que je suis pour Ezrah, finalement.

La première fois que je l'ai découvert occupé à se faire sucer dans les toilettes miteuses du lycée a été une telle claque que j'ai cru ne jamais m'en remettre. Bien sûr, il m'a laissé des jours sans nouvelles, sans un message pour tenter de se faire pardonner, allant jusqu'à se pavaner dans les couloirs avec sa greluche. Une fois de plus, il a sagement attendu que les graines de l'emprise qu'il avait plantées en moi germent suffisamment pour qu'il n'ait qu'à tendre les doigts afin de me ramener vers lui. C'est ce qui s'est passé.

Quelque temps plus tard, j'étais en bas de chez lui, plus penaude que jamais, pour le supplier de me pardonner un hypothétique faux pas qui l'aurait poussé dans les bras d'une autre. J'ai pleuré devant ses prunelles glacées, lui jurant ma fidélité la plus absolue.

Le soulagement ressenti lorsqu'il m'a invitée à entrer aurait pu me faire hurler de joie. Ses tentatives pour que nous allions plus loin dans les préliminaires se sont intensifiées. Toutefois, si mon esprit lui était totalement dévoué, mon corps, opposait encore quelques résistances. Le message était clair, j'aurais dû l'écouter. C'est bien la seule différence notable avec Ezrah. Avec lui, ce sont mes réactions physiques qui m'ont trahie.

Puis, Adam a montré des facettes plus obscures. Son penchant pour l'alcool a déclenché les premiers coups, les premières insultes, me laissant subjuguée et pétrifiée. Je m'y suis faite, ensuite. Ça devenait une habitude de masquer les marques, les bleus ou les égratignures.

Je ne peux empêcher la rage de m'envahir lorsque je repense à cette période de ma vie où j'ai été plus faible que jamais. Ou plus forte…

Un soir où Adam était plus alcoolisé que d'ordinaire, il s'est pointé à mon domicile. Heureusement ma sœur était chez une amie et mon père absent. Je n'étais pas apprêtée pour le recevoir, puisque nous ne nous étions pas donné rendez-vous. Cela lui a grandement déplu, j'ai donc été sommée de virer « ce vieux pyjama dégueulasse sur-le-champ ». J'ai refusé, comme je le faisais de plus en plus régulièrement, puis lui ai demandé de partir avant qu'un membre de ma famille ne revienne.

Cette injonction l'a mis dans une rage telle qu'il s'est littéralement jeté sur moi, puis m'a arraché l'intégralité de mes vêtements alors que je tentais en vain de m'enfuir. Loin d'avoir terminé, sans aucun doute lassé de mon rejet, il a entrepris de baisser son pantalon. Je me suis débattue comme une sauvage, à même les escaliers. Le coup de poing qu'il m'a flanqué en pleine tempe m'a assommée légèrement. Il m'a alors juré que si je continuais à le repousser, il me sodomiserait jusqu'au retour de mon père.

Cette menace n'a pas été suffisante pour faire de moi une jolie poupée docile. J'ai crié tant que j'ai pu, les larmes inondaient la marche sur laquelle mon crâne reposait, mais j'ai continué à batailler, utilisant toutes les techniques possibles pour m'échapper. Cela a fini par fonctionner. Malgré tout, je savais que j'allais payer le prix de ma désobéissance.

Avec une violence sans nom, l'homme devenu bête m'a forcée à me relever, nue, avant de me faire sortir de chez moi, en pleine rue. Je me souviens avoir voulu hurler de toutes mes forces pour qu'il me libère, puis m'être retenue pour ne pas attirer l'attention des voisins. Il savait bien que ma porte d'entrée ne pouvait s'ouvrir que de l'intérieur, hormis avec les clefs que, bien sûr, je n'avais pas avec moi.

Son rire résonne encore dans les tréfonds de mes souvenirs. Il trouvait hilarante la manière dont je tentais désespérément de cacher mes parties génitales à l'ensemble des habitants de ma rue. Il était tard ce soir-là, personne n'errait dans l'avenue, toutefois, à l'heure actuelle, j'ignore toujours si l'un d'eux m'a aperçue à travers sa fenêtre. Pour compléter ce tableau parfait, il s'est approché de moi, m'a giflée puis craché au visage avant de quitter enfin les lieux.

J'ai laissé son crachat dégouliner sur mon front en ancrant dans ma mémoire chaque sensation de cet instant. D'un pas lent, j'ai ensuite pris la direction de mon jardin, ai brisé un carreau à l'aide d'une pierre et suis retournée dans ma chambre, que j'ai fermée à clef. À son retour, mon père a tambouriné un long moment à ma porte afin de demander des explications concernant la baie vandalisée, mais face à mon silence obstiné, il a fini par abdiquer. Quelques heures plus tard, j'ai pris la douche la plus méthodique de ma vie dans un état second, en me jurant que ce serait la dernière fois qu'il poserait les mains sur moi.

Le surlendemain, je me suis rendue chez lui, feignant la contrition, allant jusqu'à m'excuser de mon comportement, comme j'en avais l'habitude. Il n'a pas remarqué le mensonge dans mon ton, la haine dans mes yeux. Aux grands maux les grands remèdes, n'est-ce pas ? Je lui ai fait croire que j'étais enfin prête, que l'idée de le perdre m'était insupportable et que, pour cette raison, j'acceptais de coucher avec lui. Une fois dans sa salle de bains, j'ai récupéré la bouteille de vodka qu'il tenait pour en boire une goulée avant de le frapper avec à l'endroit même où sa salive avait atterri sur mon propre visage, deux jours auparavant.

Je crois qu'il est mort sur le coup. Je n'en suis pas sûre. Cela m'importait peu. Le principal étant qu'il ne se relève pas. Dans le cas contraire, je n'aurais pas hésité à frapper une seconde fois. Néanmoins, cela aurait compromis ma défense. Je m'étais renseignée : pour plaider la légitime défense, il est préférable que la victime ne donne qu'un seul coup, sinon, cela témoigne d'une certaine volonté de tuer.

Je n'ai pas menti à Ezrah ni à Max. Je me souviens comme si c'était hier de l'odeur métallique du sang dont la flaque ne finissait pas de croître. Ce que je ne leur ai pas encore révélé, c'est à quel point j'ai apprécié cela. Peu de temps après, j'ai décidé d'étudier la chirurgie. Cette histoire m'a marquée, c'est indéniable, mais dans le bon sens du terme.

L'enquête a presque été bâclée, sûrement grâce à l'influence de mon père et au fait qu'Adam soit connu des services de police pour violences aggravées. De plus, Adam était un enfant de l'assistance publique, abandonné par sa mère dès sa plus tendre enfance. Il avait emménagé dans notre ville un an avant avec son oncle à moitié alcoolo, qui avait accepté de le récupérer à ses treize ans. Il aurait mieux valu pour son neveu qu'il ne le fasse pas… Bref, il était le genre d'être humain qui n'intéressait pas tant que ça l'opinion publique. Les flics n'étaient pas mécontents de se débarrasser rapidement de l'affaire.

Le plus incroyable, c'est qu'il n'existait aucune réelle preuve d'une tentative de viol. Ma parole de jeune fille effondrée avait suffi. Il faut dire que j'ai particulièrement bien travaillé mon texte en amont. Ma performance était remarquable. Très vite, le jugement a eu lieu, et j'ai été acquittée. Pour la seconde fois de ma vie. Néanmoins, si j'ai été graciée aux yeux de la justice, j'ai eu du mal à me libérer de la réputation ternie qui a tant fait souffrir ma famille. Il faut dire que les êtres humains adorent se régaler du malheur des autres.

En parlant de sadisme…

– T'es toujours partant, Max ? le nargué-je en lui jetant un clin d'œil.

J'entends le ricanement d'Ezrah. Ses iris pétillants sont posés sur nous. Quelque part, je me demande s'il n'attend pas de voir quelle va être la décision de son pote. J'imagine cet homme en scientifique cruel, regardant ses souris de laboratoire passer les différents tests qu'il aurait concoctés dans le seul but de se divertir.

Je suis moi aussi curieuse de découvrir le choix de Max. Aura-t-il le courage de continuer à obéir aux ordres du leader ?

Quand il porte ses mains gantées à sa boucle de ceinture, je comprends que oui. Qu'à cela ne tienne. Il ira droit en taule, même si j'évite la police comme la peste depuis « l'accident ». Il va être compliqué de porter de nouveau plainte pour viol, quelques années après le premier. Le système judiciaire n'est clairement pas pensé pour les victimes. Si j'ai réussi à le déjouer une fois, je risque d'avoir du mal à être crédible une seconde fois.

Alors que j'imaginais Ezrah contempler le spectacle, ce dernier se lève pour nous rejoindre. Je suis plus qu'inquiète à l'idée de devoir subir l'assaut de deux hommes à la carrure impressionnante. Comment me défendre ? Comment les repousser sans l'usage de mes mains ?

– Si tu réutilises ta jolie bouche pour nous cracher dessus, compte sur moi pour te bâillonner, m'avertit Ezrah.

J'observe Max approcher sa paume de mon soutien-gorge.

– Il a perdu sa langue, Maxounet ?

Seul Ezrah me regarde, et quand les doigts gantés de son allié touchent ma poitrine, je prends un élan soudain pour lui envoyer mon plus beau coup de pied. Toutefois, comme je le pensais, je manque cruellement de point d'ancrage. Il ne faut pas moins d'une seconde à Ezrah pour intercepter mon geste et serrer sa poigne sur mon mollet. Max, lui, n'a pas eu le moindre mouvement de recul. Je dois être plus prévisible que je le pensais.

– N'oublie pas, Lara, encore une tentative et je te bâillonne.

– Ted m'avait dit que vous n'alliez jamais jusqu'à violer vos conquêtes. Je vois qu'il m'a menti.

À cette phrase, que je regrette aussitôt, je peux apercevoir les traits d'Ezrah se figer, pendant qu'un spasme lui contracte la mâchoire.

– Quand t'a-t-il dit ça, au juste ? lance-t-il d'un ton glacial, alors que ses pupilles dilatées par la drogue – ou autre chose – me fusillent sans pitié.

Eh merde, ce n'était pas le bon moment pour utiliser la seule arme dont je dispose.

– Lorsqu'il m'a ramenée à ma voiture le soir où je m'en suis pris à vos affaires, mens-je. Pourquoi ? Serais-tu jaloux ?

Il ne réplique pas.

– Tu n'es pas une de nos conquêtes, lâche-t-il placidement.

Je fronce les sourcils, perplexe. Pas le temps d'insister, Max se rapproche, glisse ses bras derrière mon dos puis décroche l'ultime barrière de sous-vêtement qu'il me restait sur le torse. Je grogne et clos les paupières de frustration. Le tissu rugueux de ses gants vient caresser mes seins nus, dont la réponse inappropriée ne se fait pas attendre. Un contentement inattendu fait brutalement dresser mes tétons, me faisant écarquiller les yeux de stupeur. Je suis comme statufiée, incapable de la moindre pensée cohérente. Le monde se fige, gravant ce moment dans ma mémoire. Le plus terrible, c'est de ne pas avoir la certitude de regretter ce qui est en train de se produire.

Qu'est-ce qui ne tourne pas rond chez moi ?

Les yeux fermés, je ne vois pas arriver les lèvres qui se posent sur les miennes. D'instinct, je tente de reculer avant de rouvrir les paupières avec vigueur. Je croise alors les prunelles noir ébène d'Ezrah, qui oblige ma bouche à s'ouvrir contre la sienne. Max en profite pour délaisser ma poitrine, pourtant avide de présence, puis sort de mon champ de vision afin de se placer dans mon dos. Je frémis d'appréhension lorsque la langue de mon partenaire parvient enfin à s'infiltrer entre mes dents. Lui résister est aussi complexe que je l'imaginais. Ce baiser – non consenti initialement – allume malgré tout la moindre parcelle de mon corps. Notre combat visuel accroît la violence de ce rapprochement.

Je gémis de surprise lorsque des doigts nus tracent le chemin de ma colonne vertébrale par-dessous ma veste, unique rempart contre la nudité. Ils ne peuvent appartenir à Ezrah, puisqu'il vient à l'instant de placer les siens sur le bouton de mon jean qu'il s'empresse de déboucler. Je remue les hanches pour le ralentir, seulement, en quelques secondes, il met fin à notre contact puis fait glisser le tissu sous ma croupe, permettant à Max de poursuivre sa lente descente jusqu'au haut de ma lingerie en dentelle.

– Va te faire foutre, Max. Je te jure que si tu fais ça, je te tue de mes mains.

Il rit, si bas qu'il m'est impossible de l'entendre distinctement. Cependant, il dévie de sa trajectoire pour m'empoigner les fesses à pleines mains.

Ezrah ne sourit plus du tout, observant froidement un point derrière moi.

– Qu'est-ce que tu branlais ? demande-t-il d'un ton austère.

Je cille, surprise, pataugeant soudainement dans l'incompréhension.

– Il y a eu un souci avec Ted. Je t'expliquerai, intervient une troisième personne.

Mehdi ?!

Je reconnais sa voix. En me dévissant le cou, je peux le distinguer se diriger vers notre petit groupe. Son regard glisse sur ma silhouette presque intégralement mise à nu. Je suis à la fois stupéfaite de le voir là et gênée qu'il assiste à ça.

Lui n'est pas cagoulé. Je ne comprends pas pourquoi Max tient tant à conserver ce camouflage. Peut-être que Mehdi ne compte pas participer et n'a donc aucune raison de conserver son anonymat. Il est ma seule porte de sortie, si tant est que j'aie réellement envie d'emprunter une issue de secours.

– S'il te plaît, aide-moi à sortir d'ici et je te promets que je ne dirai rien aux flics sur ta présence, tenté-je malgré tout.

Son regard empli d'un soupçon d'amusement mêlé à de la fausse pitié passe de mes tétons à mon visage, avant de se planter dans le mien.

– Depuis le temps que je te fais tous les trucs les plus salaces en pensées, tu crois vraiment que je vais louper une occasion de réaliser mes fantasmes ?

Mon estomac se retourne.

Où ai-je atterri ?

Sur ces mots, il enfile une cagoule qui traîne sur une vieille étagère et s'approche à son tour. Tout à coup me vient une idée. Ils ne se dissimulent pas pour me cacher leur identité, ils le font pour se protéger. Nous sommes filmés. Vu le nombre de caméras découvertes à l'étage, je me demande comment j'ai pu être assez stupide pour ne pas y penser avant.

Dans ce cas, pourquoi Ezrah ne prend-il pas cette peine ?

CHAPITRE 46

Ezrah

Tout s'est déroulé à la perfection. Est-ce que cela va perdurer ? J'attends de voir.

Lara est une jeune femme bien plus profonde que je ne l'aurais cru. Ça doit être pour cette raison qu'elle m'a tant plu. Nos destins ont été tissés pour se croiser, c'est d'autant plus une certitude depuis qu'elle nous a balancé cette bombe tout à l'heure. Je rêve d'en savoir plus sur cette histoire, dont je n'avais eu aucun écho. Chaque chose en son temps. Dans l'immédiat, ma priorité est de lui faire passer l'épreuve quasi finale du groupe. Une dernière l'attend, bien plus intéressante que celle-ci, mais là encore, chaque chose en son temps.

La luxure a infiltré toutes les cellules de mon sang, et je bande comme un malade depuis l'instant où nous l'avons aperçue pénétrer dans la propriété grâce aux caméras de surveillance. Je l'ai déjà baisée une fois, pourtant, je ne ressens absolument aucune lassitude. Depuis qu'elle a quitté mon loft, je n'ai plus qu'un seul rêve : la prendre encore et encore et encore, jusqu'au dégoût. Cette frénésie de prédation aurait normalement dû se calmer depuis un moment. Pour toutes les autres, ça a été le cas. Je ne comprends pas pourquoi, cette fois-ci, la petite blonde refuse de libérer ma conscience.

J'ai besoin de retrouver ma concentration pour reprendre la chasse. J'ai commencé à repérer quelques nanas qui seraient parfaites pour le rôle que nous leur destinons. Ce soir, avec l'orgie, nous achevons notre dessein. J'espère sincèrement que cette étape sera celle qu'il me manquait pour la basculer aux oubliettes.

En attendant, ma bite me fait douloureusement souffrir, d'autant plus depuis que j'ai improvisé une séance de préliminaires linguaux contre sa peau. Le goût de la bière sur cette femme a une saveur que je crains de ne retrouver nulle part ailleurs. Son anatomie est parfaite, ses courbes, une invitation à la damnation. Il y a juste à voir la façon dont mes deux potes la matent, crevant d'envie d'aller plus loin.

Je leur ai ordonné d'être patients. Lara est particulière, ses réactions nous le prouvent depuis le début. Les gars avaient raison de se méfier d'elle.

Je la travaille en profondeur depuis plusieurs mois pour ce jour que je leur dois. Ceux qui ne sont pas présents ce soir pourront toujours se rincer l'œil plus tard. Je ne laisserai personne sur le carreau, encore moins la belle blonde au centre de nos préoccupations. Il est temps qu'on passe aux choses sérieuses, maintenant que Mehdi est arrivé. Si nous n'accélérons pas, je risque de devenir fou. La prendre sauvagement est à présent ma seule obsession, et pour la première fois de ma vie, devoir partager va me demander un effort colossal.

CHAPITRE 47

Lara

Je ne suis qu'une boule de sensations mêlées de stress depuis que Mehdi s'est cagoulé. Les trois hommes rôdent autour de moi, telle une meute de loups.

Suis-je prête pour ce qui va suivre ? Ne me doutais-je pas, au plus profond de moi, que les choses allaient se passer ainsi ? Je connaissais les lubies du groupe, j'étais lucide sur la noirceur, voire la folie d'Ezrah. Camilla m'avait pourtant avertie de leur perversion. Suis-je à ce point à la recherche du danger pour avoir foncé tête baissée vers un viol collectif? Je manque de réponses. J'ai honte d'en être là, attachée comme une carcasse de porc, aussi nue qu'elle, sous l'œil affûté des bouchers.

– Tout va bien se passer, murmure Mehdi, placé à quelques centimètres de mon flanc droit.

Le petit regard insondable que lui balance Ezrah ne m'échappe pas, même si j'ignore sa signification. Le dernier arrivé s'accroupit soudain, et je suis très tentée de décaler mon bassin pour le lui envoyer en plein nez. Mais son leader doit lire dans mes pensées puisqu'il me pince suffisamment fort le téton pour me faire crier de stupeur.

– N'y pense pas.

Mehdi se marre avant d'agripper les deux extrémités de mon string pour le faire glisser jusqu'à mes chevilles.

Mon sang quitte mon visage.

– Je vous en supplie, ne faites pas ça.

Il y a déjà quelque temps que je ne sens plus Max dans mon dos. Pourtant, quand je recule mes hanches pour m'éloigner de Mehdi, je bute contre son entrejambe. S'ensuit un grognement caverneux. Il est toujours là, à attendre le moment propice.

– On ne va pas te violer, Lara, proteste Mehdi, encore accroupi, ses avant-bras musculeux croisés sur ses cuisses tendues.

Le regarder de haut me donne une étrange et fausse impression de puissance. Peut-être le fait-il exprès.

– Ted ne t'a pas menti, reprend Ezrah. Nous n'avons jamais violé personne, même si j'admets que pas mal de limites ont été franchies ce soir. Toutefois, je pense que tu sais très bien pourquoi.

Son petit clin d'œil me perd complètement.

– Comment ça ?

– On s'adapte aux mœurs de nos partenaires. Toi, tu t'épanouis dans la peur, et ça tombe bien, car moi, j'adore la procurer.

Cette affirmation me fait monter le rouge aux joues. Comment peut-il savoir cela ? Je me sens plus nue que jamais auparavant. Je camoufle cette facette de ma personnalité avec beaucoup de soin. Je n'en ai pas honte, cependant, j'aime avoir le contrôle total de mes fétichismes.

– Je ne vois pas de quoi tu parles, tenté-je de soutenir en contrôlant le timbre de ma voix.

– Ah bon ? Jure-moi que si je plonge mes doigts entre tes cuisses, je n'y découvrirai pas la preuve de ce que j'affirme ?

Mes paupières papillonnent alors que, mal à l'aise, je passe d'une jambe à l'autre.

– Jure-moi que le fait qu'un homme soit posté derrière toi et qu'il te touche sans ton consentement te dégoûte au plus haut point ?

Aussitôt, Max glisse ses paumes sur mon abdomen en plaquant son torse contre mon dos. Mes joues se colorent d'un rose licencieux quand sa peau brûlante ainsi que la barre qui frappe mes fesses à l'air libre me font prendre conscience qu'il est totalement nu.

– Jure-moi que tu ne veux qu'une seule chose : partir d'ici. Je te promets que si c'est le cas, tu seras libre de le faire.

Les lèvres de Max viennent caresser la base de ma nuque pendant que ses doigts s'animent et malaxent mon bas-ventre. Ma respiration s'emballe contre ma volonté, la faute à un désir inopportun et particulièrement traître qui se déploie comme un pissenlit en plein été. Mes mains endolories se contractent contre la corde, en dernier recours. Je n'ai aucune chance de m'échapper, pourtant j'aimerais disparaître mille lieues sous terre, en emportant avec moi cette perversion qui va bientôt me faire gémir d'impatience.

– Dis-le, ordonne-t-il d'un ton ferme mais calme. Dis que tu veux qu'on te libère, et ce sera fait sur-le-champ.

Mon besoin impérieux que les choses accélèrent se bat contre ma raison qui me hurle que rien de tout cela n'est acceptable. Lorsque ma bouche s'entrouvre, c'est au tour de Mehdi de prendre part à la danse en plaquant ses lèvres contre le haut de ma jambe, tout en caressant le bas de mon mollet avec sensualité. Sa caresse infernale glisse toujours plus loin ; ses doigts s'attardent dans le renflement de mes cuisses alors qu'Ezrah étudie minutieusement chacune de mes réactions. Mes yeux embués doivent parler pour moi. Mon souffle erratique également. J'ignore ce que je vois dans les siens. Son intérêt a l'air intact, pourtant la légère contracture de ses traits témoigne d'un soupçon d'autre chose

Les paumes de Max malaxant la base de mon pubis sont quasiment rejointes par celles de Mehdi, qui frôle dangereusement la fente sous laquelle est abritée la zone de mon plaisir. Le courant électrique qui me traverse le bassin me foudroie presque. Je devrais m'exprimer pour faire cesser tout ça. Je n'ai qu'à dire ce qu'Ezrah attend de moi pour que les trois me laissent repartir. C'est ma chance. Au lieu de quoi, j'ai le souffle coupé. Je toise le métis, hagarde, alors que deux bouches et deux paires de mains s'activent à me faire perdre conscience. Mon unique point d'ancrage se trouve dans les iris verts qui ne m'abandonnent pas un instant.

– Embrasse-moi.

Voici la seule phrase cohérente que j'articule enfin. L'ordre, plus précisément.

Le sourire carnassier qui me répond achève de me convaincre que je viens de céder mon âme au diable. Qu'importe. Quand ses lèvres frappent les miennes et que nos langues se rejoignent de nouveau, je gémis sans gêne contre lui. Nos respirations se mélangent, nos corps se collent l'un contre l'autre. Le moment est si charnel, si chargé en érotisme que notre union pourrait faire céder l'univers.

J'en veux tellement plus. Oh oui, tellement plus !

Je rugis contre sa bouche de ne pas avoir la possibilité de le toucher en retour.

Quand, enfin, ses larges mains s'activent vers son entrejambe, je pousse un cri de frustration. Mehdi cesse son exploration de mon épiderme, se relève et imite son pote.

Le membre de Max plaqué contre mon fessier devient de plus en plus insistant Les baisers de son propriétaire sur ma nuque vont bientôt me faire perdre la tête. Ses dents me mordillent le lobe de l'oreille pendant qu'Ezrah fait de même avec ma lèvre inférieure, et que Mehdi revient à l'attaque en prenant mon sein à pleine bouche. Cette sensation exquise me fait glapir.

Je jure qu'on peut mourir de désir. Je ne suis plus rien que souffrance, persuadée qu'aucun d'eux ne pourra satisfaire la bête qu'ils ont éveillée. J'étais pucelle il y a encore quelques semaines et, voilà qu'à présent, je me transforme en un monstre assoiffé de sexe. Quel pouvoir Ezrah possède sur moi ? Même Adam n'a jamais eu cet ascendant, alors qu'à nos débuts, je l'aimais comme une dingue. Du moins, je croyais l'aimer.

Sans m'en rendre compte, alors que je suis sur une tout autre planète, concentrée sur les trois bouches qui glissent sur différentes parties de mon corps, mes bras retombent contre mon nombril. Mes épaules douloureuses me ramènent au moment présent. Surprise d'être libérée, j'observe Ezrah, dont la paume s'appuie contre le poteau dont il vient de me dépêtrer.

– La suite aurait été trop éprouvante pour toi dans cette position, susurre-t-il. Crois-moi, tu vas avoir besoin de tous tes muscles.

De sa seconde main, il défait le cordage. Mon premier réflexe est de malaxer mes poignets endoloris. Je n'ai pas le temps de m'attarder. Ezrah m'attrape l'avant-bras puis me fait basculer sur son épaule, faisant glisser ma veste en jean au sol. Les fesses en l'air, je bats des jambes en lui ordonnant de me poser, mais son unique réponse est de me claquer le derrière sous les rires des deux autres. L'instant d'après, je suis balancée sur le canapé.

Je ne leur dirai jamais, toutefois, c'est un vrai bonheur de pouvoir à nouveau être maîtresse de mes mouvements. Je peux à présent observer Max, le seul à être totalement déshabillé en dehors de sa cagoule. Je n'ose porter le regard plus bas, même si c'est particulièrement difficile. Ce dernier s'approche de moi lentement tout en caressant sa hampe dans de langoureux va-et-vient qui augmentent d'un cran ma tension sexuelle.

Je reste immobile, attendant que Max arrive jusqu'à moi. Il dégage une mèche blonde qui traverse mon minois partagé entre désir et malaise.

Il se penche, son visage camouflé se rapproche du mien. Il va m'embrasser ; or, je n'ai aucune envie de l'arrêter, allant même jusqu'à m'avancer à mon tour.

– Non, nous interrompt une voix autoritaire qui me fait frémir.

Surpris, nous nous tournons vers Ezrah.

– Que du sexe, précise-t-il.

– Pour quelle raison ? intervient Mehdi alors que Max reste muet comme une tombe.

– Parce que je l'ai décidé. Un problème, Med ?

Le blanc qui s'installe témoigne de la tension, d'un tout autre ordre, grandissante entre les deux individus.

– Aucun.

– Parfait, conclut Ezrah, non sans jauger son ami.

Quand il tourne enfin le regard, c'est pour s'approcher de moi.

– Fais-nous confiance, Lara, murmure-t-il d'un ton rauque.

Puis, aussitôt, il glisse ses paumes sous mes genoux afin de m'attirer jusqu'à lui, m'obligeant à m'allonger sur le sofa.

Les bras au-dessus du crâne, je l'observe retirer son pull pour découvrir son torse parfaitement taillé. La couleur de sa peau est d'autant plus sublime sous la lumière rose. Je le trouve absolument magnifique. Ses biceps et ses abdominaux se contractent lorsqu'il reporte son attention sur moi, et je ne peux que plonger mes iris vers le V saillant qui amène vers une partie encore dissimulée sous son caleçon Calvin Klein. Son pantalon est sur le point de disparaître, puisqu'il a retiré sa ceinture et s'est déboutonné. Je me retiens de lui ordonner de le faire sur-le-champ.

Alors qu'il se penche sensuellement sur moi, je ferme les paupières, si impatiente que mes jambes se mettent à trembler. Mes bras se tendent d'eux-mêmes vers le torse qui s'approche du mien. Néanmoins, dans un mouvement vif, il récupère mes poignets pour les poser de nouveau au-dessus de ma tête.

Je comprends pourquoi lorsque la paume de Max s'enroule autour de ma main droite pour la déposer sur son membre dressé.

Le contact avec sa chair me fait sursauter. Je le regarde subitement en essayant de me soustraire à sa prise. Cependant, il insiste légèrement.

– Fais-nous confiance, répète Ezrah.

Cette injonction sonne comme une menace. Je réalise que la notion de consentement est et a toujours été très sombre dans cette équipe.

Malgré tout, je me détends, me laisse prendre au jeu de cette expérience déroutante. J'ai déjà masturbé Adam lors de quelques préliminaires, toutefois, il était le seul homme que j'avais touché de cette façon, avant Ezrah. Lorsque mes doigts coulissent contre cette peau fine qui suit parfaitement le mouvement que j'initie, Max rejette le crâne en arrière en soufflant de plaisir.

Je ne dirige pas longtemps ma concentration sur lui, trop préoccupée par un autre, qui prend l'un de mes mamelons en bouche. Je contracte les cuisses contre son bassin en ondulant, perdant le rythme de ma main occupée.

Les phalanges de Max viennent à ma rescousse pour m'aider à poursuivre, alors que je perds toute maîtrise de mon corps. La langue d'Ezrah glisse sur chacun de mes tétons. Il joue avec eux, les mordillant, les suçant tel un virtuose. Je me liquéfie, n'arrive plus à penser. Je suis comme transportée dans une spirale où je deviens le centre du monde, mon monde.

CHAPITRE 48

Lara

Les doigts d'Ezrah se faufilent entre mes cuisses en s'attardant sur mon clitoris, mes hanches se cambrent d'impatience. Quand il les insère en moi, je halète bruyamment. Mes yeux se rouvrent pour partir à la recherche des siens.

– Aussi trempée que je le prédisais, s'amuse-t-il en adressant une œillade à ses compères.

En tournant la tête, je trouve Mehdi en train de fumer un joint en nous étudiant, décagoulé. Il doit être dans un angle hors caméra. Où se trouvent ces saletés ? Quand nos regards se croisent, il me jette un clin d'œil accompagné d'un sourire cruellement sexy. Je maintiens le contact visuel alors qu'Ezrah m'embrasse le nombril, me faisant soupirer de bien-être. Ses baisers appuyés descendent délicieusement vers un point encore inexploré de mon anatomie. Adam ne s'est jamais aventuré sur ce terrain-là. Lorsque sa bouche charnue tombe sur mon pubis, je suis obligée de clore les paupières, lèvres pincées.

– Détends-toi, ma belle, me souffle-t-il. Je te jure que tu vas aimer ça.

Je ne peux que confirmer, mes hanches sont prises de secousses incontrôlables quand sa langue experte entre en contact avec mon clitoris. Impossible d'entraver les cris qui prennent vie dans mes entrailles. En souverain de mon plaisir, Ezrah s'active entre mes cuisses avec une ferveur qui ravage tout mon bas-ventre. C'est si puissant que je cherche à m'échapper de son contact. La jouissance que je sens poindre va me tuer. Mon cœur s'emballe.

Incapable de conserver la moindre décence quand le courant orgasmique me traverse, je m'arc-boute en poussant un feulement inhumain.

Je retombe lourdement contre le cuir détrempé de ma propre sueur, l'esprit dissous. La seconde d'après, sans me laisser de répit, je discerne sa verge contre l'entrée de mon vagin, avant qu'elle ne me pénètre sans douceur. Il me pilonne avec sauvagerie. Ses paumes encerclent mon crâne. Son corps plaqué contre le mien, nous ne faisons plus qu'un. Le moindre de ses soupirs d'extase me fait décoller. Entendre les sons de son plaisir va bientôt constituer ma drogue la plus puissante.

Ma main réquisitionnée par Max est plus active que jamais. Ce dernier l'utilise selon son bon vouloir, ralentissant et accélérant en fonction de son excitation. Je suis de plus en plus à l'aise avec la situation, comme déconnectée de l'instant présent.

Être l'objet de désir de plusieurs hommes est une sensation grisante, indescriptible et, surtout, inattendue, *libérateur*. Le sexe ne m'a jamais posé problème, je ne me suis jamais sentie soucieuse de perdre ma virginité. La seule raison pour laquelle je la refusais à Adam était parce qu'une barrière dans ma conscience m'empêchait d'aller plus loin. Toutes ses belles déclarations d'amour, plus fausses les unes que les autres, n'ont heureusement jamais réussi à évincer cette appréhension. Ensuite, je l'ai haï, et alors, toute ma passion pour ce pervers s'est évanouie. S'il me voyait en ce moment… Faites que, des Enfers, il ait une vue plongeante sur ma déchéance.

Ezrah est pourtant de la même trempe, toutefois, lui m'apporte un sentiment de vigueur et de puissance inédit. Il me sort de ma zone de confort depuis notre rencontre, m'obligeant à épouser la part la plus sombre de moi-même, celle que je préfère. Cette scène en est la preuve. Jamais je n'aurais cru prendre du plaisir à participer à une sorte de gang-bang. Ezrah est un maître de la manipulation. La facilité avec laquelle il cerne les failles et les forces de ses adversaires ou de ses alliés fait de lui un être particulièrement dangereux. Me voici clouée sous son corps massif pour la deuxième fois en peu de temps. Coucher avec lui est l'expérience la plus vivifiante de ma vie.

Comme s'il lisait dans mes pensées, ce qui ne m'étonnerait pas, il embrasse sauvagement la base de mon cou en intensifiant ses poussées qui pressent sans relâche les points érogènes de mon vagin.

– Je vais jouir, grogne-t-il contre mon oreille si faiblement que je demeure la seule à pouvoir entendre.

Mais avant qu'il ne puisse conclure, c'est moi qui suis frappée par un deuxième orgasme. Max libère ma main pour me permettre de l'utiliser à ma guise. Ni une ni deux, je plonge dans le dos d'Ezrah pour y planter mes ongles, les muscles paralysés par cette jouissance transformée en douleur. Il ne m'est plus possible d'émettre le moindre son tant la violence de cette sensation est fracassante.

Je sens mes muscles vaginaux se contracter sans relâche autour du sexe d'Ezrah qui, à son tour, est transpercé par le plaisir le plus brut. Son corps m'écrase totalement pendant qu'il encaisse le choc de mes spasmes incontrôlables. Son bassin répète quelques mouvements profonds, me faisant tressauter de satisfaction. Lui aussi utilise ma chair comme défouloir à son trop-plein d'excitation. Mes cheveux sont tirés avec une telle force que mon cou se tord, exposant ma clavicule qu'il mord. Il halète contre mon propre torse essoufflé, avant de se redresser péniblement.

Comme lors de notre première fois, l'après-coït est expéditif. Pas de place à la tendresse.

Je l'observe se relever et reboucler sa ceinture puis s'essuyer le front d'un revers de l'avant-bras.

– Passe-moi le joint, ordonne-t-il à Mehdi.

Ce dernier s'exécute sans me perdre de vue, pendant que Max continue de se branler lentement. Alors que je suis encore sur un nuage, je vois Ezrah revenir vers moi, son mégot coincé entre les lèvres, Mehdi sur les talons revêtu de cette putain de cagoule qui me rend folle.

Quand ils arrivent près de moi, Mehdi a un temps d'arrêt avant de poser un regard noir sur son pote.

– T'as craché sans capote, mec ?

J'ignore à quel point cet élément est crucial. Quelque chose m'échappe, cependant, j'ai été totalement irresponsable de ne même pas m'inquiéter de la contraception. Je prends la pilule depuis des années pour réguler mes douleurs de règles, seulement, en tant que futur médecin, ne pas songer aux IST pendant un rapport est… impensable.

Lors de nos premiers ébats, j'ai été suffisamment stupide pour prendre le risque, m'obligeant à devoir prendre d'urgence un TPE[4], et voilà que je renouvelle ce grave manquement.

– J'ai zappé.

– Arrête de te foutre de notre gueule, putain. On n'oublie jamais ! Tu l'as fait exprès pour pas qu'on passe derrière toi. Tu savais que ce serait contre mes principes d'aller là où un autre a éjaculé. C'est dégueulasse, merde !

Max ricane. C'est l'une des rares fois où j'entends le timbre de sa voix ce soir. Quelque chose m'interpelle, cependant. La réponse d'Ezrah me déconcentre, je n'ai pas le temps d'approfondir ma réflexion.

4 Traitement post-exposition.

– J'en ai absolument rien à foutre de ce que tu crois. Si t'es pas content, tu sais où se trouve la sortie.

Là encore, un silence se prolonge, durant lequel Max en profite pour aller s'ouvrir une canette de bière avant de revenir près de moi d'un pas nonchalant. Ce dernier a l'air très peu concerné par le sujet qui, en revanche, semble sérieusement agacer Mehdi. Serait-ce possible qu'il ait éjaculé en moi afin de dégoûter les gars de coucher avec moi par la suite ?

– On va s'arranger, grogne Mehdi. Ne crois pas que ça remette quoi que ce soit en question.

Sur ces paroles, il m'agrippe les hanches pour me retourner. Trop fatiguée pour protester, je me retrouve sur le ventre en moins de temps qu'il n'en faut pour le dire. Surprise, je me redresse et termine dans une position très tendancieuse.

– Reste comme ça, m'ordonne-t-il.

Mon visage tombe pile au niveau de la ceinture de Max. Je tourne le menton pour trouver l'autre homme qui m'obnubile. Enfin il me regarde, enfin il me voit.

À quoi pense-t-il pendant qu'il me fixe en contre-plongée, plus froid que jamais ? Que se passe-t-il dans ce labyrinthe de pensées infranchissables ? Il semble hésiter à intervenir puis se ravise. À la place, il laisse Max ramener délicatement ma figure vers lui. Son sexe bandé, placé à quelques centimètres de mes lèvres entrouvertes, n'attend plus que mes services.

Je n'aurais pas imaginé que Max soit si musclé. Je ne l'avais jamais vu dénudé, cela dit. Pendant une seconde, je me demande si je suis vraiment capable d'aller jusqu'au bout de ce qu'il attend de moi. Le seul homme que j'ai satisfait de cette manière est Ezrah. Est-ce pour cette raison que ce dernier a l'air aussi irrité ?

Après tout, je n'aurai plus jamais l'occasion de revivre un tel moment. Dépasser mes limites, tant physiques que psychologiques, est l'un des buts de mon existence.

Je veux vivre cet instant à fond, à l'instar de tout ce que j'entreprends. C'est à ça que je pense lorsque ma bouche s'approche du gland brûlant.

Mes mouvements sont sûrement maladroits, vu mon inexpérience. Néanmoins, je dois avouer que Max est un amant attentionné. Avec douceur, il m'aide à me placer, à prendre le rythme, et petit à petit, sa respiration se fait plus bruyante. Je gagne en assurance, me calque sur les signaux du corps de mon partenaire, intensifiant mon geste ou le ralentissant si besoin. Ma salive m'aide beaucoup à le satisfaire. Je commence à aimer ça, et à me prendre au jeu. Nos prunelles se croisent à plusieurs reprises, alors que sa poigne dans mes mèches blondes devient plus intrusive, plus brutale.

Derrière moi, Mehdi, qui se contentait de me caresser lentement le bas du dos, passe aux choses sérieuses. Quand un liquide glacé coule du haut de mes fesses jusqu'à mon clitoris, je tressaute de surprise, abandonne la fellation puis me tourne vers lui.

–Qu'est-ce que tu fais ?

–Je vais te faire découvrir un plaisir différent, me répond-il avec intensité. Un plaisir plus… au nord, on va dire.

Cette révélation me fait l'effet d'une décharge.

–Hors de question.

–Tu peux remercier Ez. Grâce à lui, ton vagin va être épargné, mais il me reste une alternative. Je te promets que tu ne souffriras pas, bien au contraire.

–J'ai dit non, Mehdi. Je ne plaisante pas.

Il hausse une épaule, l'air taquin.

–Tu as fait confiance à Ezrah lorsqu'il t'a promis que tu apprécierais le cunnilingus, non ? N'as-tu pas envie de pousser plus loin les limites de la bienséance ? Quelque chose me dit que tu n'es pas aussi effarouchée que tu veux le prétendre et que, a contrario, tu ne demandes qu'à vivre le plus d'expériences possible. Je t'en offre une sur un plateau, ma belle.

Je jette un coup d'œil à Ezrah, statique, ses pupilles noires vissées sur le visage masqué de celui qui négocie pour que je lui cède ma deuxième virginité.

J'ai une étrange impression en toisant Ezrah. Son attitude témoignerait-elle d'une certaine forme de jalousie ? Aurais-je affaire à la première faille de ce roc sans cœur ?

Sentant mon regard sur lui, ses yeux dévient jusqu'aux miens sans que cela modifie d'un iota son faciès. Toujours torse nu, il a pris la place de voyeur impudique qui était occupée par Mehdi. Pourtant, il a l'air d'y prendre beaucoup moins de plaisir.

Je lui adresse un petit sourire mesquin, avant de reporter mon attention sur Mehdi qui patiente encore pour obtenir mon consentement. Je ne serai pas la seule, ce soir, à repousser mes limites. Voyons voir quelles sont les tiennes, monsieur Milton.

– C'est OK, mais à la moindre douleur, tu arrêtes aussitôt. C'est bien compris ?

– Aucun problème, ma belle, s'amuse-t-il.

L'idée de tester Ezrah m'intéresse grandement. Après tout, c'est de bonne guerre, puisqu'il le fait sans cesse avec moi depuis des mois.

Je me concentre sur les sensations nouvelles, particulièrement déroutantes, de ma zone anale caressée pour la première fois. Le doigt de Mehdi parcourt ma chair bourrée de terminaisons nerveuses, et je dois combattre mon réflexe primaire qui est de fuir ce contact. C'est loin d'être désagréable.

Max attend sagement que ce moment délicat passe. Je décide de récompenser sa patience en le reprenant en bouche. Le râle guttural qu'il exhale me remercie pour lui. Quand la première phalange s'enfonce dans mon conduit étroit, je me concentre pour ne pas resserrer la mâchoire sur le sexe enfoncé dans ma cavité buccale.

Je n'aurais jamais imaginé Mehdi si doux. Ce n'est pas du tout l'impression qu'ils donnent, Max et lui, sous leurs airs de bad boy sexistes. Pourtant, il fait attention, prend le temps de laisser mon corps s'adapter. Le lubrifiant aide beaucoup, d'autant plus lorsqu'il insère entièrement son index. Je pousse un léger gémissement de stupéfaction. Je ne sais pas si je déteste ou si j'apprécie. Peut-être un peu des deux.

Lentement, mais avec assurance, son doigt s'anime en créant une friction savamment étudiée. Ce serait mentir de dire que je souffre. Une fois passée la sensation un peu désagréable de cette invasion, je me surprends à presque l'oublier.

Je reprends le contrôle de la fellation, laissant Mehdi insérer une deuxième puis une troisième phalange. Cette fois, la pression s'intensifie, mais toujours pas une once de douleur.

En revanche, lorsqu'il entame des va-et-vient, je commence à ressentir des sensations étranges. Sans même m'en rendre compte, mes gémissements deviennent de plus en plus audibles, mes cuisses se resserrent, et maintenant, je me déhanche pour d'autres raisons.

Mon clitoris pulse douloureusement. D'instinct, je porte l'une de mes mains vers mon bas-ventre pour apaiser cette cruelle brûlure.

Ce geste fait grommeler Ezrah qui, enfin, s'approche de nouveau. J'en suis si heureuse que je meurs d'envie d'abandonner Max pour me concentrer intégralement sur lui. Je ne dois pas lui donner cette satisfaction. Il est nécessaire qu'il comprenne que je ne lui appartiens pas, que d'autres peuvent m'offrir du plaisir, quand bien même nous avons eu une relation sexuelle privée.

D'un mouvement, il écarte mon avant-bras coincé dans mon entrejambe, et sa main remplace immédiatement la mienne. Il ne m'en faut pas plus pour me faire décoller puis rugir de bonheur sur la bite de Max qui tressaute en réaction. Mes signaux corporels, tous au vert, doivent indiquer à Mehdi qu'il peut passer la seconde, puisqu'un gland appuie contre mon anus.

Je m'immobilise, inquiète. Un second flot de lubrifiant vient recouvrir nos deux intimités, et presque aussitôt après, il me pénètre de quelques centimètres. Je hoquette, désormais à cause d'une douleur modérée, mais Ezrah intensifie son massage, et je me détends instantanément.

Quand le sexe de Mehdi s'enfonce avant de reculer pour revenir à la charge plusieurs fois d'affilée, j'entrevois le plaisir promis. La main experte d'Ezrah sur mon clitoris complète parfaitement la sodomie prodiguée par son ami. Mon corps ultra stimulé se perd dans ses sensations. Les larmes me montent aux yeux sous le trop-plein d'excitation.

Ma langue lèche la peau de Max, de la garde jusqu'au gland, avec un entrain passionné. En réponse à mes caresses de plus en plus actives, ses paumes attrapent mes seins, avant de jouer avec mes tétons plus durcis que jamais.

Les coups de boutoir de Mehdi s'emportent, les doigts d'Ezrah suivent le rythme. Je suis assaillie de toute part, aucun ne me laisse une seconde de répit. Je relâche le sexe de Max pour les conjurer de stopper ce martyre barbare avant qu'il ne soit trop tard, avant que je meure d'une crise cardiaque. La boule qui se forme dans mon bas-ventre n'est pas humainement supportable. J'aimerais faire cesser le flot de lave en fusion qui va m'emporter d'une seconde à l'autre, mais en même temps, je prie pour qu'aucun n'obéisse à mon injonction.

Trop tard, ma raison disjoncte, mon corps me lâche, alors qu'une vague sans commune mesure m'emporte dans une jouissance d'une violence phénoménale. Mon ouïe se coupe, ma vue et mon odorat dysfonctionnent pour laisser place à mes sensations tactiles qui, elles, explosent dans un torrent de plaisir à l'état brut. Un bras solide m'encercle pour m'éviter de tomber à la renverse, tandis que Mehdi devient plus forcené que jamais. Vient-il de jouir à son tour ?

Il m'est impossible de revenir sur terre. Je suis sûre de ne plus pouvoir récupérer un semblant d'intellect. Ils viennent de me priver de ma santé mentale à jamais. Comment revivre après un multiple orgasme ? Je suis bonne pour l'internement.

Félicitations, Ezrah, tu as finalement gagné cette guerre.

CHAPITRE 49

Ezrah

Je n'ai pas le souvenir d'avoir déjà vu une femme jouir à ce point. Je n'ai pas non plus le souvenir d'avoir été aussi ambivalent. Son corps avachi sur mon avant-bras, je la laisse glisser contre le canapé. Nous l'avons achevée, elle risque de s'endormir dans les secondes qui vont suivre.

Mehdi se retire, la capote pleine de foutre. Il n'a pas eu le vice d'y aller sans, comme je l'ai fait, moi. Il avait vu juste, ce connard, il était hors de question qu'ils la baisent après moi. La raison de ce choix, en revanche, est un sujet sur lequel je ne préfère pas me pencher.

Je n'ai même pas réussi à masquer l'amertume de cette partie de jambes en l'air à plusieurs. Putain, là encore, pourquoi ?

Celui que Lara croit être Max, car nous avons tout fait pour, est en réalité une tout autre personne. Il est le dernier qui n'a pas éjaculé, et le connaissant, il est évident qu'il ne restera pas sur sa faim. Qu'il se magne, bordel, je n'ai jamais été aussi impatient que ça se termine.

Malgré la promesse de lui filer la bande-vidéo, je sais que Max va m'en vouloir longtemps d'avoir été écarté de cette partie de baise. Bon, ce n'est pas comme si j'en avais quelque chose à foutre. Kayron, lui, participe principalement pour se défoncer et se bourrer la gueule, alors il n'a pas été très compliqué de le convaincre de n'intervenir que pour s'occuper de barricader ma précieuse partenaire dans la cave. Sa mère, propriétaire de la baraque que nous squattons régulièrement, n'était pas présente du week-end. Parfait.

Enfin, Lara émerge. De toute ma hauteur, je continue à fixer sa silhouette nue que nous venons de marquer. Alors que j'étais persuadé qu'elle demanderait à stopper toute cette folie et rentrer chez elle, la belle blonde se redresse, s'assied, avant de regarder « Max » droit dans les yeux. Si elle savait…

– À ton tour, n'est-ce pas ? articule-t-elle difficilement en m'ignorant totalement.

Un élan de colère sourde me saisit face à cette attitude. Une exaspération que je traîne depuis que j'ai éjaculé et qu'il m'a fallu passer la main. J'ai été à deux doigts de balancer mon poing dans la tronche de Med quand il a proposé d'enculer Lara. J'ai prié de toutes mes forces pour qu'elle refuse, mais il a fallu qu'elle pose les yeux sur moi. J'ignore ce qu'elle y a vu et ce qu'elle en a déduit, dans tous les cas, cela l'a convaincue d'accepter. Je me suis mordu les joues au sang pour ne pas le virer de là et prendre sa place.

Ça a été encore plus difficile de la voir y prendre de la satisfaction. J'aurais préféré que ce fils de pute s'y prenne comme un manche et la fasse souffrir pour qu'elle l'envoie chier. Malheureusement, nous sommes tous parfaitement expérimentés. Lorsque je l'ai vue chercher son plaisir, il était hors de question que je reste inactif. Elle l'aurait de ma main.

Maintenant, je dois l'observer reprendre l'autre en bouche. Contre ma volonté, je lui jette un coup d'œil mauvais. Heureusement, il ne peut le voir, trop préoccupé par la déesse qui s'attelle lentement à le sucer.

– Magne-toi, balancé-je à ce fils de pute. On a des trucs à faire.

Les trois me regardent, dont deux d'une manière bien suspicieuse.

Il finit par accentuer le mouvement, entraînant sa partenaire dans une danse presque trop dure à suivre pour elle. La rage qui me force à expirer plus profondément commence à me faire voir trouble. Là tout de suite, j'ai envie de lui balancer le nom de celui qu'elle a en réalité entre ses lèvres. Je me retiens seulement parce que ça serait me tirer une balle dans le pied, alors qu'elle doit payer pour son attitude. Mon plan ira jusqu'au bout, et j'ai d'autant plus hâte maintenant qu'elle m'a fait l'affront de profiter de cette soirée. J'aurais dû l'anticiper, pourtant. Lara est aussi cinglée que moi, voire plus. Elle n'a pas les mêmes codes que le commun des mortels. Ses limites sont bien plus floues.

Quand enfin son partenaire éjacule, je retiens un soupir de soulagement. Il lui a fait la faveur de se retirer pour ne pas l'étouffer avec sa semence, la devinant novice, et bordel, ça me rassure plus que ça le devrait. Il est temps que je mette un terme à cette mascarade. Dès le week-end prochain, je tirerai un trait définitif sur cette sorcière. Je suis trop réactif à notre attirance mutuelle. La sauter devait signer la fin de mon désir pour elle, comme pour toutes les autres, Haley comprise, que je ne baise plus que pour maintenir notre pacte en place. Je me rends compte que c'est loin d'être le cas pour Lara. C'est même l'inverse qui se produit.

Quand tout le monde se rhabille dans un silence presque religieux, l'objet de mon obsession malsaine s'approche de moi. J'ai un léger mouvement de recul.

– Ça va? murmure-t-elle presque en chuchotant. Si je te connaissais mieux, j'aurais pu jurer que tu étais jaloux.

Elle m'adresse un sourire vicieux en se dandinant dans son jean pour le remettre sur ses hanches, ses petits seins toujours à l'air.

– Ne joue pas à ça avec moi, la menacé-je sans chercher à nier l'évidence. Je peux te jurer que tu perdrais.

– Pour perdre, encore faudrait-il que je joue. De mon point de vue, la partie vient de se terminer, et j'ai l'honneur de t'annoncer que tu l'as perdue.

Sans la quitter des yeux, je la laisse se retourner pour chercher sa veste, qu'elle reboutonne sur sa poitrine nue.

Oh, ma belle, si tu savais ce qui t'attend… Tu ne pouvais pas me motiver plus pour parfaire notre dernière bataille. Malheureusement pour toi, les dés sont pipés, et tu vas vite, très vite t'en rendre compte.

CHAPITRE 50

Lara

Le trajet en voiture défile sans que j'en aie conscience. Arrivée à destination, je me demande par quel miracle j'ai conduit sans créer d'accidents. Totalement ailleurs, je n'ai fait que penser et repenser à ce qu'il vient de se produire. Comme hypnotisée, je me remémore la moindre parole, la moindre sensation, de la plus anodine à la plus puissante.

J'ai pu m'éclipser sans encombre, la porte de la cave étrangement déverrouillée. Mehdi n'a pas manqué de me héler pour me témoigner son plaisir d'avoir passé cette soirée en ma compagnie, toutefois, je l'ai ignoré, ayant une seule idée en tête : rentrer chez moi.

Il m'est difficile de classer ce moment comme étant le pire ou le meilleur de mon existence. Je me suis dépassée, me suis prouvé que j'étais capable de découvrir ma sexualité sans tabous. Je me suis délectée d'être leur centre d'attention, ai adoré leurs regards sur moi, leur façon de me toucher, ainsi que les orgasmes qui en ont découlé. Malheureusement, je crains que tout cela n'ait fait qu'intensifier mon trouble vis-à-vis d'Ezrah.

Sa présence était la plus délicieuse de toutes, cela m'inquiète. Si j'ai accepté de participer à ces ébats, c'est en grande partie pour les partager avec lui. Je n'aurais pas pu soupçonner que mon rapprochement physique avec ses potes puisse le rendre jaloux. Provoquer un tel émoi chez mon rival m'a galvanisée. Je compte bien l'achever à l'aide de Ted.

Pourtant, maintenant que tout est fini, qu'il m'a laissée partir sans un mot, je sens poindre la douleur amère de l'absence. Voilà qui est particulièrement problématique, puisque je connais l'allié du manque… L'amour.

Je suis déjà tombée amoureuse, j'en reconnais les accablants symptômes. Malheureusement, il n'existe pas pire personne au monde de qui s'éprendre. Hormis Adam. Et de ce dernier, je me suis délivrée de la plus drastique des façons.

Je ne peux pas reproduire le schéma à l'identique, mais comment combattre ? Comment stopper l'inéluctable ? Ce sentiment possède-t-il seulement un frein ?

Des larmes de tristesse glissent sur mes joues, encore rosées du plaisir reçu peu de temps auparavant. Quel contraste saisissant, lorsque l'on sait que la même personne est responsable de ces deux réactions.

J'ai arrêté le moteur depuis belle lurette et, les deux avant-bras plaqués contre le volant, je laisse ma peine s'épancher. Je pleure pour mon passé, pour l'enfant victime de ses différences, pour mon futur, qui sera inévitablement brisé par ce nouvel homme au cœur damné.

On pourrait croire que ma liaison avec Adam m'a servi de leçon. Ma déception est immense de m'apercevoir que non… D'un revers de la main, je sèche les larmes qui dégoulinent jusque dans mon cou puis prends la direction de l'appartement.

Adèle, chanceuse, dort à poings fermés. Je me glisse dans notre salle de bains en espérant ne pas la réveiller avec le bruit de la douche. Quand j'en sors, ma cadette est toujours dans les bras de Morphée. C'est un réel soulagement, car je n'aurais pas eu la force d'affronter ses questions. Je me couche, le cœur lourd et le corps ankylosé. Une chose est certaine, je n'oublierai jamais cette soirée qui a marqué un tournant définitif dans mon existence charnelle.

Dorénavant, je ne serai plus tout à fait la même.

***

– Vous avez fait quoi ? hurle Camilla dans notre chambre, m'obligeant à lui faire de gros yeux.

– Chut ! Ça ne va pas de crier si fort ?

– Désolée, mais admets qu'il y a de quoi être ahurie.

En effet. Raconter à haute voix les événements de samedi dernier est plus gênant que ce que j'imaginais. Cependant, Camilla est quelqu'un de confiance, et puis j'avais besoin de me confier à une amie. Ma sœur n'aura plus jamais ce privilège. Elle s'est excusée, toutefois, un lien entre nous s'est brisé depuis la mort d'Adam.

– Je sais ce que tu penses. Que je ne suis qu'une fille facile, une de plus qui cède à la vile manipulation d'Ezrah Milton.

Son éclat de rire m'oblige à la regarder de nouveau.

– Non, me contredit-elle. Je pense qu'il a été suffisamment fou pour t'entraîner dans ses délires et que, maintenant, tu risques fort d'en redemander.

À mon tour de me marrer.

– Alors là, jamais. J'ai apprécié ce moment, c'est vrai, mais tu n'imagines pas à quel point se partager entre trois hommes requiert de l'endurance.

Je lui adresse un clin d'œil taquin auquel elle répond par un coussin en plein visage.

– Le seul conseil que je peux te donner, reprend-elle d'un ton plus solennel, c'est de prendre tes distances avec Ez.

Car si tu fais l'erreur de t'amouracher de ce type, tu ne connaîtras rien d'autre que la souffrance et la déception.

Elle ignore à quel point ses mots me heurtent.

– Tu dis ça par rapport à Haley ?

– Entre autres. Tout le campus, y compris elle, est au courant qu'il baise chaque nana qui suscite son intérêt. Je me demande pourquoi elle reste. Sans doute a-t-elle ses raisons. Une chose est certaine, il n'y a pas d'amour entre eux, du moins pas de son côté, alors qu'ils sont ensemble depuis des années. Je te le dis : pour moi, ce gars est absolument incapable de sentiments. Maintenant que tu es officiellement libérée d'eux, concentre-toi sur tes études et oublie-les. Je te présenterai d'autres groupes de mecs pour assouvir tes nouveaux besoins primitifs.

Elle pouffe encore.

Je lui renvoie aussitôt son oreiller.

***

Camilla est déjà retournée en cours. Moi, je reste prostrée sur mon matelas, à observer les lattes du sommier de ma coloc. J'ai oublié un détail lors de ma coucherie à plusieurs de samedi dernier. Je suis dans le même amphi que ces mecs. Du moins, avec Kayron et Ted.

Ted, d'ailleurs… Dire que j'ai osé lui faire une légère crise de jalousie avec ma sœur alors que, le lendemain, je couchais avec plus de la moitié de sa bande de potes. Quelle honte… S'il l'apprend, nul doute qu'il refusera à vie de m'adresser la parole. De toute manière, j'ai commis une erreur en espérant l'utiliser contre Ezrah, puisque j'aurais surtout dû prendre mes jambes à mon cou dès que j'ai compris que j'étais dans ses radars. Si j'avais écouté ma raison, à l'heure actuelle, je ne passerais pas mon temps à songer à lui.

L'heure tourne. Il est temps que j'aille en cours, que j'assume la responsabilité de mes actes. Après tout, nous étions plusieurs lors de cette soirée, pourquoi devrais-je être plus gênée qu'eux ?

En chemin, je me rends compte que j'ai oublié un classeur important dans ma voiture. Je l'avais pris pour réviser ce week-end, au lieu de quoi je me suis occupée à des activités plus… farfelues. Je presse le pas pour retourner au parking qui se trouve à l'opposé du campus. Pour ce faire, je dois longer le bâtiment où cohabitent Max et Kayron, en priant pour ne pas les croiser.

Le vent est plus doux malgré le mois de décembre bien entamé. Nous approchons des vacances de Noël, l'occasion pour moi de retourner dans mon État natal. Cela m'enthousiasme autant que de me jeter sous un train. J'aime mon père, toutefois, les non-dits et les silences m'oppressent. J'ai tenu le coup pendant des années. Là, je sature. Mes ailes ont poussé depuis que je me suis éloignée de lui, dès mon arrivée dans cette ville. Ça ne peut pas être une coïncidence. Retourner là-bas signifie faire marche arrière. Je n'en ai ni l'envie ni le besoin. Je songe à prétexter une bonne maladie hivernale pour esquiver les fêtes en famille.

Je ralentis soudain lorsque je crois reconnaître l'homme qui avance dans ma direction. Ted. Oh non, pas lui ! Pas déjà.

– Lara Ward, m'interpelle-t-il, taquin, quand nous nous trouvons à proximité.

– Salut, Ted, réponds-je en camouflant mon malaise.

– Tu m'en veux toujours pour vendredi soir, concernant l'histoire de ta sœur ?

Il doit interpréter ma distance comme de la rancœur. S'il savait que ce sont plutôt mes propres « rapprochements » qui créent ce froid…

– Non, non, du tout, le rassuré-je, plus sincère que jamais. Nous ne sommes pas ensemble, nous avons juste échangé quelques baisers, rien de plus. Tu es libre de parler à qui tu le souhaites. C'est moi qui m'excuse, j'étais un peu agacée à cause de…

À cause de ton meilleur pote en train de tripoter des nanas.

Je toussote, de plus en plus tendue.

–Je m'étais disputée avec mon père quelques minutes avant, conclus-je finalement.

–Avec ton père ou avec Ez ? réplique-t-il d'un ton où perce un soupçon de rudesse.

Sa question me prend de court, je ne trouve rien à rétorquer. En ultime recours, je secoue légèrement la tête, mais le mal est fait.

–Ted, je…

–Pas la peine de te justifier, me coupe-t-il. Je vais juste te filer un conseil : éloigne-toi de lui. Je suis sûr de ne pas être le premier à te le dire. Tu n'es rien d'autre pour lui qu'un jouet qu'il n'hésitera pas à refourguer à la moindre occasion. C'est ça, le kif d'Ez, Lara. Partager ses victimes jusqu'à ce qu'il ne reste plus rien d'elles. J'ai entendu dire qu'il avait déjà commencé avec toi, n'est-ce pas ?

Mon cœur loupe un battement. Sa dernière question me fait l'effet d'une douche froide. Ezrah l'a dit, s'en est vanté auprès de tout le reste de la bande ? La honte qui me saisit à présent n'a connu aucun équivalent dans le passé. Jamais, jamais je n'ai été si humiliée. Comment ai-je pu être assez stupide pour m'imaginer avoir tenu les rênes lors de cette soirée ? Comment ai-je pu croire une seconde que mes relations sexuelles avec ses potes aient réussi à l'atteindre ?

Je reste muette.

–Je serai là pour toi, si tu décides de l'oublier. Je serais prêt à trahir le groupe s'il le faut. Tu n'as qu'une parole à prononcer et je te vengerai.

Il reprend son trajet, avant de conclure :

–Réfléchis, Lara. Demande-toi lequel de nous deux te mérite le plus.

Je reste figée quelques secondes, incapable de me souvenir de la raison de ma présence ici. Une seule chose envahit ma conscience, les mots de Ted. Je ne peux même pas en vouloir à Ezrah. Finalement, il est resté égal à lui-même. Lui ne s'est pas perdu en cours de route.

À la manière d'un robot, j'entame un demi-tour afin de repartir vers l'amphithéâtre, négligeant même le fameux classeur manquant. C'est à cet instant que mes yeux tombent sur le visage d'Ezrah, adossé sous le porche du bâtiment des sciences. Je stoppe net alors que je comprends qu'il a assisté, de loin, à mon entrevue avec son meilleur pote.

Au moment où nos regards se croisent, il m'adresse un sourire bourré de mépris, avant de hocher la tête à mon intention. Cette salutation presque menaçante a sûrement un message à transmettre. Lequel ?

Je peux lire dans ses pupilles, même à cette distance, le mal qui l'habite. Cette lueur aurait dû me faire fuir depuis longtemps. C'est un regret que je porterai pendant un long moment. Je le fixe aussi intensément qu'il le fait, lui transmettant tout le dédain qu'il m'inspire, avant de pivoter et de poursuivre ma route sans un regard en arrière.

CHAPITRE 51

Lara

La journée a été longue et décourageante. Je n'ai qu'une envie, retourner dans mon dortoir, me plonger sous mes couvertures et hiberner jusqu'au printemps. Les montagnes russes émotionnelles vécues depuis la rentrée scolaire m'ont m'achevée. Camilla ne répond pas à mes SMS, à l'instar de ma cadette dont je n'ai quasiment plus de nouvelles depuis le lendemain de notre sortie en boîte. Dommage, à défaut de pouvoir me terrer dans mon lit pendant trois mois, j'aurais au moins aimé sortir avec elles dans un bar, n'importe lequel, afin de me bourrer la tronche pour peut-être me permettre de flouter ce visage qui me harcèle nuit et jour.

Traînant les pieds, je grimpe les escaliers qui mènent à ma chambre. À mon étage, des bruits suspects me parviennent. Je fronce les sourcils, amusée. Le son caractéristique provient de derrière la cloison. Deux personnes sont apparemment en train de passer un moment fort sympathique.

Je ris doucement devant cette situation inédite. Je n'ai pas envie d'interrompre deux amoureux en pleins ébats, cependant, il est grand temps que je me repose. Ne sachant quelle attitude adopter en pareille circonstance, je me rends sur le palier.

J'entends une jeune femme émettre un petit cri d'effroi suite à mon apparition avant de glousser en disant à son amant de s'arrêter.

– On s'en branle, lui répond une voix essoufflée.

Aussitôt, mon menton se redresse, mes yeux s'écarquillent. Je ne peux pas y croire ! Il n'a pas osé ? Mon corps se barde de frissons face à la scène qui se joue devant mes prunelles ébahies.

Ezrah Milton, pilonnant une fille aux traits familiers à même le battant de ma porte d'entrée. Le coup de massue est d'une telle violence que mon regard oscille entre son visage et celui de la nana. Cette dernière tente de lui échapper, encore plus mal à l'aise que je l'étais avant que la rage ne débarque. J'endigue la vague de colère qui roule en moi, entraînant avec elle tout mon bon sens. Pour ce faire, je me concentre sur ce salopard qui envahit mon espace intime.

– Je vous donne deux secondes pour dégager d'ici, sifflé-je.

À cet ordre, Ezrah se retire enfin, jette la capote à ses pieds, intensifiant les nausées que je retiens par miracle. La jolie blonde me regarde, paniquée, en se rhabillant maladroitement.

– Sinon quoi ? me demande-t-il placidement en portant son attention sur moi.

– Je vous balance à Haley.

S'il ne réagit pas, comme je le soupçonnais, la jeune femme, qui me ressemble étrangement, sursaute et lâche un gémissement d'horreur. Je me souviens vaguement l'avoir déjà rencontrée en compagnie de Haley.

Elle se tourne alors vers lui, les membres tremblants.

– Partons, Ez. Si elle le dit à Haley, je suis foutue.

– C'est très vilain de fricoter avec le petit copain de sa meilleure amie, lui craché-je, les yeux emplis d'une haine viscérale.

J'ai conscience que le culot lui-même doit rire de moi, mais je ne suis pas amie avec Haley. De plus, je n'avais pour but que de détruire Ezrah. Aucun sentiment ne devait s'interposer.

– Dégage, lui ordonne Ezrah sans prendre la peine de me quitter du regard.

Ni une ni deux, la jeune femme obéit et s'éclipse en courant, empruntant le chemin que je viens à l'instant de parcourir.

Maintenant que plus personne n'a le dos collé au chambranle, j'insère les clefs dans la serrure en l'ignorant, le visage inexpressif. Il n'aura rien de moi. Ni ma haine ni mon attention. Rien. Il a tenté de me blesser… avec brio… Pour quelle raison, ça, je l'ignore. Mais sincèrement, je n'en ai rien à foutre. Qu'il aille se faire enculer, ce connard.

Alors que je réussis à déverrouiller ma porte, il s'interpose.

Nos corps se touchent, et un élan de dégoût me fait le repousser brutalement. Loin d'être secoué, il recule néanmoins de quelques pas.

– Ne me touche plus jamais, lui intimé-je.

– Il y a un problème ? questionne-t-il, les yeux pleins d'une moquerie que j'adorerais lui faire bouffer.

– Absolument aucun. J'étais juste en train de me dire qu'aucune trithérapie au monde ne pourrait me prémunir contre les saloperies que t'as dû me filer lors de nos deux relations sexuelles.

Il fronce les sourcils, pensif, puis glisse une œillade lascive le long de mes courbes, qui me donne envie de le gifler.

– Et du coup, tu te rabats sur Ted ?

– Quel rapport avec lui ?

Son rictus acerbe s'effrite, laissant place à une expression plus austère. Exactement comme lors de cette maudite soirée.

– À toi de me le dire. Il se passe quelque chose entre vous deux ?

J'éclate d'un rire jaune.

– Tu te moques de moi, j'espère ? C'est toi qui oses me questionner sur ma vie personnelle alors que tu viens à l'instant de baiser une meuf contre ma porte ?

Il reprend son air narquois en haussant les épaules.

– J'ignorais que je me trouvais sur le pas de ta chambre.

– Tu sais quoi, Ezrah ? (Sa mâchoire se crispe d'un spasme qui me réjouit.) En réalité, je m'en branle. Tape-toi qui tu veux, trompe ta copine avec toutes les femmes de ce pays. De toute manière, tu ne vaux rien, tu me dégoûtes. Et si tu veux le savoir, je vais te le dire : ton meilleur pote, ton fameux Ted qui te suit comme un petit chien et que tu crois loyal, me drague depuis des semaines dans ton dos.

Je débite mon monologue, trop heureuse que ma relation avec son ami l'intéresse finalement. Tout ce que j'ai manigancé va enfin aboutir. Dommage qu'il sache parfaitement camoufler ses émotions et que ses traits ne bougent pas d'un iota. J'aurais adoré voir l'acide de mes révélations détruire ce visage que j'exècre autant qu'il m'obsède.

– Tu veux que je te raconte le plaisir que j'ai eu à répondre à ses avances pour le détourner de toi ? reprends-je en souriant diaboliquement. Quand ses lèvres se posaient sur les miennes et qu'à chaque baiser que nous échangions, le couteau qu'il te plantait s'enfonçait un peu plus profondément ? Je suis sûre que tu aimerais savoir ce qu'il m'a soufflé à l'oreille tout à l'heure pendant que tu nous épiais comme un voyeur en manque de cul.

Je m'approche jusqu'à me coller contre son torse. Tout à coup, son contact ne me rebute plus mais me transcende. Je suis bien plus petite que lui, mais je n'ai qu'à lever le menton pour maintenir notre lien visuel.

– Qu'il n'hésiterait pas à tous vous trahir si je le choisissais, lui, chuchoté-je sensuellement.

Je joue de mes sourcils en riant doucement, alors qu'il me toise d'un air indéchiffrable. Je recule de quelques pas.

Lui reste immobile. Pour mon plus grand plaisir, il n'insiste pas lorsque j'ouvre ma porte et la lui claque au nez.

***

Depuis notre entrevue mouvementée avec Ezrah, j'ai la paix. Aucun des gars n'a tenté de me recontacter ; et comme la majorité de nos cours ont lieu à l'amphithéâtre, il est facile de les esquiver. Après avoir enfin dévoilé mes cartes à mon adversaire, je me suis souciée des répercussions pour Ted. Pourtant, curieusement, j'ai l'impression que le chef de bande n'a communiqué à personne notre confrontation, puisque je les ai aperçus à plusieurs reprises se marrer ou discuter comme si de rien n'était.

Je reste perplexe face à cette attitude étrange d'Ezrah. J'aimerais en parler à Ted pour grappiller des informations mais je n'ose pas aller à sa rencontre. Je n'ai pas envie d'avoir une discussion avec lui. C'est lâche, surtout vu la tournure des événements. À ses yeux, nous sommes suffisamment proches pour qu'il me choisisse, et moi, je ne songe qu'à des iris émeraude sataniques.

Je n'ai jamais pensé être quelqu'un de bien. Au contraire, je suis égoïste et manipulatrice. En fait, tout ce que je reproche à Ezrah. Néanmoins, je ne me serais jamais imaginée devenir aussi cruelle. Il est grand temps que je coupe les ponts avec Ted, d'autant plus depuis que j'ai couché avec tous ses amis.

Je cherche de nouveau à joindre Adèle. On est jeudi, et mes cours de demain sont annulés, puisque trop d'enseignants sont indisposés. La grippe est de retour et entame son carnage annuel. J'aimerais en profiter pour passer ce week-end prolongé avec elle, toutefois, j'ignore si cela est réciproque. Adèle se comporte bizarrement. À croire qu'elle aussi est au courant de ma débauche de samedi dernier.

Elle répond évasivement à mes SMS, et mes appels tombent quasi tous sur son répondeur.

– Allô ? répond enfin ma cadette.

– Eh bien, tu es difficile à joindre en ce moment !

– Oui, pardon, les études à distance me demandent pas mal de temps.

Je ne réponds pas immédiatement, perturbée par le ton de sa voix hésitante couplé à son excuse bidon. Je décide d'ignorer les signaux d'alerte.

– Je n'ai pas cours demain. Ça te dit que je rentre à l'appart et qu'on se commande des pizzas devant un petit film ?

– Ce soir ? répète-t-elle, mal à l'aise. Mince, je ne suis pas dispo.

Mes sourcils se froncent. Adèle n'a pas eu l'occasion de se faire des amis ici. Avec qui peut-elle bien être occupée ?

– Ah bon ? Tu vois quelqu'un ?

Son trouble est si palpable que j'en suis presque embarrassée pour elle. Toutefois, son rejet et son silence me blessent profondément.

– Oui, je… Je vois Ted.

Le pincement au cœur qui me crispe n'est pas lié à lui. Seulement à ma sœur. Voilà la raison de son éloignement. Même si ce n'est pas de Ted dont je suis éprise, Adèle n'en sait rien. Je lui avais avoué avoir une histoire avec lui, pourtant, ça ne la gêne pas de le voir en douce ? Sa trahison, loin d'être inédite, me laisse sans voix.

– Ce n'est pas ce que tu cr…

Je raccroche.

Les larmes au bord des yeux, je me dirige d'un pas tremblant vers les dortoirs. La traîtrise d'Ezrah était prévisible. De ma propre sœur, en revanche, c'est inacceptable. Comment ose-t-elle me refaire un coup pareil ? Je tente de prendre du recul mais ne lui trouve aucune excuse. Quand Camilla me voit débarquer dans notre chambre, livide comme un cadavre de trois jours, elle se détourne du miroir duquel elle se maquillait et m'interpelle.

– Mauvaise journée ?

– On peut dire ça.

– Ez ?

– On peut dire ça.

Toutes les choses qui dérapent dans ma vie sont d'une façon ou d'une autre liées à lui. Adèle n'aurait jamais rencontré Ted si je n'avais pas cherché à pénétrer le coin VIP. À cause de ce monstre, je me sens plus seule que jamais, prise au piège de mes propres démons.

– Ce mec est destructeur, je…

– Je sais, tu m'avais prévenue, bla bla bla.

Les yeux écarquillés, un sourire aux lèvres, faussement outrée par mon ton agacé, elle poursuit.

– J'allais dire, avant que Grincheuse ne me coupe, que je lui couperais bien les couilles à l'aide d'une tenaille rouillée.

Je ris malgré moi. Camilla a le chic pour me dérider en toute situation. Ce petit bout de femme délurée est mon anxiolytique. Je suis fière d'avoir réussi à me lier d'amitié avec une personne saine comme elle.

– Tu sors, ce soir ? éludé-je, peu désireuse de continuer à parler de lui.

– Oui, il y a une soirée chez le pote de Jared, me répond-elle en marmonnant, concentrée sur l'application de son mascara vert fluo. D'ailleurs, j'ai cru comprendre que Ted y serait.

Cette information fait siffler mes tympans. Si Ted est présent, Adèle aussi. Ce serait l'occasion parfaite de les espionner en douce et d'avoir la preuve que ma cadette récidive en flirtant avec mon « copain ».

– Je peux t'accompagner ?

Elle me regarde par-dessus son épaule, étonnée, son tube de mascara coincé entre le pouce et l'index.

– Bien sûr. Mais jamais je n'aurais cru que tu serais d'humeur à faire la fête quand je t'ai vue traîner ta carcasse comme une âme en peine.

Son petit rire cristallin résonne.

– J'ai besoin d'air frais.

Pas du tout.

J'avais plutôt dans l'idée de terrer ma fameuse carcasse dans notre piaule et de n'en sortir que pour ouvrir au livreur de sushis. Cependant, ma curiosité me pousse hors de mes retranchements, peut-être pour me mener droit au supplice.

Faites qu'Adèle me prouve que j'ai eu tort de douter d'elle. Dans le cas contraire, j'ignore comment je m'en relèverai.

CHAPITRE 52

Lara

Venom – Rhea Raj

Camilla possède nombre de qualités, toutefois, son flot de paroles me donne des envies de meurtre. J'ai tendu l'oreille dans la voiture, distraite, feignant l'intérêt à intervalles réguliers tout en tentant d'ignorer les crampes abdominales qui s'intensifiaient à mesure que nous approchions. Le stress est une émotion particulièrement traître, souvent mauvaise conseillère. Pour faire cesser son monologue, j'ai hésité à expliquer à mon amie ce qui me tourmentait. Cependant, contrairement à elle, mes lèvres sont restées scellées jusqu'à ce que nous nous garions devant la propriété modeste du pote de Jared.

Cette maison simple, quoique charmante, me change des domaines de luxe dans lesquels j'ai été immergée ces derniers temps… D'un coup d'œil, je tente de repérer la caisse de Ted parmi celles déjà stationnées, sans succès. Cela m'arrange, puisque je pourrai plus facilement me camoufler si j'arrive la première.

– Il n'y a pas beaucoup de voitures, m'étonné-je auprès de Camilla.

– C'est vrai. Mais il est encore tôt.

Je grommelle un « possible », à moitié convaincue, alors que nous pénétrons dans le hall d'une résidence à l'ambiance assez sage. Il n'y a effectivement pas foule, même si quelques éclats de rire s'entendent par-dessus la musique.

Jared nous rejoint dès notre arrivée.

– Salut, les gonzesses. Ah ! Mais tu as ramené Lara Croft avec toi ? se marre-t-il à l'attention de ma coloc'.

– Arrête de l'appeler comme ça, le gronde-t-elle pendant que je rigole à mon tour. Eh oui, Mademoiselle avait besoin de se changer les idées.

Lara Croft est le surnom dont il m'a affublée depuis que Camilla n'a pas pu se retenir et lui a raconté que je m'étais faufilée en douce dans la voiture d'Ezrah pour l'étrangler. Si j'avais su les problèmes qui allaient découler de cet acte, j'y aurais réfléchi à deux fois. Ezrah m'avait pourtant prévenue. Je me souviens très bien de cette menace soufflée, alors que le cordon de mon sweat comprimait sa trachée : « Tu n'imagines pas la connerie que tu es en train de faire. » Non, je confirme, je n'imaginais pas…

– Venez, je vous mène dans la cuisine, c'est là-bas que se trouve le vif du sujet.

L'alcool. Encore et toujours. Ce soir, je n'en boirai pas une goutte, dans le but de conserver ma lucidité. D'un regard circulaire sur le salon, je constate que, pour le moment, Adèle et Ted ne sont pas arrivés.

Je vais devoir guetter leur venue. Malheureusement, ça n'arrange pas mon état de nervosité, et bientôt, je suis incapable de faire semblant que tout va bien.

– Ça ne va pas ? s'inquiète Cam.

– Non, tout va bien, tenté-je de la rassurer. Je crains juste que la bande d'Ezrah se pointe.

Elle esquisse un léger froncement de sourcils avant de pencher la tête, dubitative.

– Pourtant, je t'ai prévenue que Ted serait là.

Je me claquerais bien le front du plat de la main pour avoir été aussi stupide.

– C'est vrai, dis-je en cherchant expressément une excuse pour justifier mon mensonge. Mais je pensais réussir à faire abstraction d'eux.

Mon rattrapage bancal a l'air de la satisfaire.

– Je te promets que si je les vois, je te préviens. En attendant, bois un peu, ça te fera du bien. On dirait que tu es à deux doigts de t'évanouir.

Histoire de ne pas paraître plus étrange que je ne le suis déjà, et aussi pour me détendre, j'accepte la bouteille de bière qu'elle me tend, malgré la règle que je viens d'édicter.

J'en suis à la troisième quand, enfin, l'alcool me fait presque oublier la raison de ma venue ici. J'en omets de guetter les nouveaux arrivants pendant que j'écoute Cam déballer ses histoires les plus fantasques aux potes de Jared, qui s'esclaffent tous aux anecdotes de la jolie jeune femme.

Peu à peu, mes pensées dérivent vers l'objet de ma présence en ces murs. Adèle. Ma sœur, mon antidote et l'oxygène de mes années d'enfance. Je n'aurais pas assez d'une vie pour la remercier d'avoir été mon double lorsque ma solitude m'asphyxiait. Son altruisme et sa générosité ont bien souvent été mis à l'épreuve par notre relation. C'est pour cela que je lui ai pardonné la première fois. Malheureusement, mon pardon est provisoire. Ce soir est une épreuve à laquelle elle ne peut se permettre d'échouer. Dans le cas contraire, je jure qu'elle n'aura plus jamais l'occasion de me présenter des excuses.

Ma cadette, en plus d'être très sociable, est particulièrement jolie. Il n'en fallait pas plus pour qu'un nombre conséquent de jeunes hommes se ruent sur elle pour avoir une chance de l'approcher.

Loin d'être farouche, elle a accumulé les histoires plus ou moins sérieuses, arguant de profiter de sa jeunesse. Je ne l'en ai jamais blâmée, bien au contraire. J'adorais qu'elle me raconte ses péripéties amoureuses ou sexuelles quand moi, je pataugeais dans cette histoire qui menaçait, chaque jour un peu plus, de m'engloutir vivante.

J'aurais dû me confier à elle. Si je l'avais fait, j'ose croire qu'elle ne serait pas allée jusqu'au bout de cette trahison. Cependant, je n'en aurai jamais la certitude, puisque le démon qui l'a séduite était capable de tout.

Elle ignorait mes déboires avec Adam, avait seulement connaissance des événements enjolivés dont je lui parlais. Il m'était inconcevable d'avouer être sous le joug d'un être aussi abominable. Alors, pour préserver les apparences et tenter de me convaincre moi-même, j'optais pour le mensonge. À ses yeux, mon idylle avec l'homme le plus désiré du lycée était un paradis.

A-t-elle jalousé cette histoire ? L'ai-je poussée à fauter en lui dépeignant une situation parfaite ? Toujours est-il qu'un soir, je suis rentrée des cours plus tôt que prévu et que, une fois dans les escaliers, j'ai entendu la mélodie la plus dévastatrice de mon existence. La voix fluette de ma sœur gémissant par-dessus le timbre rauque d'Adam. Lorsque j'ai entrebâillé la porte de la chambre de ma cadette et que ses prunelles alourdies de désir ont plongé dans les miennes, torturées de douleur, j'ai compris qu'aucun remède ne viendrait soigner cette blessure à vif. Alors qu'Adèle hurlait son effroi, Adam, lui, esquissait un sourire moqueur.

– Ça, c'est pour avoir osé discuter avec John à la soirée de Kloé, m'avait-il balancé pendant qu'Adèle se ruait sous la couverture pour cacher son corps nu.

Une banale histoire de jalousie qui s'était transformée en une punition des plus cruelles. Ce soir-là, alors que ma sœur pleurait derrière la porte de ma chambre en me suppliant de lui ouvrir pour m'expliquer, j'ai hésité de longues heures devant une boîte de somnifères pleine à ras bord.

Cet incident m'a fait comprendre deux choses : la première, qu'aucune personne au monde hormis soi-même n'est réellement digne de confiance, la deuxième, que la douleur n'est pas systématiquement notre ennemie. Elle peut bien souvent nous donner les moyens de renaître. Cet événement a eu lieu peu de temps avant la mort d'Adam. Nul doute que ma nouvelle alliée m'a glissé dans les mains l'arme parfaite pour sceller ma vengeance.

– Je reviens, je vais aux toilettes, s'esclaffe Camilla en me sortant de mes lointains souvenirs. Et interdiction de me suivre, bande de coquins.

Elle s'en va, hilare, alors que je me retrouve seule avec une dizaine de mecs quasiment bourrés, en proie à mes anciens fantômes. Jared doit sentir mon malaise car il s'approche pour discuter.

– Je me doutais que tu viendrais finalement, m'annonce-t-il.

– Ah bon ? réponds-je, surprise. Pourquoi ?

– Quand j'ai su qu'Ezrah s'invitait étrangement à cette soirée, je me suis douté que tu serais également dans les parages.

Le sol s'ouvre sous mes pieds.

– Quoi ? Comment ça ? Ezrah sera présent ? m'exclamé-je, le cœur au bord des lèvres.

À son tour de paraître étonné.

– Ah ! Tu ne le savais pas ? s'enquiert-il, réellement interdit. Je m'excuse, je…

– On s'en fout, le coupé-je trop sèchement. Comment ça, Ezrah s'est invité ?

Le pauvre Jared se liquéfie. Je vois bien que le malaise le gagne et qu'il ne s'attendait pas à une réaction aussi véhémente. Je peux être étonnante lorsque je ne me contrôle plus. Si je suis aussi inquisitrice, c'est que je pressens que quelque chose cloche.

– Réponds ! lui ordonné-je alors qu'il se contente de me fixer, éberlué, en cherchant ses mots.

– Je sais pas, Lara, c'est Ethan qui m'a dit qu'Ez l'avait appelé en apprenant qu'il organisait un petit truc chez lui.

Il a apparemment demandé si Camilla serait de la partie, même qu'Ethan a cru qu'il voulait se la faire...

– Abrège.

– Et c'est tout. Ensuite, lorsqu'il lui a confirmé que Cam serait là, il a annoncé qu'il viendrait.

Incapable de répondre, je laisse le sang dévaler mes veines. Mon Dieu, que me réserve-t-il ?

– Ça nous a étonnés avec les gars, parce qu'à la base, c'était juste une simple soirée entre nous. Mais on ne refuse pas Ezrah Milton, se justifie-t-il.

Je m'adosse au frigo en avalant d'une traite le reste de ma bière.

– Donne-m'en une autre, s'il te plaît, lui demandé-je. Je sens que je vais en avoir besoin.

Je ne crois pas si bien dire. Au moment où Camilla revient, je comprends à son visage que quelque chose ne va pas.

– Quoi ?

– Ils sont là. Avant d'arriver aux toilettes, j'ai croisé Ted qui montait à l'étage avec Adèle.

Je cille, concentrée pour ne pas flancher alors que l'alcool ankylose mes muscles gagnés par une peur panique.

– Tu es certaine que c'était elle ?

Elle paraît aussi chamboulée que moi. Ma question la désarçonne, elle comprend l'importance de la véracité de cette information.

– Eh bien, hésite-t-elle, soucieuse. Elle était de dos, mais elle lui ressemblait et portait le même sac, c'est pour ça que j'en aie déduit que c'était elle.

Mes jambes s'activent seules. Camilla s'écarte légèrement pour me laisser quitter la pièce. C'est à ce moment que je tombe nez à nez avec Ezrah, un sourire cruel étirant ses lèvres.

– Lara, tiens donc ! dit-il d'une voix glaçante, me narguant d'un regard plein de mépris. C'est Ted que tu cherches ?

À son attitude, je devine que ses prochaines paroles vont m'anéantir.

– Je suis navré de te l'annoncer, mais il s'est éclipsé à l'étage avec ta sœur. Apparemment, elle avait quelque chose à lui montrer en privé.

Il achève sa pique acerbe avec un clin d'œil lourd d'un sous-entendu qui me déchire les entrailles.

Je me demande comment je me porte jusqu'aux escaliers. Je ne réfléchis plus, ne laisse aucune de mes émotions me perturber. Déconnectée de moi-même, j'agis en automate. Personne ne commet l'erreur de m'arrêter ou me questionner. Ou peut-être le font-ils ?

La main sur la rampe, je m'appuie pour gravir les marches. Les morceaux d'un puzzle particulièrement répugnant se dessinent et s'assemblent pour former un dessin atroce. Je prie pour qu'Ezrah ne soit pas allé aussi loin, qu'il ne soit pas l'instigateur de ce scénario macabre.

À peine à la moitié de mon ascension, des bruits abjects me parviennent. Encore une fois, passé et présent se mélangent. Qui gagnera cette partie ? Mes yeux se closent, alors qu'un marteau-piqueur s'amuse à jouer dans ma boîte crânienne.

Arrête-toi, Lara, fais demi-tour, tu n'es pas de taille à assumer ce que tu vas découvrir. Pas une seconde fois.

Mon psychisme est fragile, j'en ai conscience. Pourtant, mes membres fonctionnent toujours, me rapprochant de la pièce d'où le son caractéristique provient. La porte est entrebâillée. Les doigts tremblants, je les appose délicatement contre le bois, incapable d'amorcer le geste qui me délivrera de mes doutes. Je laisse les gémissements féminins et masculins inonder mes tympans, le regard rivé sur cette foutue porte qui me sépare encore de la scène qui risque de signer la fin de mon existence.

Une once de courage ou de volonté d'en finir m'aide enfin à exercer une légère pression pour pousser la porte, le plus silencieusement possible. La première image qui atteint mes rétines paraît si irréaliste que je mets quelques instants à la comprendre.

Ted à moitié nu, se mouvant dans une gestuelle qui ne laisse aucun doute sur ses activités.

Mes yeux se ferment aussitôt, pour ne pas faire face une seconde fois à la vision d'Adèle anéantissant notre confiance et amour mutuel.

Ma bouche s'entrouvre et mon cœur se brise. Ce n'est que lorsque mes prunelles larmoyantes se détachent de la scène que je le remarque.

Lui.

Satan en personne, bras croisés, adossé contre le mur du palier de l'étage, occupé à me contempler d'un air vainqueur. Il m'a suivi et maintenant il me fixe, un immense sourire aux lèvres. Ce n'est qu'alors que Ted pivote son visage dans ma direction sans ralentir la cadence. Il me jette également un rictus narquois avant de retourner à sa tâche, sous les gémissements féminins qui me donnent la nausée.

Le choc me fait vaciller, je recule de quelques pas. Ted n'a jamais été de mon côté. Il n'a jamais été épris de moi. Tout ceci n'était que du cinéma orchestré par le grand maître Ezrah. Ce dernier, jouissant de ma douleur, se redresse afin de venir à ma rencontre. Je n'ai aucun mot à articuler, rien ne me vient. Je devrais hurler quelque chose pour qu'Adèle se rende compte de ma présence, qu'elle ait honte, qu'elle souffre autant que moi. Mais je n'en fais rien.

Les deux hommes ont agi de concert pour m'humilier de la pire des manières et je ne peux qu'assister à leur réussite. Ezrah approche dangereusement de moi. Le voir si près réactive mes synapses. Des larmes roulent sur mes pommettes sans que je ne fasse rien pour les retenir. Après un ultime regard sur la silhouette de Ted, je me retourne et m'enfuis, manquant de trébucher dans les marches que je dévale.

Comment aurais-je pu anticiper un scénario de cette envergure ? Comment ai-je pu les laisser détruire absolument tout ce qui comptait pour moi ? Je me suis fait piéger comme jamais auparavant. Les cartes n'ont jamais été en ma possession.

Ils ont réussi. Je n'ai qu'une seule envie, mourir pour stopper cette souffrance qui envahit ma poitrine au point de la menacer d'éclater. Je suffoque, incapable de contrôler le flux de mes larmes alors que je tangue en cherchant la sortie. Au moment où mon corps ankylosé trouve enfin le hall d'entrée, la voix satanique de mon pire cauchemar susurre dans mon dos :

– Avec une sœur comme la tienne, pas besoin d'ennemi.

Sa répartie me fait l'effet d'un jet d'acide. Je m'écorcherais vive si cette sensation pouvait disparaître. Je l'ignore, me hâte de récupérer mes affaires alors que Camilla m'intercepte, bouleversée par mon état.

– Lara, qu'est-ce que…

Son regard se déporte sur Ezrah.

– Qu'est-ce que tu lui as fait ?

– Où est mon sac ? la coupé-je. Je veux rentrer, prête-moi ta voiture, je t'en supplie.

Elle hésite alors que le silence autour de nous n'est perturbé que par le fond musical qui tourne toujours. L'ensemble des invités observe la scène avec une hébétude évidente. Je veux partir au plus vite.

– Tes clefs, répété-je en haussant le ton, alors que Camilla fouille précipitamment dans sa poche puis me les tend.

– Je vais la ramener, intervient Ezrah.

Mes yeux s'écarquillent. Je tourne lentement sur moi-même afin de lui faire face.

Oh ! Ezrah, tu m'as peut-être tiré une flèche empoisonnée dans le cœur, mais je l'utiliserai pour te détruire. Un jour prochain, crois-moi, je le ferai.

– Je te jure que si tu oses me parler à nouveau, je t'égorge. Est-ce que c'est clair ?

Ses sourcils s'arquent, il ne paraît pas le moins du monde impressionné. Il ferait mieux de l'être, pourtant…

Je sens la haine prendre possession des commandes de mon esprit. L'intégralité de mon corps tremble. J'ai déjà ressenti ce phénomène lors de ma première fois, la première fois que j'ai tué. Je dois maîtriser mes membres pour ne pas récidiver.

– C'était de bonne guerre, ma belle, cingle-t-il. Il fallait que je te prouve que s'en prendre à moi n'est jamais sans conséquences. Ted a été un excellent comédien, je l'admets. Si doué que tu ne l'as même pas démasqué samedi dernier sous sa cagoule.

Quelque chose en moi disjoncte irréversiblement. J'attrape la première bouteille qui me tombe sous la main puis l'explose contre le rebord de l'îlot central.

Le bruit de mon geste, mêlé à l'explosion du liquide alcoolisé, provoque les sursauts des invités. Camilla pousse un petit cri de panique, mais personne n'ose s'approcher de moi. Le seul qui reste statique est pourtant le premier qui devrait fuir. Le tesson en main, je m'approche, sans qu'il recule. Je dois ressembler à une vraie furie, avec mon bras rempli de bière et les yeux presque révulsés par la rage.

Quand le verre brisé vient se plaquer contre sa trachée, je jubile.

– Je ne plaisantais pas quand je menaçais de te saigner comme un porc si tu me reparlais à nouveau.

Pour prouver mes dires, j'appuie plus fermement sur sa peau noire, ce qui déclenche inévitablement une coupure franche. Un filet de sang se met à couler, alors que Camilla me hurle d'arrêter. Je crois entendre un des gars appeler la police.

Tic-tac, tic-tac, faites vite, mes petits, car l'agneau va bientôt se transformer…

Si le reste du groupe est complètement paniqué, Ezrah, lui, gère la situation bien mieux que je l'aurais souhaité. Le visage fermé, il me sonde de ses billes irisées qui ont déclenché tant de malheurs autour de moi.

– Il y a quelque chose que tu ignores toujours, reprends-je d'une voix grave, sortie d'outre-tombe. Te souviens-tu de l'histoire d'Adam ? Eh bien, figure-toi que nous étions ensemble depuis près de deux ans. Je l'aimais comme une folle. Je respirais pour lui, vivais pour lui et aurais été prête à mourir pour lui. Pourtant, devine quoi : ça ne m'a pas empêchée de le tuer comme un chien. Un de la même race que toi. Ne fais pas l'erreur de me sous-estimer, Ezrah. Pas cette fois. Pas sur ce terrain.

La respiration lourde, il ne tente pas de se soustraire à ma folie. Son regard concentré reste le même quand j'éloigne le tesson de verre de cette gorge tentatrice. Ah ! Comme j'aurais aimé voir le geyser de sang de sa carotide se déverser sur le carrelage…

Avant de m'éclipser définitivement, j'entends quelques soupirs de soulagement et la voix de Cam qui me hèle de l'attendre.

Certainement pas.

Cette fois, c'est terminé.

Pour de bon.

Lara Ward n'existe plus.

Remerciements

Je sais, chères lectrices, chers lecteurs : je ne peux m'empêcher de vous laisser sur des fins… délicates. Vous m'en voulez sûrement, là, tout de suite, et je suis persuadée que vous n'hésiterez pas à venir me faire part de votre courroux par messages.

Je tiens sincèrement à vous remercier. Je prends soin de répondre à chacun des messages que je reçois, parce que votre soutien est une immense source de motivation. Je vous sais de plus en plus nombreuses/nombreux à suivre mes sorties, et cela me touche énormément. Alors, encore merci à toutes celles et ceux qui ont pris le temps, un jour, de venir m'écrire quelques lignes.

Merci également pour vos posts Instagram, TikTok, Facebook, commentaires Amazon. Une immense partie du succès d'un livre survient grâce au bouche-à-oreille, alors vraiment, un grand merci à celles et ceux qui prennent le temps.

La première personne que j'aimerais honorer dans ces remerciements est mon amie Shay Carrot, aux premières loges de mes nombreuses détresses, et remises en question. C'est une autrice au temps précieux, pourtant, elle a su le prendre pour moi à de très, très nombreuses reprises. J'ignore comment je naviguerais sans elle à mes côtés. MERCI.

À mon amie et correctrice, Salomé, qui elle aussi m'a accompagnée dans ce projet sans compter ses heures. Merci pour tout.

À mes bêtas : Memi, qui est d'une justesse incroyable et d'une gentillesse hors norme, et Johanna, toujours à mes côtés et que j'apprécie énormément.

Merci aux nouvelles recrues : Emma, Anaïs et l'autrice C. L. Pride, pour leur engagement et leur pertinence.

Sans oublier mon incroyable correctrice, Laure. Merci pour ta rigueur, ton professionnalisme et ton temps.

Et puis à mes proches, ma famille, mon mari, ma mère, mes enfants, vous qui partagez cette folle aventure à mes côtés en m'apportant la dose de soutien dont j'ai tant besoin.

À très vite.

Joyce